暗夜协奏曲

魔王S ◆ 编绘

阿嚏 ◆ 小说改编

小说版
❷

湖南人民出版社

目录
Contents

Chapter 1

第一章
勇敢的心

林可心走进考场，偌大的房间里站着几十个人。四周的墙壁像是黑色的荧屏，唯有一面墙壁上有五扇用繁复而又华丽的纹路雕刻出来的门框。

　　她深吸一口气，往角落里走去，没有窗户的房间让她觉得心里压抑得很。人群中到处都是抱怨和发牢骚声。

　　"搞什么鬼？连个接待的人都没有？"

　　"不是要测试吗？把我们关在这里是要怎样！"

　　"考官呢？不会是要进入这些门吧？"

　　"唰！"天花板角落里的灯光突然亮起，打在房间正面漆黑的玻璃墙壁上，墙壁瞬间被激活了，大家的目光顿时投向变成电子屏幕的墙壁。

　　然后林可心听见节操碎了一地的声音。

　　占据了大屏幕三分之二地方的美臀在几十双几乎喷血的氪金眼球里扭了扭，边扭还边轻声嘀咕着："这里怎么弄啊……哎呀，好麻烦……"就在大家集体庐山瀑布汗的时候，美臀突然转了过来，所有人都倒吸了一口冷气——好火爆的身材！

林可心本来以为美臀就够劲爆了，现在盯着美女波涛汹涌的随着说话节奏一起一伏的胸脯，再低头看看自己的，下意识地捂住了胸……

"咦，原来已经好了呢。"美女说着冲大家露出一个妩媚娇俏的笑容，大眼睛调皮地眨两下，说道，"大家好，我是这次的考官之一，B级猎人——银狐。"

林可心脑海里首先跳出来的是"狐狸精"三个字……

"欢迎大家来到光之走廊，在你们面前有五扇门，每扇门背后的路途和遭遇都不一样，不过目的只有一个，那就是在一小时之内找到我本人所在的房间。不过，友情提醒，在测试的过程中，有些危险是不可测的，最坏可能会有生命危险哟。但是，一切后果均由参加测试的人自己负责哟。"银狐说完眨巴了一下眼睛。

"什么? 有生命危险?"

"不是简单的测试吗?"

"呵呵，"银狐微微一笑，"其实在你们的报名表格上已经写得很清楚了。"

众人纷纷翻看报名表格。

"所有解释权均由本工会解释为准哟。"银狐再次眨巴了一下眼睛。

林可心觉得她每眨巴一下眼睛，都是在用大家的生命卖萌。

"各位既然身处此地，就表示有成为血猎的决心。但光靠决心是远远不够的，还需要实力和勇气，这也是这次测试的目的。如果连这点恐惧都无法克服，是不能成为血猎的。并且，"林可心发现银狐再次眨巴了一下眼睛，"如果这次退出测试，那么就永远不会再有机会哟。"

"我去! 要不要这么绝啊!"某个男生揉了揉刘海，"算了，既然来了，就去一趟吧。"说着步入了五扇门中的其中一扇。

众人愣了愣，房间内安静得可怕。

"那么……"大屏幕上再次发出娇俏的声音，"祝各位好运哟。"说完，整个屏幕黑了下去，再次恢复成先前的漆黑墙壁。

众人你看看我，我看看你。

不知道谁嘀咕了一句："好像只有这五扇门可以选择啊。这算什么选择啊，要退出的该走哪一扇都没有说清楚就消失了啊喂！"

"啊！我看还是不要参加了吧。"某个小男生可怜兮兮地嘀咕。

"我也跟你一起退出，可是怎么退出啊……"

林可心盯着面前的五扇门，心说看来根本没有退出的余地，银狐所谓的退出大概也只是为了激发大家的勇气。不过如果连这点恐惧都无法克服的话，又怎么能成为一名真正的血猎呢？

爸爸的声音再次响起在她的脑海里，"可心，你要学会自己保护自己，保护好自己，就是对爱你的那些人最好的爱。"

爸爸……

林可心伸出手，触及到了面前的那扇门，墙壁上的纹路瞬间开始扭曲，她感觉到一股力量在面前盘旋，大惊之下她急忙缩回手，纹路再次恢复原状。

"到底走哪一扇呢？虽然决定了要进去，但是选择性障碍这种事情真的够了啊！"林可心抓狂地在五扇门前跳来跳去，"算了，"她眼一闭心一横，嘴里念念有词，"12345戳到哪个是哪个！"

沙子像是煮熟了，灌进帆布鞋里。太阳比平时大好几倍，在头顶炙烤着沙漠，到处是干瘪的仙人掌，维拉德默默地跟在周子敬身后，已经十几分钟了，他们之间唯一的交流就是周子敬偶尔回头看

一眼他，好像在确定他有没有走丢。

周子敬擦汗，不时抬头看一眼头顶的太阳："你不热吗？"周子敬看了一眼身边气定神闲的维拉德，阳光在他柔软的长发上氤氲出一圈暖色的光晕。

"其实还好，我对温度没有太大感受。"维拉德浅笑道，柔软的长发遮住了他半边好看的侧脸。

"我以为你们这种人都会怕太阳。"周子敬冷声说道，伸手抹去脸颊的汗珠。

"如果是真的太阳，倒会有点怕，不过假的太阳就不一定了。"维拉德仰望着头顶的太阳，微笑，"纯种吸血鬼是惧怕阳光的，但是半血族就不一样了，因为拥有人类的血统，所以相对来说没有血族那样惧怕阳光，不过也不能长时间暴露在阳光里。"

周子敬沉默地听着，望向阳光与沙漠相接的地平线。

"但是，这个沙漠是假的，"维拉德放眼看向沙漠与地平线的交接处，如果不是因为血族的方向感，连他自己也不相信这片沙漠只是电子成像，"我们一直还在房间里。"

"假的？"周子敬眉头微挑，环顾四周，狐疑地看着维拉德，"可是我们走了很久，如果是假的，那也过于逼真了。"

"理论上来说我们是走了很远，不过是原地踏步。"维拉德微弯食指，抵在唇上，沉思道，"我也想不到工会会有这么先进的技术，如果我们找不到出去的'门'，也就是考官说的那块特殊的石头，就永远走不出这里。"

"永远？"周子敬重复，眼里是掩饰不住的惊异。

"除非他们愿意放我们出去。"维拉德说，阳光照耀在他天使般的面颊上，仿若璀钻。

"看样子你不仅知道这些，还知道怎么找到石头。"周子敬意味深长地说。

"大概知道。"维拉德恢复之前一派温和的表情，微笑着说，血族血统总是让他们这个种族对于周遭的环境感知敏感。虽然他很惊异于血猎工会的先进和机智，但这些到目前为止，难不倒他。

"嗯，我知道了。"

维拉德看见周子敬从自己的面前起身，缓步往沙漠深处走去，他走了几步，停下来，头也没有回地对维拉德说："我自己会找到出口的。"

维拉德怔了怔，望着他的背影，有些费解。如果他告诉周子敬怎么走的话，就可以很容易通过这个测试，为什么他偏偏要自己去受罪呢？

周子敬抬头看了一眼硕大的太阳，喃喃自语道："不知道可心怎么样了，如果也是这么大的太阳，不知道会不会中暑。"周子敬说着，回头看着维拉德，"喂，你说，可心那边会不会也这么热啊？"

维拉德怔了怔，眼前浮现出可心可爱微笑的面容。眼中布满浓浓的担忧，其实从一开始进入这片沙漠，他就不断在心底猜测，可心那边，是不是也是一片沙漠？她会不会遇到危险？会不会害怕？会不会……

周子敬的手臂忽然横亘在他的胸前，他抬头对上周子敬的视线，发现周子敬正护在他的面前，一股冲鼻的腥味弥漫在热腾腾的空气里，龇牙咧嘴的低吼声从沙丘后面传来，几声狼嗥响彻天际。

"是狼？"周子敬极力望向远处的沙丘。一道昏黄的沙子随风扬起在沙丘的顶端，几声狼嗥过后，十几匹狼从扬起的沙子里俯冲下沙丘，朝他们狂奔而来！

"是狼群。"周子敬挽起白色衬衫的衣袖，"你退后。"

"其实我……"

"交给我。"周子敬说。

维拉德觉得自己被保护了。

狼群席卷着狂沙迅速飞奔而至，震动得脚下的沙砾微微颤动，狂沙漫天飞舞，狼嚎声此起彼伏。

周子敬迅速扫视了一圈周围的环境，疾步飞奔着冲上面前的沙丘，一双脚使劲揉进沙子里，直到触及湿润的沙层，将劈叉开的双腿牢牢固定在地上，双拳格挡在胸前，均匀的呼吸让他的胸口微微起伏着，压低身子，像是一头蓄势待发的豹子，一动不动地盯着越来越近的狼群。

狂沙忽至，骤然急停！

狼群摁住石头，硬生生停在了与周子敬七八米远的地方，体型巨大的头狼一跃而起，狼爪恶狠狠地刨了刨脚下的细沙，缓缓地往前走了两步，龇牙咧嘴瞪视着周子敬，獠牙暴露在空气里，周子敬感觉一股腥臭之气顿时扑面而来。他握得双拳咯咯作响，手臂上的血管紧紧绷着，强劲的心跳声撞击着胸口。

狼群围绕着周子敬缓缓移动，形成半包围的局势，周子敬无视狼群的包围，只是冷冷地注视着咫尺距离的头狼暗绿色的狼眼……双方对峙了几分钟之后，明显都有些累或者觉得这样对峙下去貌似略无聊……于是周子敬回头问了句："它们是不是在等我们进攻？"

"好像是的。"维拉德扫视了一圈狼群，"好像只是想要挡住我们的去路。"

"我明白了。"周子敬忽然说。

他明白什么了？维拉德表示自己可是什么都没有说啊。

周子敬像是子弹一样射了出去，狼群发出哀嚎，维拉德此刻觉得这群狼实在是太无辜了，在沙漠里跑来跑去卖萌多辛苦，还要撞上周子敬这种二话不说上来就揍的对手……

眨眼间狼群就被揍趴下了，周子敬双手插兜，踢了踢脚边的狼。

维拉德看了一眼周子敬，阳光在他的背后投射出一圈晃眼的光晕，他拍了拍裤脚上的沙子，就像是午后刚从操场上踢完球的阳光少年，双手插兜，对维拉德投以一个"比赛都结束了你还傻站着干吗"的表情。维拉德对他微微一笑，心想虽然小敬看上去是非常冷漠，实际上却是个热血冲动的人。他这样想着，走过周子敬身边，在狼群身边的沙子里蹲下身，摸出一块透明的石头。

周子敬站在他身后："看来我们要找的东西已经找到了。"

维拉德站直身子，环顾四周，皱眉："奇怪，为什么沙漠的幻象并没有消失？"

"看来关键并非是这块石头。"周子敬的视线从石头上移开。

就在此时！

脚下的大地在这个时候剧烈地摇晃起来！

维拉德一个站立不稳，倒在了周子敬怀里。整个沙漠刹那间像是被一双无形的大手颠倒了过来，仿若沙漏，沙丘全部掉进了天空，昏天暗地里，维拉德仿佛听见一声震破苍穹的狼嗥。

天空与大地的界线在此刻模糊，沙子在流泻、凝固。

最后。

一匹遮天蔽日的巨狼自群狼战败的地方，风暴般席卷着咆哮而起，狂奔而至！

"有人吗？"林可心推开镶嵌着古老纹路的门，试探性地朝门后的房间喊了一声。里面没人回应，林可心一只脚踏进去，四周漆黑一片，她又喊了几声，声音却像扔进深渊的石子般消逝无声。

林可心吞了几口口水，慢慢走进门里，却在进来的一瞬间，身

后的门以一股强大的拉力，关闭了。林可心大惊失色，急忙回头摸索着，却发现门框已经完全融合进了墙壁，怎么都打不开。就在她急得不知如何是好的时候，突然一道微弱的灯光亮起，林可心看到原本是门的地方，突然闪现出一张人脸，那张脸上，惊恐、慌张、脆弱……一览无余。林可心吓得尖叫一声，双手迅速捂住脸！

等了很久，她发现没什么奇怪的事情发生，这才慢慢从指缝里看去，一个同样捂住脸的少女出现在她面前，林可心端详良久，恍然大悟。

"原来是一面镜子。"她喃喃自语着，想着果然人长得丑就是衰，自己都能被自己吓死。林可心拍着胸口转过身，才转身就被身后的景象惊呆了。

长长的走廊静悄悄的，到处都是镜子，墙壁，头顶的天花板，脚下的地板，光可鉴人。她看见无数个自己在动，诡异的气息弥漫在她的胸腔里，心脏提在嗓子眼只需要咳嗽一声就可以飞上小西天。

"终于让我等到了。"走廊里骤然响起跟她一模一样的声音，林可心急忙捂住嘴巴，等了一会儿她才反应过来，自己根本就没有说话呀？那这声音是……

"哇啊啊啊！鬼啊！"林可心急忙抱头鼠窜，往走廊深处跑去。

"白痴，我才不是鬼，我是镜妖。喂，别跑，反正你又跑不出我的手掌心。"那个声音再次响起在耳畔，林可心停下脚步，转脸看到镜子里跟自己一模一样的女孩，双手叉腰，一副不以为然的表情，不屑地打量着她，"虽然有点白痴，但是好歹能让我从镜子里逃出去了。"

林可心大口喘着气，目不转睛地盯着镜子里跟自己一模一样的少女，她急忙上蹿下跳动了动身体，发现镜子里的少女只是冷冷地打量着她："别费心机了，我不是你的影子，我是镜妖。"

"镜妖？"林可心咽了下口水，瞪大了眼睛盯着镜子里的"自己"。

　　"切，"镜子里的人冰冷的眼中闪现一丝不耐烦，在林可心呆呆地反应不过来的时候，猛然伸出双手，以迅雷不及掩耳之势将林可心往镜子里抓，"蠢货，不知道不要在不明情况的人面前发呆么？尤其是……我这样的镜妖。"她话音刚落，林可心感觉身后像是深渊，而自己正在掉落下去："不要！啊！"

　　过度的惊慌让她紧紧闭着眼睛，等她回过神来，她发现自己身处一片漆黑之中。而那个"自己"则站在黑暗之外，静静地看着她发笑。

　　"你是谁？"林可心摇摇晃晃站起来，冲到那人面前，想要抓住她质问，却发现自己和镜妖之间已经隔了一片玻璃，不管她怎么捶打都不管用。林可心脸色大变，盯着镜妖，失声问道，"你对我做了什么？！"

　　"我是谁？"镜妖冷笑，"我是镜妖咯。至于我对你做了什么……"镜妖说到这里，微微俯身下来，与林可心之间的距离只有一片玻璃之隔，她轻轻说，"你要代替我，在镜子里面活下去，永生永世，不得回去。"

　　瞳孔骤然缩紧，林可心猛地用力捶打玻璃，喊道："不要！我不要活在镜子里！你放我出去！"

　　"放你出去？"镜妖冷冷地看着林可心，冷笑道，"你别妄想了，你现在已经是我的影子了。除非找到下一个跟你一样的蠢货，否则是出不去的。"镜妖说完，转身朝走廊尽头走去。

　　找到下一个人……血猎工会的测试是一年一次，也就是说，如果真的按照镜妖这么做的话，林可心要在这个镜中世界待上一年的时间才能出去。别说她不会做了，就算这么做，林可心也等不起。

"喂! 放我出去, 我还有很重要的考试啊!" 林可心急忙飞奔着追上镜妖的背影, 丧心病狂地敲着面前的玻璃墙壁。

镜妖撇撇嘴, 歪头瞅了一眼她: "对了, 差点忘记问你叫什么名字。"

"林可心……" 林可心愣了愣, 以为镜妖终于回心转意了, 赶紧回答道, "现在你可以放我出去了吧? "

"放你出去? " 镜妖摆摆手, 好像看小丑一样看着林可心, "我可是等了很久才有出去的机会。既然你都把名字告诉我了, 那么我以后, 就是你, 林可心。" 镜妖说着头也不回地朝走廊尽头走去。

林可心呆愣愣地看着她的背影, 很快的, 她看见了小敬和小维站在走廊尽头朝镜妖打招呼。

"小敬! 小维! 我在这里呀! 那个不是我啊! " 可是他们好像根本就听不见她的呼喊似的, 只是跟那个镜妖打招呼。

"那真的不是我啊。" 林可心急得快要哭了。

镜妖回头盯视着她, 抿嘴轻蔑地对她笑了笑, 转身拉着小敬和小维的胳膊消失在了走廊的尽头。

周围一片漆黑, 仿佛世界也死掉了一样, 林可心听见自己的心跳声, 一下一下, 然后胸口忽然翻涌起巨大的酸楚, 她双腿一软, 跌坐在地上, 眼泪吧嗒吧嗒落在手背上, 嘴里还在呢喃: "那真的不是我啊, 放我出去, 这都是假的, 假的……"

"还说要变得更强呢, 看来依旧还是个胆小鬼啊。" 冰冷的声音忽然响起在黑暗里。

"谁? " 林可心抬头, 警觉地扫视了一圈周围。除了黑暗还是黑暗。

"遇到事情就只会哭, 一直想着等别人来救你。如果是这样的话, 那你就在这里等死吧! " 那个声音再次响起。

"可是镜子打不破啊，进来就永远出不去了……"林可心鼓起勇气说道。

　　"一定要打破镜子吗？"冰冷的声音反问道。

　　"还有别的方法吗？"林可心挣扎着起身，周围一片寂静，黑暗像是洪水，淹没了所有的回音。

　　"喂，你在哪里？你到底是谁？"林可心大声对着黑暗喊道。

　　寂静，死一般的寂静。漆黑的世界仿佛无边无际，林可心听见自己的呼吸声，镜子里的她定定地站立着，眼神里全是恐惧。她伸手触摸着镜子里自己的瞳孔，那个声音再次浮现在她的心底深处……

　　遇见事情就只会哭，一直想着等别人来救你，这样的话，那你就等死吧！

　　依旧还是个胆小鬼啊。

　　胆小鬼？

　　不！

　　她握紧了拳头，砸在玻璃镜面上："我要振作！一定会有办法出去的！"她暗暗给自己打气，极端的恐惧悲伤过后，她反而觉得有一点点小轻松。于是她擦了擦眼泪，朝黑暗的深处走去。

　　漫长的黑暗之后，她不知道自己走了究竟有多远，一道七彩的光芒映射在黑暗的尽头，仿若雨过天晴的彩虹，可是这道彩虹不是出现在天边，而是横亘在黑暗里，圣洁得仿若上帝的宝座。

　　走近了才发现原来是一块七彩玻璃，圣洁的光芒自玻璃后面投射进黑暗里，勾勒出七彩玻璃上的美人图像，是个玻璃美人。

　　"哇，好美啊。"林可心自言自语着，仰望着美丽的七彩玻璃。

　　"你是人类吗？"玻璃美人嘴边的七彩玻璃随之轻微移动着，就好像人的嘴唇在说话似的。

　　冷不防的声音吓得林可心险些给跪了。

"小女孩，不要害怕，我是镜中世界的统治者，我的名字叫蜜洛。"七彩玻璃美人的唇角轻轻扇动着，美丽的玻璃在圣洁的光亮里缓缓移动，又恢复原位。

一惊一乍的，不被吓到才很稀奇好吗！不过这个叫蜜洛的声音好温柔，好像并不是刚刚嘲笑自己的那个冷冰冰的声音哪？怎么回事？

"你是人类，怎么会出现在我的世界里呢？"

"我是被镜妖推进来的……"林可心嗫嚅着说，有些不安地看着蜜洛。

"哎，果然是那个孩子吗？她非常向往人界，一直守在镜子里，等着可以替代她留在镜子里的人……"蜜洛叹了口气，唇边的七彩玻璃缓缓拼合分离着，映出华美的光晕。

"可是……我还有很重要的考试。"林可心想到自己可能会一直留在镜中世界，鼻子有点酸，闷声说道。

"是为了考试所以才想要赶快得到自己的身体吗？"蜜洛轻轻问。

林可心点点头，又摇摇头，她低头盯着自己的脚尖，心想好不容易才下定决心来考试，却被困在了这里，除了自己，谁都不会知道出现在现实世界的人不再是她，爸爸不知道，妈妈也不会知道，从此跟在小敬身后的女孩子就是那个镜妖了，也许永远都不能再看到温柔的小维了。

妖怪都是性格古怪的精灵，万一哪天不开心把妈妈给吃了，把小敬气走了，或者被小维的温柔笑容俘获了……

林可心不敢再想象下去了！

"请你一定要帮我出去。"林可心上前一步，像是抓住最后一根救命稻草。

镜中的美人叹了口气："我是可以帮你出去，不过首先你要先把镜妖赶出你的身体。"

"只要能出去，做什么我都愿意！"

"好吧，人类的少女，这是你自己做出的选择。"七彩的玻璃开始迅速移动拼合，耀眼的光芒照得林可心捂住了眼睛，等到光芒消逝，她看见在蜜洛的身边出现了一面一人高的镜子，镜子的周边刻有华美的黄金纹路。

蜜洛温柔的声音响起："这面镜子会带你进入自己的身体里面，镜妖之所以能掌控你的身体和意志，是因为占据了你身体最脆弱的地方，接下来，就靠你自己了。"

"我一定会夺回我的身体的！"林可心握紧了拳头，在空中挥舞了下，大踏步走进镜子，顿时整个身体像是陷进了泥沼般动弹不得，但是却可以感觉到缓慢的流动，周围一片漆黑，只能听见隐隐约约的吵闹声，似乎是人类的声音，紧接着蜜洛的声音再次回荡在她的耳畔，"但是如果你失败了，将永远被困于此，灵魂游荡于无尽的黑暗深渊里，永无出头之日。"

林可心睁开眼睛，周遭的黑暗开始消散，像是黎明前的地平线，一抹亮光隐现在她的眼底，吵闹的声音越来越大，几道熟悉的人影出现在她的视野里，然后她感觉自己重重地跌坐在地上，耳边响起刺耳的咒骂声，头发也被提着，整个身体传来一阵剧痛。

"五八怪！警告过你不要跟周子敬站在一起，你竟然三番两次挑战我们的耐心！"

林可心抬头看见邹幂愤怒的脸颊，陈靓一把拽过她的头发，摁进身边的花坛里，林可心闻到了泥土的味道。

这是在学校？

　　林可心来不及反抗，被人狠狠摁进泥土里，眼角瞥了一眼周围的环境，教学楼矗立在不远处，同学们围了一大圈，围观着狼狈不已的她，等等？那个熟悉的身影是？

　　周子敬？

　　是小敬吗？

　　不是小敬吧？

　　小敬不会任由她们欺负她，而他却袖手旁观的。可是那个人微笑的唇角，矗立在微风中的颀长的身材，分明就是周子敬啊……心脏开始剧烈地疼痛，仿佛一万只蚂蚁在噬咬。她捂住胸口，任由来自于头上的狠劲将她的脸颊狠狠地揉进花草根部，一个声音猛然炸响在她的脑海深处——这些都是假的，是镜妖的把戏，就算不相信其他人，难道还不相信周子敬吗？

　　林可心努力挣扎着抬头看了一眼站在人群里，冷漠地微笑着注视着她的小敬。

　　是假的……

　　一定是假的！

　　她用力起身，挣脱邹幂和陈靓的撕扯，朝她们大声说道："镜妖！出来吧！不要用这种把戏来吓唬我！我知道这不是真的！而且就算是真的！我现在也不会再害怕这样的凌辱！"

　　"镜妖？"邹幂冷笑着，跟身边的陈靓对视一眼，"这个家伙脑袋秀逗了吗？她在说什么？"

　　"哈哈哈……"人群中爆发出一阵嘲讽声。

　　林可心冷冷地注视着人群，她感觉周围的场景开始虚化，仿佛风中失去了水分的七彩泡泡，瞬间分崩离析，她看向站在人群中的小敬，白色的衬衫在风中徐徐飘动，纸一样脱离了他的身体……

　　"你的把戏已经被我识破了，快点从我的身体里出去！"林可心朝天空大声喊叫，她不确定这样是不是管用，但是她确定那个躲在暗处的胆小鬼一定听得见。

"像你这样的白痴也能做血猎，人类真是可悲至极哪。"林可心循着声音望向身后，维尔利特紫色的身影从天而降，手中的赤红弦月凌厉地割向她的脖颈！

林可心怔怔地看着眼前的一切，记忆的画面闪电般击中她胸口最柔软的心田。淅淅沥沥的雨声，漆黑的夜空，躺在水中的少年，紫衣的少女，刺向周子敬胸口的刀刃，飞溅在雨水里的鲜血……

这样的回忆，真的让人好心痛啊。她在心里喃喃自语，抬眼望着凌空而至的血红刀刃，竟然失去了抵抗的意志，其实如果能死去，也算是某种解脱吧。她在心里轻轻呓语着。

一道白芒从她的眼前闪过，耀眼的火花顿时闪耀在漆黑的雨夜里。

那道高大的身影，在风中微微拂动的漆黑的长发，回头望着她的瞳孔里的坚毅，以及雨水在他的下巴流淌过的痕迹……

少年站在风中，冷冷地说了句："可心，别怕，有我在。"

"小心！"林可心望着周子敬背后的夜空，一道白色的刀刃划过雨幕，割向他的后背。

"斯沃德！你的对手是我维拉德！"黄金色的剑气刺破雨声，发出"嗡嗡嗡"的剑气声，格挡住了斯沃德的进攻。

四个人很快陷入苦战，维拉德和周子敬渐渐不支，雨声越来越大，那晚的记忆渐渐跟眼前的现实吻合，周子敬倒在了雨水里，维尔利特一脚踏在他的胸口，赤红弦月悬在他的头顶……斯沃德的刀手瞬间击穿了维拉德的胸口，黑色的斗篷在雨水里耷拉在维拉德的脚边，斯沃德拖着刀手在雨水中缓缓走向半跪在雨水里的维拉德……

雨夜漆黑，鲜血飞溅……

林可心握紧了双拳，嘶吼道："不要！"

躺在地上的小敬努力仰起头，看向她，对她做了一个跑的手势。

维拉德轻轻抬起头，努力看着雨夜深处，扯动嘴角对林可心笑了笑："快跑。不要管我们。"

"不！"林可心感觉脚下的雨水漫过了她的小腿，每一步迈出去，雨水都会迅速吞噬掉她浑身的力气，耳边是呼啸而至的声音，她分不清是刀刃还是鸟儿飞过的声响，只是身体开始脱离雨水的束缚，整个人轻飘飘的。她回头看见摩卡黑色的羽翼，大地越来越远，躺在雨水中的小敬成了她眼中的一个小小的白色的点，维拉德的黑色斗篷将他隐藏在了雨幕里，她再也遍寻不到。

"放开我！我要去救他们！"

"你？去救他们？不如说是去添乱吧？这样弱小的你，只会拖他们的后腿。"

"可是如果我不去，他们都会死掉的。"她看着雨幕里的大地，怔怔地说，刹那失去了挣扎的力气。

"自己安全就好了，管他们做什么呢。"摩卡邪笑着说。

雨水猛烈地打在她的脸颊上，一道闪电劈过，照亮了摩卡漆黑的羽翼，她抬头看了一眼抱着自己的使魔摩卡，定定地望着他，一下一下，掰开他的手指，一字一字地说道："就算是去送死，我也要跟他们一起！"

林可心感觉到了摩卡的力道渐渐放松，她整个身体开始下坠，闪电在漆黑的云层里穿梭，雨滴在她的身边与她一起落向大地，风声越来越大，她眼中的摩卡的羽翼在瞬间破碎，天空裂开了口子，闪电也凝固成了玻璃，碎在漆黑的云层里。

"没想到你会来到这里，不过就算来了，也逃不出去。"镜妖把玩着手里的透明的匕首。

"我不是要逃，我是要把你赶出我的身体。"林可心挣扎着从地上站起来，怒视镜妖，大声说道。

"我劝你还是放弃吧，乖乖留在这里，也许过不了多久，你就能遇见下一个可以替换你的小白痴呢。"

"我要我的身体，我才不会像你，偷走别人的身体。"

"偷？"镜妖笑眯眯地将匕首收起来，起身走到林可心身边，"你觉得这是偷吗？对于我们镜妖来说，这是再正常不过的替换而已。"镜妖说着，走到一面镜子面前，"每个人都有属于自己的镜妖，就像是白天和黑夜，白天善良，黑夜邪恶，我们镜妖不过是继承了你们的邪恶而已，但你能说那是别人吗？不，那还是你们自己。"

"你说的都是一些歪理，任何人都没有权利剥夺另一个人的生命和存在。"林可心大声反驳着，步子却在镜妖看不见的地方慢慢朝她移过去，"我不知道影子有没有生命，但是你抢了我的影子，就不要怪我以牙还牙了！"话音刚落，林可心从旁蹿出，猛地朝镜妖一推，眨眼间就把她推进了镜子里面！

看到镜妖被自己成功推"回去"，林可心得瑟起来，叉腰"哈哈哈哈"大笑。

"哈哈哈哈……"镜妖站在镜子里叉腰学着她的模样大笑，林可心觉得这家伙肯定是疯了，她该哭才对好吗！于是她双手叉腰更加得瑟地笑起来："哈哈哈哈……我成功了！"

"成功了？那为什么你还在这里呢？"镜妖意味深长地看着她。

林可心东看看西瞅瞅，像个小猫头鹰："是啊，为什么我还在这

里呢？难道蜜洛说的是假的？她们都是镜子里的人，不会是联合起来骗她的吧？"

"你以为出去会那么容易吗？就算是蜜洛告诉了你方法，可是在镜子的世界里，一切都在我的掌控之中，你以为把我简单地推进镜子就是胜利吗？真是可笑。不过接下来的事情可就一点都不可笑了！"镜妖说着，整面镜子迅速膨胀、分裂、组合！

镜妖的身体足足有上百米高，居高临下地看着林可心，一巴掌拍了下来："接下来，是我的表演时刻！"

脚下的大地开始颤抖，林可心糟糕地发现自己不是站在大地上，而是站在镜妖的身体上，巨大的玻璃碎块随着镜妖的移动而飞沙走石般扬起，巨掌瞬间从天而降，林可心惊呼一声，急忙跳开，巨掌擦着她的发梢狠狠砸在她刚刚站立的地方。

脚下的玻璃碎块依旧在迅速分崩离析，随着刚刚巨掌的狠砸，玻璃大地瞬间龟裂，仿佛在它的内部爆破了一颗炸弹，玻璃碎片飞射向天空，林可心用尽浑身的力气匍匐在飞速射出去的玻璃碎块上。

镜妖的巨掌电光火闪间横扫过来，林可心惊呼一声，豆大的汗珠从她的额头垂直落下，眼看着巨掌扫过头顶，她顺势一滑，滑向碎块旁边较小的玻璃碎块，加速度让她站立不稳，巨掌翻手再次劈头而下，她压低身子，从巨掌的指间灵巧地穿过，擦着巨掌边缘的玻璃碴躲过一击，小腿上冰凉的触感之后，一道鲜红的伤口割裂着翻开。

镜妖狂吼一声，林可心急忙捂住耳朵，脚下的碎块太小难以承重，她来不及多想，慌乱中急忙跳上脚边的较大的碎块，稍稍站稳，巨大的风声再次袭来，她回头看见镜妖的五指已经近在咫尺，她来不及多想，朝面前一块闪烁着红光的玻璃碎块跃去，摇摇晃晃险些掉落下去，脚下一滑，鬼使神差间，她反而伸手抓住碎块棱角，攀爬了上去。

"你躲不掉的！"镜妖的胳膊挥舞了过来。林可心感觉到巨大的风声迎面而来，膝盖一软，半跪在飞扬的石块上，一把血红的华美长剑插进玻璃碎块中，只露出剑柄。

"把它拔出来。"那个消失许久的冰冷的声音再次响起。

林可心东张西望："你是谁？你在哪？"

"别管我在哪，蠢货，如果你现在不拔出来跟她战斗，就永远不会知道我是谁！"

"可是，可是我……"林可心望着面前的血红的剑柄，她的手心里全是汗水，冰冷的汗水。

"我知道你现在很害怕，可是这也同样是你最勇敢的时刻！"

"勇敢？"林可心几乎不敢相信这个词语是用在她身上的，就好像麦当劳叔叔忽然说，肯德基老爷爷的鸡翅什么的最好吃了一样让人觉得充满了违和感。

"你的恐惧会带给她力量，快点把剑拔出来，和她战斗！"那个冰冷的声音里透出十万分的焦虑，林可心觉得自己像是一只在森林里迷路了的小白兔，镜妖只是一只追逐的豺狼，可是那道冰冷的声音，却像是猛虎一样，对她穷追不舍……

如果不拔剑，就永远都出不去了，妈妈会一个人在家，小敬和小维会着急，爸爸会面对她失踪的情报愁眉不展。尽管外面的世界如此操蛋，但是如果出不去，就会连那个世界都无法触及，而且自己所有的一切都在那个世界啊！

林可心在轰隆摇晃的石块上站起来，双手握住剑柄。她闭上眼睛，用尽所有的力气，奇迹般的，竟然缓缓拔出了血红色的长剑！

天崩地裂的声响以及长剑微微颤动的"嗡嗡"声顿时像核弹，

以耳膜为靶场炸响! 无穷的力量迅速自剑柄涌进那双稚嫩的双手,
贯穿她的全身!

"砰! "无数的玻璃碎片随着镜妖的巨掌拍下而四处飞溅, 先
前林可心站立的地方静悄悄的, 只有玻璃碎屑脆生生地往下坠落,
碎了一地。本该得逞的镜妖却一脸的痛苦, 巨大的手臂微微颤动着,
仿佛拍到了钉子的手掌。

"刺……"空气中忽然响起一丝利刃划过玻璃的声响, 血红的
光芒照耀着透明的巨掌, 少女一手提着血红的华丽长剑, 一手轻轻
托着玻璃巨掌, 缓缓地站了起来, 紧闭的双眼徐徐静开, 紫色的瞳
孔透着凛冽的杀气。

"真的是受够了这个弱小的白痴! "紫瞳少女不屑地打量着这
具身体, "如果不是这个白痴身体的束缚, 岂会让你嚣张这么久! "
紫瞳少女说着, 举起了手中的长剑, 血色的剑气丝绸般萦绕在她的
周身。

"怎, 怎么可能……"镜妖抽回手掌, 倒退几步, 不敢置信地看
着面前的人类少女。

"果然是杂碎啊, 真是弱爆了。"她轻松地挥舞着手里的长剑,
"你不会是已经怕了我吧? "

"你明明是个弱小的人类! 怎么可能! "镜妖气急败坏, 呼啸着
再次伸出巨掌, 扫向一动不动的她。

天崩地裂的轰隆声震耳欲聋, 天空中到处是散落的巨大玻璃
残碴, 紫瞳少女一个雀跃躲过巨掌, 一剑削掉了巨掌半边手肘: "既
然你不相信, 那么我只好做给你看了。"紫瞳少女嘴角挂上了一抹冷
笑, 她始终低着头, 丝毫不顾及镜妖随时会出现的攻击。

"啊啊啊……"镜妖急忙抽手, 紫瞳少女提着长剑, 迅速奔跑
着, 追上镜妖在空中来不及缩回去的残臂, 一脚踏在巨掌上, 斩断了

巨掌,镜妖尖叫着抽回失去手掌的手臂。

"原来玻璃也会疼啊。"紫瞳少女抬起倨傲的眼睛,盯着镜妖痛苦的表情,嘴角挂着一丝嘲讽的笑,她举起手中长剑,急速奔跑!

"看来你已经意识到自己的弱小了,那么,就让我来结束你吧!"说着她猛地迸射进镜妖的胸口,自她的后背钻出,飞鸟般张开双臂,双手握剑,自镜妖的天顶一路劈斩而下!

利刃划过玻璃的刺耳声顿时弥漫了整个空间,镜妖的身体颤动着一分为二,紫瞳少女轻轻一跃,稳稳地站在大地之上,将剑插入玻璃地面,直没剑柄。

镜中世界在这一瞬间,轰然崩塌!

簌簌落下的玻璃碎屑中,紫瞳少女缓缓半跪在长剑旁边。她冷酷的紫色眸子里倦极一般闪过一丝痛苦:"暂且休息一下吧。"她缓缓地闭上了眼睛,紫色的瞳孔里蔓延过宇宙般的漆黑,眼睑闭合之前紫色消失殆尽。

"交给我,你退后。"周子敬伸手将维拉德格挡在身后。

于是维拉德觉得,他又被保护了……

面前的周子敬威风凛凛地矗立在巨狼面前,跟那头遮天蔽日的巨狼相比,周子敬的身体实在是微不足道,但是不知道为什么,却让人莫名觉得,那挺拔的身姿,足以对抗全世界!

难道,这就是血猎的气场吗?

维拉德不禁心里替他捏了把汗,虽然周围的一切都是幻象,但是如果受伤了,对于精神世界来说,却是相同的。简单来说,如果你在这个幻象里死掉了,纵使身体完好,大脑也会失去生命迹象,类似于植物人。而且为了更加真实,工会甚至在这个幻象系统里注入感

知，虽然是假的沙漠，却让人如临其境，那么如果被揍的话，痛感也是会一点不假地反馈给人的身体的。

狼嗥声震耳欲聋，周子敬上蹿下跳跟巨狼周旋着，维拉德站在战斗范围之外，不知道到底该不该帮忙。这个人类少年太过于骄傲，如果不是他亲自开口自己就贸然搭手，他可能不仅不领情，还会认为被妨碍到。

可是眼前这番情景……他不确定自己是不是应该对周子敬主动一点。

巨狼前爪摁着周子敬，露出一口獠牙，维拉德闻到一股动物身上的腥臭味，然后他看见口水顺着獠牙滴答在周子敬的胸口，周子敬的衬衣早就被狼爪撕碎了，裸露在外面的健美的胸肌在口水的作用下，闪烁着诱人的光芒，维拉德咽了咽口水，看见周子敬艰难地转过头，艰难地蹦出几个字："我，都快死了，你还不帮忙，在发什么呆！"

"不是你说的让我退后么……"维拉德无辜地眨了眨眼睛。

周子敬深吸一口气，一拳砸在狼爪，一手撑地，一个鱼跃跳出了狼爪的攻击范围，气喘吁吁地对维拉德说道："我死了你脖子上的东西也取不下来。"

"我不是这个意思……"

"而且就算你把我扛回去，我老爸也不会帮你取下来那个！"

"你误会了……"维拉德急忙解释。

"我明白了。"周子敬冷冷地说。

"……"维拉德伸手扶额，又明白了？明白什么了？刚刚不还一直在误会他吗？。

巨狼咆哮着，周子敬急忙退后。维拉德顺势挡在他面前，巨狼的形体忽而膨胀了三四倍，维拉德冷汗涔涔，但是巨狼却偏偏绕开了他，直接去攻击周子敬。维拉德心下吃惊，回头对正在跟巨狼纠缠，跳来跳去的周子敬大呼："你有没有发现，他只攻击你一个！"

"好像是的。"周子敬边点头表示同意，边躲开了獠牙的撕咬。

巨狼咬了个空，更加暴躁，腾空扑向双手撑膝喘气的周子敬。

"一定是因为你身上有它感兴趣的东西！"

周子敬低头看了一眼手里捏着的石头："难道是因为这个？"

"我明白了！"维拉德伸出一根手指。

周子敬躲得好累，回头看见维拉德胸有成竹的模样，无力地望着维拉德，一副你明白了就赶紧说不要等老子死了再追悔莫及的表情。

"要不你试着把石头丢给它？"维拉德提议。

绷不住了，周子敬深吸一口气，落在维拉德身边，朝他大吼："你不是说这是我们出去的关键吗？给了它我们怎么办？！"

"石头确实是关键，但是貌似这个大家伙也是关键，你仔细观察一下，看看它两者有什么共同点。"

"嗯，仔细观察。"周子敬乖乖听话，凝神注视着巨狼，"啪！"巨狼一掌拍在他的头顶，周子敬觉得眼前有一条银河在流淌……

"仔细观察……"维拉德看着巨狼，丝毫没有注意到被巨狼摁在沙子里正在苦苦挣扎的周子敬，"砰！"的一声巨响，巨狼不知道怎么的又被周子敬抛上了天空，但在落下来的过程中，巨狼显然继承了奥林匹克精神，来了个翻转一百八十度，一屁股砸在了刚从沙子里爬起的周子敬身上，维拉德蹲在周子敬面前，"这样子可是观察不到的哦。"

"我当然知道！"周子敬挣扎着从巨狼屁股下面钻出来。维拉德抬眼看着巨狼呜咽的獠牙，额前隐约可现的字符吸引了他的目

光，他低头迅速瞄了一眼周子敬一直紧紧握在手里的石头，石头上面的字符和巨狼额头上的字符完全吻合。

"难道……"维拉德沉吟着。

"难道什么?!"周子敬不知道什么时候又跟巨狼开始玩儿起了捉迷藏，从这棵仙人掌躲到那棵仙人掌后面，"快点说好吗!"

"我明白了!"维拉德直起身子，凝视着跑来跑去的巨狼的额头。

我去，明白了就快说好吗! 周子敬边跑边在心里吐槽。

"周子敬，你看它的额头!"

"额头?"周子敬喃喃自语，回头刚看清楚，又被一巴掌拍在沙子里，他吐出嘴里的沙子，呢喃了句，"一样的字符?"

维拉德眨了眨眼睛:"现在不用我多说了吧?"

"好吧，姑且试一试。"周子敬紧握石头，翻身飞跃上巨狼的身体，一手抓着巨狼的长毛，几个跳跃，匍匐在了巨狼的头顶。大家伙似乎意识到了什么，摇头晃脑跟嗑了成长快乐似的……

"小心啊!"维拉德双手放在嘴边，朝站在巨狼头顶的周子敬喊。

周子敬一手紧紧抓牢巨狼脖颈的长毛，一手将石头迅速摁进巨狼额前，一道刺眼光芒一闪而过，周子敬发现自己什么也看不见了，而维拉德发现除了周子敬，他谁也看不见了……

天空响起机械的提示声:"A9区域沙漠程序终止，对区域内解除投影，并开启出口。"

沙漠渐渐退去，房间内的地板和天花板缓慢显现，无数的数据在眼前飞舞着消失，维拉德发现他和周子敬的距离只有零点零一米，两个人不约而同地相视着说了句:"成功了?"

房间内的墙壁上跳出一个大屏幕，穿着精致西装的男考官表情严肃地出现在屏幕上，对着房间内的人露出一个标准的公关笑容：

"恭喜你们，你们已经通过了测试。"

维拉德感觉到身边的周子敬长长地出了一口气。

"不过……"屏幕上的考官忽然拉长了声音，像是在斟酌着接下来要说出口的话，"跟你们一起的那个女孩子，似乎遇到了一点问题。你们不要太担心，工会已经对她进行了身体评估，一切并没有太糟糕……喂，你们不要着急，那个，门不在那里，门在你们的右手边，不要着急，一次只能通过一个人，一个一个来……"

Chapter 2

第二章

烈焰的狂舞

周子敬静静地看着躺在白色床单上的林可心，空气里飘荡着一股淡淡的药水的味道。

她小小的脸颊陷入洁白的枕头，睫毛的影子轻轻扫过她紧闭的眼睑。

"她的身体并没有受到损伤，只是心灵选择了闭合，可能是在考试的过程中受到了心灵方面的考验。"护士的声音响起在他的身后。

"她什么时候能醒过来？"维拉德焦虑的声音响起在他的身后。

"这个，我们也不能保证，"护士为难地看了一眼躺在病床上的林可心，"不过你们放心，我们已经通知了工会心灵方面的专家赶过来，一般这种情况，只能等她自己苏醒了。"

周子敬听到这里伸手轻轻握住了面前女孩子冰凉的小手，他发现她的手柔软得不像话，就好像小时候吃到的棉花糖。

"没有别的办法了吗？"周子敬回头问维拉德。

"除非有心灵感知能力的人，可是这种人是非常难寻的。"

"你也不行吗?"周子敬认真地看着维拉德。

"我无能为力。"维拉德沮丧地叹了口气。

周子敬呆了呆,一言不发回过头,看着昏睡中的林可心发呆,留给护士小姐和维拉德一个背影。

黑暗无边无际,林可心感觉自己的身体轻飘飘的,反倒是垂在身下的头发。很久,漆黑开始慢慢消散,昏黄的光亮渐渐照进她的瞳孔里。

她缓缓地在虚无里站直了身子,燃烧的煤油的味道充斥在她的鼻息里。她看见桌子椅子和凳子,还有一套简陋的残局,以及挂在橱柜里的木质勺子。像是一个农夫简单而又朴实的家里。

房间内黑黑的,只有一束昏暗的光在轻微摇曳。

为什么不开灯呢? 林可心四下里寻找着开关,房间内的漆黑程度刚好够模模糊糊看清四壁,木质的墙壁,一个男人站在马灯下面,高大的身影挡住了半屋子的亮光,在他漆黑的长袍前面,低垂着脸颊的小女孩,虔诚地双手交叠放在胸前做祷告状,她胸前的红色蝴蝶结在灯光里泛着剔透的红光,像是燃烧的火焰。

"玛丽,你是我最疼爱的孩子,可是最近你的行为让我很担心你,孩子。"

小女孩抬头看见神父担忧的眼神,低垂着眸子,像是个被大人看透心事的孩子。

"新搬来的母子来路不明,和那孩子来往恐怕会给你带来危险,所以,为了你的安全,你要尽量远离他们。"

小女孩愣了愣,随即低下头:"可是神父,这里的孩子,不都是来路不明么? "

神父慈爱地抚摸着少女的额头:"那对母子和你们不同。"

"可是神父，您常常教导我们要怀着一颗善意的心对待每一个陌生人呀。"小女孩天真地歪着头，等着她的神父给她一个满意的答案。

林可心感觉房子里的灯光更加黯淡了，一阵风从窗外吹过，马灯悠忽一下，险些被吹灭。她抬头看向挂在高高的房梁上的马灯，却发现一轮明月不知何时已经出现在了那里，房顶也随之消失了，被漆黑而遥远的夜空所取代，夜风凉凉的，吹拂过她的脸颊，让她顿时清醒了许多，可她还是想不明白自己为什么会出现在这里。

清脆的小男孩的声音传进她的耳畔："玛丽，今天神父又找你谈话了吗？"

神父？刚才的房间里那个男人吗？怎么一切又消失了？

她挣扎着企图坐直身子，水流轻微在她的周身流淌，水草徐徐地荡漾在她的面前，她这才发现自己躺在水底，声音从水面传进水下，一双小脚丫在水里轻轻踢踏着，明月碎成了细碎的，仿若水做的钻石。

"没有啦，你听谁说的。"小女孩子笑嘻嘻踢着水流，感受水草在小脚丫上扫过的酥痒。

"是因为我吗？"小男孩轻轻问道，火红的头发在夜风里轻轻拂过他可爱的脸颊，月色里，黑色的小马甲衬得他里面的白色小衬衣更加洁白无瑕。

"当然不是啦。"小女孩转过脸看向夜空，稚嫩的樱唇微微嘟着，好像是在跟谁赌气似的，"神父是找我谈话了，但是不是说关于你的哦，是在祈祷哦。"她说完，对小男孩咧嘴笑笑，水面上的月光映照在她稚嫩的小脸蛋上，她打了个哈欠，伸伸懒腰，"好无聊呀，我们来玩打水漂吧！"小女孩提议，慵懒后开心的样子让她看起来好像刚睡醒的小天使。

林可心看向小女孩，是刚才在房间里的那个小女孩。她轻轻晃动着小脑袋，看着脚下的水流，小鹿般灵动的眼眸在星空下闪烁着天真善良的明媚。

"真的吗？"小男孩似乎开始相信了，眼里多了一丝期待。他低头捡起一枚小石子，"悠忽"一下朝水面扔了出去，小石子在水面划开一溜的涟漪。月光徐徐荡漾在晚风里，蟋蟀的叫声戛然而止，只剩下水波拍打水草的涟漪声。

"你不要想多了啦，其实就算之前有很多人排斥你和你妈妈，你也不用担心的。村子里的人都是很好的人，之前肯定是因为对你们了解不多，只要时间久一点，一切就会大有改观，到时候，你可不要不适应哦。"小女孩咯咯地笑着说，好像那一天已经出现在了她的眼前。

"真的会有那一天吗？会不会很久啊？"小男孩期待地看着小女孩。

"当然会，而且不会很久的。你看，你才来不久嘛，我已经在这里生活了很久了，对村子里的人的了解还是很多的哦。"小女孩伸出手，揉揉小男孩奶油般嫩嫩的小脸蛋，"不要不开心了啦。"

"嘿嘿。"小男孩乖乖地咧嘴笑了笑，小女孩愣了愣，肉嘟嘟的小粉颊红扑扑的像是个大苹果，她急忙缩回手，别过脸看向身边的水草，小男孩伸手去挠她的痒痒，小女孩躲闪着，"咯咯"地捂着嘴角笑起来。

林可心呆呆地聆听着属于纯真的孩子的笑声，风也在这笑声里变得缓慢，流水欢快地流淌过她的周身，她不自禁地咧嘴，像岸边的两个小孩子那样微笑着。然后她发现水流越来越快，水面渐渐开始冒泡，直到渐渐沸腾。等到林可心注意到水面的突变，她忽然想起那两个孩子，想要提醒他们赶紧离开，当她看向岸边，发现那里空空如也。水流更加湍急，她觉得好热，越来越热。水草消失了，水流消失了，耳边是熊熊燃烧的火焰的声响，以及人们狂躁整齐的呐喊声。

可是她一个人也看不到，只有魔龙般狂舞的火焰。

不对，还有那个小男孩，他站在大火的边缘，朝火海里张望着。林可心想要跑过去抱走小男孩，可是怎么也挪不动脚步，小男孩的哭声忽然撞进她的耳畔，她好像听见他在喊："妈妈！妈妈！"

烈火更盛，仿佛浇了漆黑的油，火焰烧得整个天空通红一片，像是夕阳的余晖。

"妈妈！不要！"小男孩试图冲进火海，却被更加猛烈的火舌逼退。

"特瑞！快跑，不要管我！"女人的声音忽然在火海里响起，林可心看向燃烧的火焰深处，一个女人的身影若隐若现，她缓缓回过头，看着站在火海边无助的小男孩，眼泪滑过脸颊，来不及落下，就被大火蒸发。

林可心看着那张美丽的脸颊，惊呆了。女人看着小男孩的眼睛慢慢转移到了她身上，仿佛在诉说着什么，那样悲伤和殷切的眼神，像是在嘱咐着某种最后的叮嘱。林可心努力移动脚步，却半点都不能动弹。

"不！妈妈！"小男孩再次冲向火海。

"特瑞……"

大火以更加强劲的势头，将小男孩逼出火焰范围，女人渐渐消失在火焰深处，直到再也寻不到半点踪迹。

熊熊大火依旧在燃烧着，丝毫没有停歇的迹象。

小男孩呆呆地站在火海边缘，一直低着头，注视着他的双脚站立的大地。火焰将他的影子拉得很长很长，在林可心的身边摇摆不

定。火焰将他的小马甲烧得到处都是破洞，膝盖处磕破了，鲜血在火光里莹莹发光，顺着小腿流淌进脏兮兮的小脚趾缝隙。

林可心瞪大了眼睛目不转睛地盯视着小男孩，他小小的肩膀在剧烈地颤动着，火红的头发因为满脸的汗水和泪水紧紧贴在脸颊上，忽然，他的膝盖一软，"扑通"一声跪在了地上，膝盖处的伤口顿时裂开，鲜血如注。

小男孩像是完全感觉不到疼痛，只是低着头，手臂撑在地上，手指头抠进泥土里。

林可心朝小男孩伸出手，她忽然发现自己在走向小男孩，她能动了，可是为什么不早一点，为什么……她在心底质问着自己，直到她的手指触及到小男孩低垂的脸颊。

就在这时，小男孩慢慢地抬头，注视着面前的林可心，他的脸颊上一道黑一道血迹，大眼睛木然地注视着林可心，忽然，那些木然瞬间消失了，火海在他的瞳孔深处熊熊燃烧，林可心甚至能听见他骨骼挤压的声响，他的眼里全是仇恨。

林可心急忙缩回手，小男孩缓缓地站了起来，盯着林可心，火海依旧在噼啪地燃烧着，她听见小男孩一字一字，压抑着声音，沙哑地重复着："为什么，为什么要这样对我们。我恨，恨你们。我要你们全部下地狱！"

烈火如狂龙般呼啸着从小男孩的瞳孔席卷而出，他小小的身体"扑"的一声点燃了，火舌贪婪地在她的面前张牙舞爪，仿佛几十条火龙，飞腾着缠斗在一起，最终汇成一条火龙，从天而降，迸射进她的瞳孔里，炙烤的灼烧感瞬间袭遍她的全身！

林可心满头大汗坐直了身子，喉咙深处发出一声惊恐的尖叫，她大口喘着粗气，眼泪不争气地哗哗往下落，就好像是小男孩叫着妈妈，却最终看着女人消失在火海里时淌满泪水的稚嫩脸颊，她的嘴唇嗫嚅着，最终发出几个沙哑的字眼："火，大火……"

好奇怪，明明烈火如魔龙般狂舞，像是要吞噬冰冷的星空，可是她还是觉得冷，浑身上下像是刚刚从遥远的冰山雪地跋涉而来般冰凉。

"可心！"

她听到熟悉的声音在呼喊她的名字，手腕被人紧紧握住，她这才感觉到一丝来自于手心的暖意，她几乎是本能地反手握住了那只手："救救，救救他们……"她这才看清楚了坐在身边的人，明媚的眼眸，额前柔软的刘海轻轻扫过英挺的眉头，黑曜石般的眼眸静静地凝望着她，是小敬！

她在心里默念着他的名字，好像是迷途的羔羊找到了猎人的怀抱，"小敬，救救他们！"她着急起来，声音陡然提升了几个分贝。

"怎么了？你刚刚说救谁？"周子敬担忧地望着她。

"我不知道，有一个小男孩，还有他的妈妈，火，好大的火……"

周子敬狐疑地问："在哪里？"

"在……"她扫视了一圈自己所处的环境，洁白的墙壁，洁白的天花板，洁白的床单，"这，这是哪里？"她焦虑地看着周子敬。

周子敬伸出手拍拍她的手背，他身上淡淡的阳光的味道弥漫在她的鼻息里，安慰她说："这里是医院。有我在，没人可以伤害你。"

维拉德站在一旁，担忧地看着她："可心。"

"维拉德。"银色的华发华丽丽地垂在他的身侧，他爱抚地将手心放在她的额前，神情温柔，像是在清澈的溪流边饮水的小鹿。

看到熟悉的人都在身边，她一直提着的小心脏这才稍稍放下了一点，可是那场大火，炙烤的感觉，像是魔音般萦绕在她的脑海里，

还有那个小男孩的眼神，她从来没有看见过这么恐怖的瞳孔，充斥着仇恨和怨气的漆黑，仿若深邃的湖，寂静到可怕。

维拉德坐在另外一边，看了一眼周子敬握着林可心的手，轻轻握住了她另外一只手："考试的时候你昏迷了过去，所以你现在正在工会的医院里。"

林可心平躺在床上，左边坐着维拉德，右边坐着周子敬，重点是两个人每人握住她一只手，她感觉自己就像是即将被押赴刑场的女犯人。

"考试？考试的时候……"林可心觉得自己的脑袋里瞬间被插进了一根银针，刺痛的感觉铺天盖地，"啊……头好痛。"

"怎么了？"周子敬和维拉德同时起身，着急地看着她。

"好像一想到考试的事情，就好痛……"林可心深吸一口气，揉揉太阳穴。

"那就不要想考试的事情，放松一点，休息一下。"维拉德说着从小礼服口袋里掏出精致的红色丝绸手帕，轻轻替她擦拭着额前被汗水打湿的头发，边擦边温柔地说，"要擦干，不然会感冒的，尤其是你还刚刚昏迷过，人类的身体总是很脆弱的。"

林可心"呼"一下脸色涨得通红，低着头，看都不敢看精致得像是个精灵的维拉德。

"对。"周子敬生硬地附和着。

林可心抬头正对上周子敬严肃的目光，那目光仿佛在说，尽管我很不喜欢这只吸血鬼，甚至不喜欢他对你动手动脚的，但是不可否认，这家伙说的是对的。

要不要这么萌啊……林可心一边藏着对维拉德的羞赧，一边强忍着来自于周子敬的笑意，而她的脑海里还在回放着那场大火，以及她现在都不敢再涉足的关于考试的记忆。她甚至还在胡思乱想的间隙自嘲地想，虽然从小到大别人都说她笨笨的，可是她觉得一秒钟分裂成四个林可心完全不是问题的自己也不是那么笨蛋吗。

"不过人类的身体，也有强大的。不能一概而论。"周子敬继续严肃地说道。

维拉德微微一笑："你就很强。"

"不要拍马屁。"周子敬毫无表情地说，就好像他现在不是在反驳一个吸血鬼，而是在课堂上回答老师提出的问题，"拍了也没用。"周子敬伸出戴着戒指的手，看似无意地刮了刮自己的鼻尖。

"喂，你们几个，声音能小一点吗？"小护士不知道什么时候出现在了他们身后，边埋怨边低头在手上的文件夹上写着什么，之后撕下一片白纸，递给周子敬，"去交了钱就能出院了。"

护士小姐视线落在躺在床上的林可心身上，"她的身体可没有你们说的那么强大。"说完，看似无意地回头瞄了一眼沉默的周子敬和维拉德，她皱皱眉，看着木然地躺在床上的林可心，"你真的通过考试了？"

林可心也不知道自己有没有通过，她甚至连考试都不记得了，估计没有通过吧。毕竟如果一个人出去跟人说，虽然我忘记了考试但是我考过了不被当神经病才怪。

"到底有没有通过啊？"护士小姐不耐烦了，"通过了就去领血猎证，回头能报销。没有就赶紧去交钱。"

"去哪领？"维拉德搔搔脑袋，不好意思地问，"另外，什么叫报销？"

众人扶额。

"小伙子头发在哪染的，挺好看的嘛。"护士小姐看见维拉德，顿时换上笑眯眯的表情，"人家下次也要去染。"

"什么'染'的？"维拉德狐疑地继续搔脑袋，求救似的看着周

子敬。

"头发啊。"护士小姐嘟起可爱的小嘴嘴。

"头发?"维拉德更加迷糊。

周子敬皱眉,不顾护士小姐正送着秋波,打断她:"请问在哪领证?"

"哪儿来的哪儿领。"护士小姐也皱眉,林可心觉得她变脸的速度直甩奥斯卡影后两条街。

"难道她不需要再观察一下吗?你不是说专家都赶过来了吗?难道不用等专家看一下吗?"周子敬急忙问。

"不用,我们刚刚已经给专家打过电话了,专家表示这种情况只要人一醒,就没事了。就算有事,也不会再是心灵方面的。"

林可心扶额……周子敬隐忍着继续问:"那我们现在可以去领证了吗?"

"走你。"

"……"

小护士好不容易摆脱了周子敬,急忙跑到林可心病床另外一边围着维拉德东拉西扯。林可心囧囧有神地看着小护士,心想可能她喜欢维拉德这一款吧。

从病房收拾完毕出来的时候,林可心还能听见小护士调戏维拉德的声音。

"小哥,加个QQ呗。"

"QQ是什么?"

"没有QQ加个微博也好呀。"

"微博是什么?"

"电话总知道吧,给我电话哟欧巴。"

"电话?可是小敬家里只有一部电话,给你了,他们家就没有用的了。"

"……"

从工会医院部出来往大厅走的一路上，林可心发现那场大火像是挥之不去的梦魇，不论她怎么试图从脑海里将它驱赶出去，都是徒劳，小男孩的瞳孔像是刻在了她的脑海里。还有在她的脑海里几乎成为了空白的血猎测试内容。

周子敬安慰她说："忘记了就忘记了，如果想起来让你痛苦，那么就不要想，不论如何你经历了这场测试，尽管你不记得了，但是没有人能否认这个。就好像是，"周子敬说到这里停了停，伸手刮了刮她的鼻尖，"就好像是，一个人经历了，却可以不记得，有时候，是一种痛苦，可有的时候，却是避免痛苦的途径。"

林可心怔了怔，她从来没有见过这样的小敬，虽然平常沉默寡言，但少年人该有的热情和朝气小敬一样不少。可是就在刚才，林可心分明看见了小敬眼中一闪而逝的落寞和孤独，或许……小敬心里也承受了很多痛苦吧。

一旁的维拉德轻轻碰了碰林可心的手，温柔地笑着："有些事，不去想，反而能记得起来。所以，先不要着急，好吗？"

他的话语很温柔，声线也有如春风拂面一般，几乎在刹那间抚平了林可心内心的不安。林可心抬起头，冲他微微一笑，轻轻"嗯"了一声。维拉德一下子笑得更开心了。

林可心看着面前长长的走廊，走廊的位置在整栋大楼的边缘位置，一边是玻璃阳台，整个城市匍匐在走廊外面的世界里，阳光明媚得不像话，照耀在她的身上，让她产生了一种恍若隔世的感觉，仿佛今天经历的一切都是一场梦，而她始终没有清醒过。

走廊的尽头是来报到时的大厅。大厅里零零散散站着十几个

人。大厅的另外一边被玻璃隔出一个办公室，银狐和晓夜在里面对着电脑，第三个女生看起来跟之前的小护士年纪差不多，恭敬地把血猎证交给每一个被喊进去的人。

"没想到有这么多人通过。"林可心听见身边陌生的人冷笑着说道。

她也不清楚自己到底有没有通过，跟着周子敬和维拉德站在队伍里，让她想起了小学学过的那个成语故事，说是一个人不会吹乐器，却总喜欢混在人群里跟大家一起吹，好吧，林可心觉得自己虽然不至于滥竽充数，但是在不知道自己到底有没有通过的情况下站在队伍里，真的是各种违和感啊！

"怎么了？"维拉德察觉她的异样，轻声问道。

"要不我还是去外面等你们吧。"林可心轻声说。

周子敬回头看着她："万一通过了呢，等等吧。"

林可心囧，心想昏倒在测试现场的人也能通过的话，除非测试的内容是看谁晕倒得最专业。

"薇璞，请薇璞小姐到领证处来一下。"银狐站在玻璃办公室的门口，笑眯眯地对大厅喊道。

大厅里随之响起一阵骚动。林可心隐约觉得这个场景好熟悉，抬头看见所有人的目光通通看向从角落里起身，走向玻璃办公室的那道背影。

林可心忽然明白了为什么她会有一种熟悉感，好像每次看电视啊，只要是重要的人物登场，都会出现这样的骚动。当林可心回头看见身边的周子敬和维拉德也呆呆地看着那道背影的时候，她才后知后觉地看向恰好从她的身边走过的身影。

黑色的皮裤，黑色的皮夹克，暗红色裹胸，黑色的长筒靴闪过一层黝黑的亮光，足足有十厘米高的鞋跟跟地面撞击出清脆的声响，一头长长的黑色秀发随着身影轻微晃动，性感的腰肢暴露在空气里，劲爆的身材，修长的美腿。那张美得惊心动魄的脸颊直视着前方，冷漠的脸颊透着一股的冰霜般的拒人千里之外的女神气息。

林可心甚至能闻到空气里男生们流出的鼻血的味道，她真有点担心身边的维拉德hold不住血液的诱惑……

"原来她叫薇璞啊，刚刚来报到的时候就注意到她了，没想到名字这么好听，就跟人一样吗，哈哈。"

"兄弟你是只知其一不知其二啊！"有人冷笑着搭讪。

"你才二呢！"

"呵呵，加入血猎，以后你就会明白，为什么越是美艳的东西越是危险。包括这位叫薇璞的。"

"你胡说什么呢？"先前赞赏的人不满地斜睨着冷笑的家伙。

冷笑的家伙却不以为然，盯着少女的背影，继续说："作为有四分之一吸血鬼血统的人类，可不是什么善茬，如果想要活得久一点，最好还是离这样的危险的异类远一点吧。因为你不知道，她什么时候就会把你当作猎物。要知道，在面对血液的诱惑时，血族血统会让他们成为世界上最贪婪的怪物哦。"

"你别胡说！"

"不信我的话，难道你不信自己的眼睛吗？兄弟，难道你没有看见她的眼睛一只黑色一只却是红色吗？"

"现在的女孩子为了好看戴美瞳嘛。"

"呵呵。是吗？"

林可心这才注意到，薇璞确实有一只瞳孔是血红色的，难道，真的是有四分之一吸血鬼血统的人类？

"他说的是真的。"维拉德望着少女的背影，喃喃地说道，像是在自言自语。

　　"薇璞,你的猎人证!"银狐看到薇璞好像很兴奋,满脸都是笑意地把猎人证给了薇璞,与银狐的热情相比,薇璞却显得冷静多了。她只是接过猎人证,然后很有礼貌地对银狐鞠了一躬,就走了。

　　"记得明天还要来哟,薇璞小姐!"银狐的兴奋之情显然惹到了她身边的同事晓夜,他拉拉银狐的衣角,示意她还有这么多即将成为工会成员的学生看着,银狐吐吐舌头,抱歉地笑了笑,看见人群中的林可心,眼睛一亮,朝她挥了挥手,"林可心是吧?恭喜你呀,下一个正好是你,来领取证书吧!"

　　纳尼?

　　难道……真的通过了?!

　　林可心张大了嘴巴,像是吞了一个大大汤圆,可是汤圆太热了,咽下去也不是,含在嘴里也不是,吐出来更加不雅观,好在维拉德和周子敬真心是贴心小棉袄,立刻对她绽放帅哥效应,利用一张俊俏的脸颊替她扫清自卑路上的小障碍。

　　周子敬难得一笑,鼓励她说:"去吧。"

　　维拉德则好像比她还兴奋,看着她说:"可心,我就知道你行的!"让她心里一阵暖流涌过。

　　拿到猎人证后林可心又囧了,为毛她的证书就光秃秃的什么也没有,连个字母D都没有。于是火急火燎等周子敬维拉德他们出来,扯着他们的猎人证一顿瞅,看完就凌乱了:"啊咧?为什么都光秃秃的啊!跟学校食堂的饭卡没差啊!"

　　"因为现在还没有级别,刚刚通过的只是初级的测试,考官也说了,下周一来进行培训测试,到时候就有级别了。"周子敬耐心地解释着,"另外,接下来的测试才是更加严酷的,所以要继续加油。"

　　"嗯嗯!我会的!"林可心挥了挥小粉拳,心想昏睡都能通过,她还怕个神马！大不了再睡一回……总之兵来将挡水来土掩，麻雀来了有弹弓，麻烦来了她有勇敢的小心脏噗噗跳！

"咦？"林可心把猎人证塞回维拉德手里，她这才发现从薇璞出现到现在，除了知道自己通过考试的一点生气后，维拉德都死气沉沉，好像被人抽离了魂魄似的。一个念头顿时跳上她心头，这家伙不会是被那个叫薇璞的美女勾走了魂魄吧！

"当然不是，除了你，我不会对别人有那种心意的。"维拉德忽然开口说。

林可心吓了一跳，她竟然忘记了维拉德能读心。

于是她又在脑海里急急地解释，我就是胡乱假想一下吗，看你不开心，还以为你是因为她呢。

"只有看见你，我才会明白喜欢是一种什么感觉。"维拉德深情地凝望着身边的林可心，林可心觉得自己的小心脏瞬间飙到了超速状态，她急需交警叔叔跑出来罚她个款什么的，总之能让她飙升的心跳慢下来就好。于是周子敬适时地扮演了"交警叔叔"的角色。

"喂，你，"周子敬看着维拉德，又指指自己，"一把年纪了，还说这种话，不害羞么。"

维拉德歉意地对他笑了笑，周子敬重新回头，双手插兜继续朝公车站走去。

维拉德和林可心继续并排走着，林可心不时偷看两眼身边低着头的维拉德，她每次看他，他都能猜到，都能和她四目相视，每次都搞她满眼羞报，可是她还是愿意这样一次又一次暴露自己的小秘密。虽然她不会读心术，但是她能看出来，身边的维拉德虽然一直在微笑，笑得那么温柔，就好像是天空里的星星在眨眼睛，可是她也看得出来，他其实是把悲伤藏在了笑容的后面。

是啊，从薇璞出现之后，他就变得郁郁寡欢了。

林可心仔细想着从维拉德情绪变坏到现在发生的一切。

那个陌生而又冷漠的声音仿佛从马路上长出的倒刺，扎进她的心田里——如果想要活得久一点，最好还是离这样危险的异类远一点吧。因为你不知道，她什么时候就会把你当作猎物。要知道，在面对血液的诱惑时，血族血统会让他们成为世界上最贪婪的怪物哦。

原来如此，她觉得自己真的是太笨蛋了！早就该想到是这样的原因吗！

"其实，你能用心去想这么多，在意我的情绪，我已经很开心了呢。"身边的少年忽然开口说，等到林可心对上他的眼睛，发现这一次，他是真的在开心地微笑着，"其实我们一直是异类，不论是吸血鬼还是半吸血鬼，都一样。我一直知道，只是从别人的嘴里听到，感觉还是很难受啊。不过现在好多了，因为……"维拉德说到这里顿了顿，耸耸肩，微风轻轻吹拂着他银色的柔软刘海，"就好像是全世界的人，都在跟你作对，可是你不会害怕，因为知道在这个世界上，就算所有人都要毁灭你，但总有那么一个人，她在这个世界的某个角落里，为你担心着，为你的情绪而担忧，为你的不开心而去想很多很多。我想，如果这个人在我的身边，那将是我最大的幸运。为此，哪怕是赌上全世界，我也愿意。被那个人喜欢就是我生活在这个世界上这么久的理由啊。"

"喂……"周子敬停下脚步，头也不回地喊了一声。

维拉德不好意思地耸耸肩："对不起啊，我应该说小声一点。"

"根本不是小声一点的问题，是，你到底一个人在自言自语什么。"周子敬回头，皱眉。

"我……"

"啊！公车来了！"林可心急忙替他解围，"小敬，你有公车卡吗？我的忘带了呜呜。"

"忘了告诉你们，血猎证可以刷公车卡。"

"真的假的？"林可心兴高采烈，像是被通知了期末考试她可以开卷似的。

"另外，还可以刷POS机，每个人的卡里都有一个额度，根据级别，额度有大有小。当然，这就相当于工资了。不过，据说很可观。"周子敬扬了扬手里的证件，率先跳上迎面停下的公车。

林可心跳上公车，脑海里还在想着维拉德刚刚的那番话，脸颊红得跟大苹果似的，不知情的人还以为这孩子刚从青藏高原旅行归来，面颊两团高原红呢。

如果活这么久是因为需要被那个重要的人喜欢的话，那么如果那个人一直不出现岂不是很惨。她没来由地想着，忍不住看向站在身边的维拉德，他还不太习惯人类的交通工具，每次拐弯刹车，他几乎都是全身吊在拉环上……

"是，是啊……会很惨呢。比现在还惨呢！"维拉德惊恐地吊在公车拉环上，不时看两眼车外迅速离开的街景，老实说他有点儿晕车，真不知道为什么身边的人都跟没事儿人似的，"不过为了那个重要的人，就算很孤独很孤独地活很多年，寻找很多年，也是很愿意去做的事情，因为他知道，总有一天会遇见。"

原来是这样。林可心偷偷地想，开心得就像是动物园里捡到游客丢的香蕉的小猴子，内心狂喜，可还是要很淑女地站在他的身边，然后让脑袋放空，因为他今天好像一直有在探寻她的内心想法呢。

"喂，这种自言自语会吓到人的。"周子敬提醒维拉德注意看他面前的小孩子，那个小孩子一直瞪着惊恐的眼睛盯着维拉德，好像被刚才维拉德的自言自语给吓得不轻，抱着小孩子的妈妈皱皱眉，看着吊在拉环上的维拉德，抱着孩子往公车后门走去。

"……"维拉德歉意地笑笑。

周子敬皱眉："在工会的时候，那个人说的话，不要放在心上。"

林可心大吃一惊，小敬，这是在关心维拉德?

"不过，你的身份你要认清，在某些时刻，就像那个人说的，面对某些东西的时候，你们的内心还是会归于放逐状态，所以，不要怪我不信任你，要怪就怪自己的出身吧。"周子敬说完，看了一眼维拉德，站在了维拉德和林可心的中间。

"是啊，要怪就怪自己的出身。我明白的，一直以来，都明白。"维拉德淡淡地说道。

林可心静静地听他说完，僵硬地站直身子，这一次她再也没有感知到维拉德的心灵探寻。她想，如果她也有这样的能力就好了，这样的话她就知道维拉德在想什么了，这样的话，她就能尝试着去安慰他了，在他伤心和失落的时候，她也可以像他对她那样，全心全意地想要让难过的对方开心起来。

可是她除了自己的心跳声，什么也听不见。

血族蒂孚日城堡。

一个阴云密布的夜晚，耀眼的闪电劈过漆黑的夜，惊起一大片蝙蝠，黑色的羽翼扑腾的声响夹杂着闪电的巨响，最后统统淹没进黑色海浪拍打海岸基石的涛声里。

审判室黑漆漆的，只有几束微弱的光线萦绕在黑暗里。十三个大理石高台时隐时现，每个高台上都坐着一道黑影，浑身漆黑长袍，兜帽遮住脸颊的黑影，仿佛他们本身就是黑暗，而支撑斗篷和兜帽的不过是比黑暗更加漆黑的黑寂。

维尔利特静静地站立着，坐在正中央的高台的兜帽下发出比黑暗更加寒冷的声音，"维尔利特伯爵，你出现在这里，那就一定是完成了任务。"

维尔利特恭敬地弯腰，从身后掏出一缕银色的头发，她甚至感觉到高台上的兜帽们随着她手上头发的出现而产生了一阵微妙的躁动。那一缕银发在黑暗里闪烁着诡异的光华，从维尔利特的手心缓缓上升，最终落在高台正中央亲王的手里。

久久的沉默，维尔利特感觉自己的整个心脏都被藤蔓纠缠，她深吸一口气，终于低下了头。其实她从一开始就知道这种把戏瞒不过十三审判，更何况还是亲王亲自下达的命令。

"维尔利特，追捕维拉德男爵，是我给你的最后一次机会，阿鲁卡尔德家族为血之一族贡献极大，最后的任务也是为了保住你们家族的名声，你知道这些利害关系吗？"

"我知道。"维尔利特低垂着眼眸，脑海中浮现过父亲的模样。

"那你知罪吗？"阴沉沉的声响像是冰做的丝线，在她的周围游走着。

维尔利特握紧了拳头，渐渐又松开："我，我知罪。"

"你们怎么看？"亲王将手里的银发扔向空中，那一缕银华顿时浮现在审判室的正中央，高大的大厅里，响起发丝割裂空气的刺耳声。

"很明显，这是欺骗。这是对您的欺骗。"其余高台上发出零零散散的声音，但维尔利特没有听到有利于阿鲁卡尔德家族的声音。

"维尔利特伯爵，我现在判你死刑，今晨执行。"兜帽下的黑暗里，寒光一闪而过，维尔利特猛地抬头看向高高在上的亲王，满眼的惊诧。

"欺骗等同于背叛，对于背叛，蒂孚日城堡从不姑息。"十三审

判起身默念。

审判室寂静的空气像是瞬间凝固了，紧接着发出铁链交织碰撞的声响，大厅的地板龟裂开来，巨大的十字架自地底破茧而出！

铁链在黑暗里若隐若现，蟒蛇般缠绕着她的身体，像是长进了她的身体里，蜿蜒着将她捆绑在十字架上。

"我以血族亲王的名义剥夺你的seed，以及你的爵位和你家族的荣誉。"亲王说着，张开双臂，古老的符咒自黑暗的兜帽下飘出，轻轻吟唱着。

与此同时，血红的seed强行脱离了维尔利特的身体，她感觉到排山倒海般的痛苦自体内爆发，痛苦的哀嚎声不受控制，像是贪婪的白蚁侵袭了她的身体。直到最后一丝痛楚也随着seed的完全消失而消失殆尽。

她的身体很快被带离审判室，因为她闻到了海风的味道，咸咸的，就像是小时候她趴在窗台上看海时的味道，父亲站在她的身后，慈爱地抚摸着她金色的长发，偶尔，父亲大人还会给她讲一个关于王子和公主的故事。

她觉得那好像都是几千年前的事情了，可是此刻却像是昨日之事。

她低垂着眼眸，望着身下拍击的漆黑海浪，身体的痛苦在达到巅峰之后反而轻松了，失去了血族seed，她唯一剩下的力气只能供她睁开因为痛苦而扭曲的眼睑。

"维尔利特，维尔利特……"她挣扎着抬起头，因为她好像听见了有人在喊她的名字，那声音是如此的熟悉，以至于让她错以为今晨的阳光已经升起，而她正在灰飞烟灭。

"是你吗? 父亲。"她看着眼前空洞洞的大海，凄然发问。

可是没有人回答她的问题，连海浪的声音也渐渐小了下去，直到消失。她看见斯沃德皱眉对她说："他好像一直就躲在书房里，也不出去见客，亲王的命令也不去执行，城堡内已经有人在议论将维拉德带回城堡是不是正确的决定了。"

"斯沃德？"维尔利特伸出手想要去抓住面前虚幻的影子，铁链冰凉的寒意从手腕处传来，她这才发现自己丝毫都不能动弹。可是她看见了，看见了斯沃德，看见了在走廊里朝书房走动的自己，她看见那个名叫维尔利特的血族伯爵，愤怒地推开了书房的大门，她还看见了维拉德。

"姐姐，你来了。"他这样喊她。

她才不是他的姐姐，如果不是父亲大人执意要带回这个杂种，如果不是亲王还给了他爵位，甚至父亲大人把所有的seed都给了他，她是绝对不会允许他踏入阿鲁卡尔德家族的领域半步的。

"我不是你的姐姐。"她听见自己冰冷的拒绝。

"可是无论如何，你都是我在这个世界上唯一的亲人了，姐姐。"

"住口！我不是你的姐姐，不要再让我说第三遍。"维尔利特伸手打掉他搭在她肩膀上的手，"不过你最好还是明白一点，虽然你只能算半个血族，可有些规矩还是要遵循的，也不枉亲王对你的宽宏大量。"

"你是指亲王指派的命令吗？"维拉德露出痛苦的表情。

"当然，不然你以为你喝的是什么？那是人血！"维尔利特瞄了一眼只喝了半杯的人血，"就算只碰一下，也不能否认那是人血。"

"我……"

"还有，要记得你现在的身份，你是阿鲁卡尔德家族的成员，就算没用，至少也不要给家族抹黑。人界的事情，就当是一场梦，忘掉吧！"

"可是我，我怎么可能忘掉……"

维尔利特看见那时的自己一言不发转身离去，好像只要她转身走掉，一切就真的会按照她所设想的那样进行似的。可是直到现在，她才看清楚了自己身后的维拉德，他呆呆地看着她的背影，表情痛苦，月光照在他的身上，好像抽走了他的魂魄。

一阵海风吹拂过她的脸颊，她清醒了过来，眼前除了漆黑的海浪，一望无际的海平面，什么都没有。

再有几个小时，太阳就会从那里升起，然后那将是她看见的属于这个世界的最后的一幕。

"已经到最后了吗？所有的努力，都只不过是这样的结局啊。"海浪拍打岸边基石的声响震耳欲聋，维尔利特这么想着，嘴角浮现出一抹嘲讽的笑。说到底，她还是为了可耻的亲情，放弃了自己的生命，真是可悲的存在。

"我还以为是谁呢？原来是高贵的维尔利特大人。"

维尔利特抬头看见威卢斯不知道什么时候出现在了她面前的海平面上，他轻轻游走在海浪之上，忽而一跃，双手抱胸，凑近维尔利特闻了闻，然后露出一个怜惜心痛的表情："啧啧，真是虎落平阳被犬欺呀，从前那么高高在上的维尔利特伯爵，如今竟然连seed都被剥夺了。"

"侯爵大人这个时候出现，不会是为了跟我一起享受今晨的阳光吧？"维尔利特冷冷地注视着他。

"当然不是，我可是来救你的。"威卢斯嘴角浮现出一丝邪笑。

"救我？你以为我会相信今晨的太阳是从西边出来吗？"

"你可以不相信，但是事实确实如此。而且，以你现在的状态，我想干什么，就可以干什么，难道不是吗？"威卢斯围绕着她的脸颊，轻轻嗅了一圈，"好香啊，还是没有办法相信，高贵的阿鲁卡尔德家族的维尔利特，竟然会为了一只半血族而跟审判闹僵，甚至连她最忠实的亲王都放弃了她。"威卢斯定定地望着她，伸出手，轻轻抚摸着她的下巴。

维尔利特冷冷地盯着他。

"哎呀不要用这么可怕的眼神看我嘛，千真万确，我可真的是来救你的。"威卢斯邪笑着。

"我不需要。"维尔利特挣扎了一下被铁链束缚的手脚，"这是我应得的惩罚。请你回去。"

"好一个忠实的走狗。可惜亲王就是看不到啊。不过，"威卢斯看了一眼她被束缚的手脚，伸手挑动了一下铁链，"现在你再怎么挣扎也是没有用的，这里只有血族能来，连使魔都不可以，况且，就算你挣脱了又能怎么样，连seed都没有了的血族，还不是任我摆布。别说救你了，就是杀了你，我也可以做。"顿了顿，他伸出掌心，维尔利特看见一团白色的亮光渐渐自他的掌心升起，这让她没来由地想起了初升的太阳。

"而且，救人这种事情，当然是要越快越好，我倒是想要多看看你现在这个模样，多么楚楚可怜，可是时间不等人啊。"威卢斯回头看了一眼东方的地平线，一丝鱼肚白若隐若现在海平面和地平线的交接处。

"所以……维尔利特伯爵，你做好准备了吗？"随着威卢斯声音落毕，维尔利特看见一道耀眼的白光迅速灌进她的胸口。

她听见骨骼碎裂的声音，巨大的痛楚比之前剥夺seed有过之而不及，"不要……"她用尽最后的力气，可是只是短暂而又虚弱地一声呻吟。耀眼的白光里，她仿佛看见东方的地平线处真的升起了一轮暖色的太阳。

那样的温暖，是她此生都没有感知过的。可是一旦感知到，是不

是也就意味着永别? 跟这个世界永别, 跟所有的从前还未到来的后来永别, 跟照耀在胸口里的温暖永别。

一道男人的高大身影隐现在白芒里, 是威卢斯吗? 不不, 他更瘦, 眼前的背影更加高大, 好熟悉的感觉, 难道, 难道是……父亲大人……

父亲, 这就是你想要看到的结局吗? 这就是你努力了那么多, 甚至不惜搭上自己和阿鲁卡尔德整个家族想要换来的结局吗? 父亲, 你能听见吗? 父亲, 维尔利特也来追随你的脚步了。

最后的意识里, 维尔利特感觉到蚀骨的痛楚, 她痛苦地挺直了身子, 眼前的男人渐渐阴险出一张邪笑着的脸颊, 她看清楚了, 那个人是威卢斯。

Chapter 3

第三章

冰封绝迹

　　林可心和维拉德、周子敬约好了周末一起去游乐场玩儿，算是加入工会之前最后的放松。周末一大早林可心就屁颠屁颠地跑去敲周子敬家里的门，被他老爸告知他们已经出发了。

　　"啊？已经走了吗？"林可心不敢相信这俩货竟然没有喊她，直接就走了！而且还是俩男人一起走了，俩男人一起去游乐场，也不怕被人误会啊！

　　林可心心里嘀咕着，开足了小马力，先是公车二十分钟，紧接着小跑五分钟，到达游乐场时看见旋转木马旁边围了一大群人，一阵阵骚动此起彼伏。

　　湛蓝的天光下，维拉德站在人群中央，俊美的剪影在日光里闪耀着淡淡的暖光，白玉般的华发披散在他的周身，仿佛白色的羽翼天使般圣洁。

　　看见林可心出现，维拉德笑眯眯地朝她挥了挥手，示意她走过去。

　　"我可不敢走过去，不被花痴们瓜分了才怪呢。"林可心嘟嘟嘴，远远地打了个手势，意思是怎么不见小敬呢？

维拉德好不容易才摆脱了人群的包围，朝林可心走过来，二话不说拉起林可心的手，林可心急忙去甩，却已经来不及了，被对方稳稳地握在手心。

她觉得来自于花痴们的眼神简直可以把她射成刺猬，于是她故作生疏地抽出手，跟身边精灵似的维拉德保持在一个安全距离内："小敬呢？"

"刚才还在这呢？"维拉德四处寻找着周子敬的身影，林可心来不及细问，就听见他兴奋地一指在不远处的天空横冲直撞的过山车，妖精般精致的脸颊微微仰起，清澈如鹿眼的眸子闪过一丝兴奋，"那个看起来很好玩！。"

"呃……"林可心顺着他的手指望去，过山车的呼啸声夹杂着人们的尖声惊叫，林可心本能地往后退了一步，小心脏也瞬间慢了一拍，急忙四处寻找周子敬的身影，小敬小敬快出现！

林可心平生最怕的就是过山车这种玩意儿，她一直觉得这种危险的钢铁怪物就该待在成人极限游戏项目里，而不是拿出来吓唬小孩子。好吧，她承认她是有心理阴影了，小时候老妈带她去坐过山车，结果坐完之后，亲眼看见身后的的一溜乘客都冲向洗手间，当时林可心还扯着满嘴的唾沫仰头问妈妈他们怎么都吐了，老妈尴尬地用纸巾擦擦她的嘴角，不断地对身后的乘客们道歉，"不好意思啊，我家孩子第一次坐，我不知道她晕车，要是知道，就不该早上让她吃那么多……哦不！根本不应该让她来玩过山车……"

"小敬！"林可心盼星星盼月亮，终于在气球射击处看见了端着玩具枪的周子敬。他双手托枪，"咔嚓"一声，干净利落地将子弹上膛，迅速端枪，瞄准，十米外的气球应声爆破，整个动作一气呵成，周围的小朋友欢呼雀跃，摊主不情不愿地将一只小熊递给其中一个孩子。皱眉看着周子敬再次端枪、上膛、射击……

　　微风吹拂过他额角柔软的乌黑碎发，小朋友们扯着他白色衬衫的衣角，欢呼着小敬哥哥好棒! 小敬哥哥真帅! 小敬哥哥，我也要玩具熊，我也要! 周子敬低头对身边的小朋友微微一笑，伸手将其中一个胖嘟嘟的孩子的刘海揉得乱乱的，唇角浅笑着说："每个人都有。"

　　这样温柔的周子敬，林可心还是第一次看见，所以瞬间看呆了也不足以为奇，更别说站在她和维拉德身后的一干花痴了，此刻她们正在用生命崇拜着面前的周子敬。

　　"哇! 那个人好像很厉害的样子。啊，我喜欢这种酷酷的类型的!"少女说着推开林可心，从她和维拉德中间跑过去围观周子敬。

　　"我也要玩，欧巴你教我呗。"紧接着又有少女围拢了上去。

　　"对不起，我朋友在叫我。"周子敬放下手中的黑色枪托，回头看了一眼看好戏的维拉德，以及囧囧有神的林可心。

　　"那欧巴能不能留个QQ神马的给偶呀? "

　　"对不起，我很少玩电脑。"周子敬客套地回绝了对方，抬头看了一眼站在人群外的林可心和维拉德，喊了声她的名字，"可心。"

　　林可心顿时再次被射成了刺猬。

　　"小敬，我们去玩那个吧。"维拉德提议。

　　好吧，竟然还在惦记着，林可心无可奈何地顺着看了一眼周子敬，此刻他正缓缓看向维拉德手指所指的地方，然后林可心惊讶地发现，本来还一脸木然对什么都漠不关心的小敬，在看见维拉德所指的方向的钢铁怪物后，整个人倒抽一口气，脸色霎时苍白得好像临出门前老妈逼着她吃的那颗鸡蛋白。

　　"呃……"周子敬犹豫着，忽然像是抓住救命稻草般拍了拍林可心的肩膀，"你们去玩吧。我，我去帮你们买饮料。"

"不，还是小敬陪小维去吧。买饮料这种事情，就交给我啦！"林可心努力让自己笑得不是很干瘪。

"饮料？"维拉德发出疑惑，两个人顿时齐齐看向他，齐声说："要不你去玩吧，我们去给你买饮料。"

"哈哈哈，"维拉德猛地从身后抽出三瓶可乐，"我已经帮你们买了。"

"……"林可心和周子敬无言对视。

维拉德像个孩子似的扯着他们："走吧走吧，一定很好玩，你看他们的表情，好像很快乐的样子。"维拉德说着回头看了一眼被他拖着往前走的周子敬和林可心，两个人的表情看起来都不是很自然，"喂，你们不是害怕吧？"

"谁，谁怕了，我六七岁就坐过这玩意儿好吗。"林可心逞强，要知道身边可是有一帮虎视眈眈的花痴在瞄着呢，这种时候当然不能认怂了！

"我是有点晕车。"周子敬撇撇嘴，双手插兜。

"晕车？好像昨天晚上我们去给周叔叔买宵夜回来的路上，有人把那台凯迪拉克飙到了340哦。"

"如果不开快点，宵夜就凉了。"周子敬说。

"不晕车吗？"维拉德笑笑，故意问。

周子敬神情僵硬："有一点，不过可以克服。主要是我担心过山车我克服不了，等会吐你们一身。其实这不是重点，主要是难以操控，"周子敬冷静地分析着，"如果是开车晕车，晕车想吐的话，可以吐在车窗外，或者吐到晕车袋里。但是如果在空中，过山车的时速会超过三百千米每小时，这样的话，根本无法控制呕吐物的坠落方向，假使我坐在你们面前，到时候就不可避免……"周子敬继续冷静地分析着，"而且我早上吃了韭菜馅包子。"

林可心额前飘着三道黑线。

"喂，你们听我说完，等会保险起见，最好坐在我前面，这样的话，呕吐物有百分之三十的概率……"

林可心觉得听小敬继续冷静而又无害地分析下去，无疑是比坐过山车更加恐怖的存在。

三人朝过山车走去，林可心觉得自己一定是产生了错觉，不然为什么越是接近过山车，那股早餐的味道越是浓烈呢？

接下来在整个坐过山车的过程中，林可心唯一的感受是，虽然维拉德的一头银发看上去非常拉风，时刻让他像是月神下凡，可是在时速三百千米以上的过山车上，被长长的银发抽打的感觉，简直是太疼了！而周子敬整个过程中都脸色僵硬地坐在她的身后，目视前方，双手死死扣住自己肩膀上的保护环，整个过程一言不发，甚至连一声尖叫都木有！

林可心知道他一定很害怕，在过山车运行至顶端速度最慢的时候回头对他大声喊了句："害怕就喊出来，这样就会减轻很多！"

然后她看见周子敬严肃地看着他，嘴角似笑非笑地牵动了一下，林可心正疑惑间，只见周子敬微微翘起的唇角再次微微扯动了一下，她刚想到他的嘴角搭配他的轮廓，好像是时尚杂志上的英伦模特啊，然后只听"哇"的一声，周子敬张开了嘴巴，风猛烈地灌进他的嘴里，林可心闻到韭菜馅的味道，当她毅然转身打算装作不认识身后正张着嘴巴在大吐特吐的周子敬的间隙，她听见了过山车上此起彼伏的诸如"我要下车！谁吐我嘴里了！""快停下！我的脖子里全是韭菜"……

而身边的维拉德，则从头到尾一脸享受地温柔地笑着，此情此景让林可心在尖叫的同时莫名想起了《泰坦尼克号》里罗丝站在船头吹海风，而杰克从身后环抱住她，俩人脸上洋溢着的神情，就是此刻维拉德脸上的表情。

只可惜，维拉德是标准的杰克式柔情似水，林可心却觉得自己的神情一定是正在待宰所以在没死没活地尖叫的小乳猪。

好不容易熬到终点，林可心舒了一口气，回头安慰铁青着脸色的周子敬："好了，终于完了，小敬你还可以吧？"

周子敬听到要到头了，脸上欣慰地露出一抹微笑。

然后两个人同时听见广播里在播放，"因为你们是本游乐园第999次坐过山车的幸运乘客，所以本游乐园决定再免费赠送大家玩一圈！"

林可心想死的心都有了，回头看见周子敬一副"我还可以可心你也要坚持啊"的表情。

"啊！真的吗？真的赠送了一圈吗？"林可心感觉自己的胳膊快要被维拉德抓得掉他手里了。

等再一圈下来，林可心和周子敬相互搀扶着，像是刚走完草地的红军小战士，只可惜这俩战士一点儿都不英姿飒爽，一个头发凌乱地交织在一起，眼角因为被猛烈的风吹过，所以留下两行泪痕，整个人就像是死了爹娘刚哭完三场戏的小白菜；周子敬也没有好到哪儿去，头发倒立在头上，整个一犀利哥。倒是维拉德，银色的长发依然柔软地垂在身侧，风度翩翩地回头对林可心和周子敬温柔地笑着，一指不远处的蹦极："我们去玩那个吧？"

我的亲娘咧。林可心看了一眼远处蹦极处上下乱窜的人影，腿一软险些跪在地上，家里的老妈在这个时候打了个阿嚏，心想谁又在念叨自己？不会是可心吧？于是她拿起电话顺手拨了林可心的电话。

林可心救命稻草般拿起电话，眼见是老妈打来的，立刻接了，不等老妈说话，直接说："好的，老妈，我现在就回去，放心吧，我一定

会准时到家的！"林可心挂了电话，歉意地对维拉德笑笑，"不好意思啊，妈妈喊我回去吃饭。"

"正好，我也跟你回去。"周子敬松了一口气。

"那我也跟你们回去。"维拉德恋恋不舍地看了一眼蹦极，"只好下次再来玩了。"

看着维拉德失望的表情，林可心忽然觉得这样的表情好熟悉，她想起来了，小的时候，她看见别人爸爸妈妈带着孩子去游乐园玩这个玩那个，她却只能跟在妈妈的身后时，她也是这样失望的表情。她心里忽然很过意不去，想着维拉德也许是第一次来游乐园呢，可是他们却不能陪着他尽兴，于是她微笑着安慰他说："下次，一定陪你来玩。"

"真的吗？"听见她这么说，维拉德又开心起来。

"真的，骗你干吗。对不对，小敬？"林可心回头问周子敬。

周子敬点点头："你来我就来。"

维拉德愣了愣："我还以为你们不喜欢玩这些呢。刚刚你们都好像不快乐。"

"哪有，只是有点怕而已，现在想起来，感觉还是很刺激很好玩的。对不对，小敬？"

周子敬打了个嗝："是，只是有点晕而已。"

维拉德歉意地对他笑笑，抓起林可心的手心："下次，还是我们三个人一起来。"

"我去买点水，漱下口。你要喝什么？"周子敬问林可心。

"我跟你们一起去。"林可心笑吟吟地看看周子敬又看看维拉德。

"不用，我和小敬去帮你买就好了。"维拉德说完就拽着周子敬往游乐场中心的超市走去。

"喂，喂，我还没有说好喝什么呢！"林可心抗议。

"奶茶。"周子敬歪过头安慰她，顺便回头狐疑地看着拽着他的维拉德。他轻轻甩开维拉德的手，"你这个样子还是第一次。"

维拉德将目光从身后越来越远的林可心身上收回，回头对周子敬浅笑着："什么第一次？"

"不想要可心在场，一定有事情跟我说。"周子敬直截了当地问。

"原来人类也会心灵感应。"

"不是心灵感应，是常识。"周子敬双手插兜，转过脸看着身边发出叮咚声响的旋转木马。"你不是有话说吗？"周子敬忽然回望着他，"给你一分钟时间。"

"……"维拉德囧，"那个，我想问你一个问题，不过你要保证不摁戒指。"

周子敬举起手指看了一眼："那要看你什么问题，如果你问我现在可不可以去咬一个人类，而原因是因为你饿了，那么我会毫不犹疑摁下戒指。"

"当然不是。"维拉德扶额，心想这家伙也太能联想了吧，"我想问的问题是关于可心的。"

"你问。"周子敬双手插兜，和煦的日光照在他的脸颊上，泛着一层好看的光晕，明亮的眼睛里倒映着五彩的游乐园，惹得路人不时朝他偷偷看两眼，而站在他身边的维拉德，银发徐徐飘拂在周身，颀长的身材沐浴在日光晒过落叶的斑驳阴影里，一阵风吹过，银发在空中缓缓拂动，白皙的脸颊仿佛英国宫廷里的贵族王子。

"你喜欢可心吗？"

周子敬皱眉："你们血族都这么直接吗？"

"因为我喜欢她。"维拉德迫不及待地承认，"从一开始就喜欢她，你应该知道，我来人界的原因，就是为了找到她。"

"我知道。"周子敬干脆地说。

维拉德追问："那你喜欢她吗？"

"我不知道。"周子敬依旧干脆。

"喜欢就是喜欢，不喜欢就是不喜欢，怎么可能不知道？！"维拉德激动地抓住了他的肩膀。

一直以来他都是像四季里的春风，总是给人和煦的感觉，可是现在的他却觉得自己像是夏天的暴风雨。他的脑海里闪过劈过天空的闪电，而面前的周子敬则躺在雨水里，他看见林可心跪在周子敬的身边，她哭得那么伤心，好像全世界都随着躺在雨水里的他而崩塌了。

其实，他应该先搞清楚可心喜欢不喜欢周子敬才是。

周子敬掰开他的手掌："你们血族除了这么直接，还这么纠结？"

"当然不是，只有在遇到自己真正喜欢和可以用生命守护的人，我们才会如此。"

周子敬认真地看着他："我还是不知道你问的问题的答案，不好意思，回答不了你。"

"那你就是喜欢她了？"维拉德皱眉。

"我说了，我不知道。"

"如果你也喜欢她的话，我会跟你公平竞争，如果你不喜欢她，那就好办了，我会用生命去守护她。"

"守护这种事情，说一万句，不如直接站在她面前，替她挡下整个世界的攻击。"周子敬站在微风里，淡淡地说道。

维拉德一愣。

"不过，"周子敬重新看向他，眉头微蹙，有些不自然地说，"喜欢……是什么感觉？"

　　维拉德再次愣怔："你不知道这个？"

　　周子敬老实地点点头表示自己真的不是开玩笑，然后皱皱眉，在维拉德狐疑的眼神里丢下一句："不知道这种问题很奇怪吗？"

　　很奇怪，太奇怪了。作为千年血族，冷血又冷酷，不知道爱是什么，不知道喜欢的感觉他还可以理解，可是作为一个人类的青春期少年，竟然不知道喜欢的感觉就很不正常了，难道……维拉德忽然想，如果一个人喜欢另外一个人的话，自然会产生这种懵懂的感觉，眼前是周子敬却对此一无所知，那只能有一个解释，他根本没有喜欢过谁。

　　"其实很简单，你第一次看见她时，会紧张，会脸红，然后会忍不住想要保护她，久而久之，你会发现，当你看不见她时就会失魂落魄，当你终于再次见到她，你就会觉得，这一生最幸运的事情就是遇见她，你会想要和她一生一世，一直在一起。"

　　"在一起干嘛？"周子敬忽然问。

　　"随便干嘛都行啊，就算什么都不做，也可以。"维拉德回头看着站在游乐场门口的林可心的背影，"你还会随时随地想着，她在做什么，快乐不快乐，她在想什么，有没有像你一样想着你。"

　　"原来是这样。"周子敬顺着他的目光看向游乐场门口，然后他神色忽然紧张起来，"那是？"

　　"别岔开话题，今天一定要给你讲清楚什么是喜欢。然后你再老老实实告诉我，你到底喜欢不喜欢林可心。"

　　"不是，那个女孩子好像是……"

　　"哪个女孩子？这么紧张？"维拉德笑着问，转身看向周子敬所指的方向，"不会是你看见自己喜欢的女孩子了吧，所以才这么紧

张，我刚刚说什么来着，第一次看见她，你会紧张……"

维尔利特?!

维拉德停止了自言自语，看着站在游乐场门口的金发少女，粉红色的毛呢上衣，卡其色贝雷帽，亮闪闪的金发自帽檐下铺散在胸前，黑色的打底裤，细长的小腿下面是一双洁白的帆布鞋……虽然完全是人类的打扮，但是不可否认，浑身上下还是透着一股姐姐的冷漠气质。

"姐姐?"维拉德呢喃着，不可思议地盯着站在游乐场门口像是在等人的维尔利特。怎么可能是她? 不会的，姐姐最讨厌的就是人类的东西，完全没有理由穿着人类的衣服出现在人类的游乐场里啊，难道她也是来这里玩过山车的? 想起过山车，维拉德忍不住看了一眼身边的周子敬。

几个染着头发的小混混忽然走上前去，嬉笑着动手动脚，少女冷静地退出少年们的包围，指着其中一位似乎在说什么。

"咦? 人呢?"维拉德在身后寻找着周子敬的影子。

不远处几个小混混不时发出痛苦的呼喊声，维拉德看见穿着人类衣服的维尔利特几个跳跃，踢翻了周围的小混混，然后一转身，一拳砸在穿着白色衬衫的少年脸上。

"周子敬?"维拉德急忙跑过去，拉住握紧了拳头的周子敬，挡在维尔利特和周子敬中间，"姐姐!"

戴着贝雷帽的少女看了一眼维拉德，又看看捂着鼻子的周子敬，大发雷霆："不服气再来!"

维拉德想姐姐什么时候成小太妹了……

周子敬松开拳头："我跟他们不是一伙的。"说完，接过维拉德递过来的丝质手帕，捂着鼻子，"不过你出手太重了。"周子敬冷冷地看着躺在地上的小混混，表情淡然，好像那一拳根本不是揍在他的脸上。

"不要你帮忙，我也能揍扁他们。"少女冷哼一声，转身准备离去，末了又回头看着维拉德，"我不是你姐姐，我怎么可能有你这种白发魔女一样的弟弟。"

维拉德囧。

"还有，"少女盯着揉着鼻子的周子敬，"虽然你没有帮上忙，还帮倒忙，不过，还是谢谢你。"

"没关系。"周子敬捂着鼻子，发出含糊不清的声音，很快地用手帕擦擦鼻血，递给维拉德，急迫地重复着刚才那句没关系。

第一次见面会觉得很紧张，然后……维拉德回头看见红着一张脸的周子敬，鼻血再次从周子敬的鼻孔里涌出，维拉德急忙用手帕替他堵上，"喂，差不多就行了啊。鼻血什么的，虽然是从鼻子里流出来的，但是也是血，不想我被你炸死，就不要再在我面前这样挑逗我的本能。"

周子敬皱眉，望着戴着贝雷帽的少女的身影，推开维拉德，自己用手帕捂着："那个人，真的不是你姐姐？"

"不是，我们血族的眼睛都是红色的，而那个人的是宝蓝色的。可能只是长得像而已。"

"不过也太像了。"周子敬喃喃道。

"是啊。连我都差点以为是遇见了姐姐。"维拉德嘀咕着，看着少女离开的方向，想起最后一次看见姐姐时，还是他再次来到人界的那个晚上。姐姐奉亲王之命来取他性命，可是最终却选择了放过他，不知道她现在还在不在血族城堡，不知道亲王会不会看在阿鲁卡尔德家族过去对血族的贡献上，饶过姐姐。

他忽然觉得自己好自私，竟然任由姐姐就那么离开，他应该留住姐姐，如果她无法下手取他性命，那么他唯一能做的就是站在姐

姐的身边，与她一起面对来自于亲王的审判。

但是他同样知道，他是留不住她的。

就像是很小的时候，他曾经用了很多次很多次的机会去讨好姐姐，可是她从来就没有喜欢过他，也从来就没有接受过他是她弟弟的事实。

周子敬抬头，正好碰上维拉德精致如宝石的瞳孔，弥漫的悲伤仿若流淌的溪流，叮咚作响，在维拉德精灵般的唇角边缘留下一抹淡然的忧伤。

"是我们认错人了。"周子敬安慰他，拍拍他的肩膀。

维拉德看着站在和煦的日光里的周子敬，阳光在周子敬的身后勾勒出一大片暖色调的光晕，看上去好像是古希腊里的天神降临，然后维拉德听见"天神"嗫嚅着，小心翼翼地问了句："你刚刚说，喜欢一个人，是第一次看见她就会，就会紧张？"

维拉德嘴角荡漾开一个迷人的微笑，看着沐浴在温暖阳光里的小敬，强调道："还会脸红。"

然后维拉德看见周子敬揉揉额前柔软的的黑发，好看的眉头仿若扫过宣纸的石墨青山，裸露在空气里，他轻轻拍拍维拉德的肩膀，好看的唇角抿了抿："谢谢你告诉我那些，你是第一个对我说这种话的人。"

维拉德怔了怔，这样的周子敬，柔和而又清冽，好像是山涧清澈的小溪流，他还是第一次感知到。

"其实今天很开心啊。"周子敬看了一眼远处的过山车，"你也是第一次玩这种东西吧。"

维拉德点点头，长长的华发轻轻晃动着，在阳光的暖色里闪耀着圣洁的光芒，好像是天使的羽翼。

周子敬抬头定定地望着远方上下翻飞的过山车："小时候，身边的小朋友们，每到周五就讨论着周末去哪儿玩，游乐场是大家说得最多的地方。过山车，碰碰车，还有水上乐园，会唱歌的旋转木马，有颜色的棉花糖……"

周子敬说到这里，悲伤的气息顿时漫延上迷人的唇角："那个时候我也会幻想，如果有一天，爸爸妈妈能带我去游乐场就好了，这样周一开学后，我也就有说的了。"

"周叔叔没有带你来过这里吗？"

"记忆里只来过一次，可是那一次，什么也没有玩到，然后就发生了一些事情。"

"我能问发生了什么吗？"维拉德小心翼翼地问，他觉得此刻的周子敬一定很难过吧，不然他为什么一直盯视着过山车呢，他的眼眸看起来就像是刚从清水里洗过的葡萄，水灵灵的。

"我也不知道，印象中，我只记得我站在偌大的游乐场里，可是游乐场一个人也没有，不，是大家都跑了，只有我站在那里。我好像在哭，我找不到爸爸也找不到……"周子敬说到这里戛然而止，"只是我一个人，我知道一定发生了很恐怖的事情，所以才会只剩下我一个人，最后记得的画面是，一双拿着棉花糖的手出现在我的面前，我好像听见那个人说了些什么，然后我就拿着棉花糖跑啊跑，直到世界一片黑暗。"

维拉德不敢置信地盯着一字一句说出这些的周子敬，他觉得阳光在这一刻都无法温暖面前的少年，他浑身湿漉漉的，那是被悲伤的眼泪所浸湿的周子敬。可是就是此刻的周子敬，依然在说完之后，深吸一口气，回头对他笑了笑，他很少笑，维拉德一度以为这个少年根本就不会人类的喜怒哀乐，尤其是不懂得什么是快乐的感觉。可是这一刻，维拉德觉得他笑得很坦然，在他的脸颊上的笑容，是那种说出悲伤的事情之后，很放松的快乐。

　　"因为记忆中的空缺，所以我才一心想要做血猎。当然，除此之外，保护可心也是很重要的一环因素。很难想像，如果没有可心的存在，我会坚持到现在。"

　　"你是说，在你最困难的时候，都是因为要守护可心，所以才坚持到现在？"

　　"与其说是我守护可心，不如说是她一直在激励我面对过去。一个人有一段记忆是空白的，是他无论多么想要想起，却无论如何都记不起的存在，那一定是很痛苦的事情，不论是记忆本身，还是在设法想起这些记忆上，都是很痛苦的，但是这个时候，你的生活中突然出现了一件有意义的事情，比如守护一个人，直到她成长到可以不需要你的守护。所以我明白，在学校里，很多人觉得可心一无是处，觉得她不配得到我的守护，但是我想你应该能懂得我说的这些。其实对我来说最重要的人，是可心。尽管所有人都觉得，我才是她的最重要。可是不是的。你懂我的意思吗？"

　　因为除了她之外，你再也没有生存下去的意义，所以她就是你的生命和存在的意义。尽管所有人都觉得你身为血族的高贵存在，不应该为了一个人类而变得如此堕落，但是只有你自己明白，他们嘴里所说的堕落，却是你生命的源泉。

　　"我懂。"维拉德认真地看着他。

　　周子敬笑笑，"说了这么多，好像是第一次。不过也不会改变你我这样的格局。"周子敬自嘲地看了一眼修长的手指上的戒指，浓密的睫毛在阳光里低垂着，在小鹿般的眼眸下倒映出一道淡淡的阴影，他最后拍了下听得入神的维拉德的手臂，留给维拉德一句简单的，"我去买水。"

　　维拉德怔怔地看着他的背影，看着他双手插兜消失在暖暖的阳光深处。

周志远手忙脚乱地拿起一小瓶调料，睁大眼睛确认着到底是盐还是糖，油锅在身边噼里啪啦炸响着，他顾不上研究，直接把手边的土豆丝倒进了油锅，飞溅的油水逼得他往后倒退。

"啊! 真是没想到，炒菜竟然有这么难啊! 小敬那小子，真是厉害，天天做饭都不吭一声。"周志远尴尬地看着油锅里的土豆丝干巴巴地被炒焦，急忙上前用铲子去救。

"爸，我回来了。"儿子的声音响起在客厅里。

周志远急忙用屁股把厨房的门顶上："啊! 等会儿啊! 菜马上就做好了。"

儿子的声音响起在厨房门外："行不行啊，要不我来?"

"行! 肯定行!"周志远夸口，然后他听见儿子说话的声音，似乎是在跟血族的那个臭小子交流，男人大呼小叫着朝外喊道，"我给小维准备了猪血，放在桌子上，要是饿了就让他先吃饭。"

"看见了。"周子敬说。

"谢谢叔叔。"周志远听见小维笑眯眯的声音，这个小子，虽然是个血族，可是却一点儿也不讨人厌，整天笑眯眯的，根本就不是血族嘛，周志远回想起自己平生所遭遇的那些血族，不是冷酷臭屁到让人想要一掌劈死就是孤独寂寥像是隐居的行尸走肉。

周志远边想边将土豆丝倒在盘子里，一手端菜，一手端米饭："开饭咯!"

"就一个菜?"周子敬颓败地看着周志远。

感觉到自己被儿子小瞧了，周志远立刻拍拍胸膛："怎么可能，老爸还点了三个外卖! 这道菜不过是额外的馈赠，以恭贺你们通过血猎工会初步测试。"

周子敬拿起筷子，夹了一筷子，放进嘴里。周志远像是饿极了的

狼盯着一头小乳猪似的，绿着眼睛问："怎么样？"

周子敬嗫嚅着："还行。"

周志远终于放松了，"哈哈，老爸厨艺还不错吧！"

"太甜了。"周子敬说。

"什么？难道是我放的盐少了？"男人夹起一筷子菜，吃了一口。

"是放的糖太多了。"周子敬说。

男人不好意思地搔搔脑袋，伸手准备收起盘子："那还是等外卖吧。"

"不。"周子敬伸手拦住男人，"我可以吃。"

周志远用奇怪的眼神看着儿子，手机在这个时候响起来，是工会发来的短信，男人的脸色大变，短信内容为红色字体，这表示是第一级别的紧急任务。

"怎么了？"周子敬看着男人的脸色，警惕地问。

周志远收起手机，脑海里回想着短信的内容，工会让他和另外三个血猎以最快的速度赶往本市的D区，去执行支援任务。

"没什么。一点小事情。你们先吃。等会就别等我回来了。"周志远说着走过客厅，走出房门，脑海里还在疑问着什么样的支援任务？竟然要他和另外三个血猎一起去！而且除了他，还有一个A级血猎外加两名B级血猎。这种情况，别说一年了，周志远十几年都没有碰上几次。

他走出大楼，走进大楼底下的停车库，车库的外表跟别的车库完全一样，脏兮兮的，打开之前，他警惕地查看了下四周，闪身而入，打开车库内的衣柜，换上血猎服，特殊的材料定制的服装具有防水防火的功能，银色的服装因为打磨过而不会在有光的情况下闪光从而暴露自己，最重要的是，周志远觉得工会的审美还算是比较高级的，这套服装穿上也是非常帅气的，他拿起墨镜，打量了一眼墨镜里映照的自己的影子，他很满意，抄起墙壁上一溜的武器军火中的一把，翻身踏上停在车库比较靠后位置的一台400摩托机车上，黑色的车身呈流线型，像是一头匍匐在潮湿的车库里的豹子。发动机的轰鸣声顿时响彻车库，浓烟淹没了他整个人和这头蓄势待发的黑豹。

轰鸣声炸响，浓烟被冲破，形成一道直线，黑豹瞬间蹿出车库，车库的门在他的身后缓缓闭合，夜色里，月光洒在"黑豹"身上，在漆黑的夜里，仿佛一道快速迸射进黑幕里的子弹。

雷公站在月色里已经等了两分钟了，他决定再等一分钟。如果他们还不出现，他就独自前往区域进行支援任务。算起来，已经五六年没有看见铁拳了吧。从前他们经常在一起喝酒，因为同在血猎工会，又因为同是A级的血猎，再加上，同样的境遇，自然而然走得比较近。直到这几年吸血鬼活动在全世界内变得猖獗起来，工会委派他去了北美分部执行长期任务。

前几天他刚好回国，正准备约周志远出来叙叙旧，再试试他的身手，看看他还配不配得上铁拳的称号，可是他还没有来得及约他出来，工会的支援任务就抢在他之前成人之美了。

机车的声音隐约刺破黑夜，一道亮光割裂了凛冽的夜幕。

"终于来了。"雷公望着漆黑夜的深处自言自语，嘴角挂着一抹老友即将久别重逢的笑容。

摩托车飞驰着朝他飞奔而来，在距离他的身侧半米处稳稳停下，来人取下头上漆黑的头盔，笑了笑："好久不见。"

雷公上前一拳砸在周志远肩头："铁拳！"

静默片刻，两人同时大笑，随即猛地拥抱在一起，周志远大力

拍着雷公的肩："你小子！回来也不通知我！"

"哪里来得及，"雷公放开周志远，粗犷的脸上满是兴奋，他指着周志远的铁骑，说道，"我送你的那辆雷克萨斯你不会是卖了换钱供你儿子上大学了吧？"

"哈哈，"周志远大笑，"我可是一直开着它的！那个臭小子，看不上我的东西。"

两人正说着话，一阵摩托刹车的声音响起，雷公和周志远同时回头，晓夜和银狐从机车上下来，晓夜是一个长相清秀却不失硬朗的少年人，而银狐，则以其火爆的身材和甜美的容颜闻名血猎工会。

"铁拳的儿子才加入的血猎工会哦，雷公。"银狐一蹦一跳地走到铁拳身边，轻轻挽着他的手臂，性感火辣的身材刚好被血猎服衬得更加诱人，"你们刚刚说的话我都听到了。"

周志远脸色潮红，努力跟身边的银狐保持距离："咳咳，赶紧执行任务吧！"

雷公哈哈大笑。

一旁的晓夜也微笑着，对周志远和雷公恭敬道："师父，前辈。"

周志远挥挥手，不在意地说："执行任务的时候，叫代号就行了。"

"是。"晓夜只差稍息立正了。

雷公笑笑，转过身凝视着不远处的树林，以低沉的语调说道："D区域过于庞大，我们不如暂时分成两组，以保障支援准时到达。我带队从左边突进，铁拳从右边巡逻，最后在中间地点会合，以防止错开支援。铁拳你觉得呢？"

"嗯，"说到正事周志远就严肃起来，他拿出手中的血猎探

测仪，皱眉道，"目前为止只有这个办法最可行，但是我们怎么分组？"

现在他跟雷公都是A级，晓夜和银狐都是B级，除非……

"一个A级一个B级。"雷公好像看穿了周志远的心思，答道。

"我要跟着铁拳一队！"话音刚落，银狐以迅雷不及掩耳之势整个人倒挂在铁拳的胳膊上。

众人汗，晓夜看看雷公，雷公又看看晓夜，随即哈哈大笑："臭小子，看来只能我们两个一队了。"

漆黑的夜色里，再次炸响摩托机车巨大的轰鸣声。两道光芒呈半圆形先是慢慢分开，然后快速以弧形的状态围拢，绕过整个D区的主干街道，最后汇入中心地点的公园地带。

雷公站在公园的一片树林里，像是一只黑猫，望着四周。晓夜跟在他身后，一切都静得不正常，几声踩碎枯枝的声音响起，雷公回头看见银狐和铁拳悄悄摸了过来。

"怎么样？"铁拳问。

"太正常了，"雷公皱眉，"反而可疑。"

"嗯，我也是这么想。既然工会指定在这里执行任务，敌人应该就在附近，可是这里安静得有些过分。"

忽然，一声刺耳的怪叫声从天而降，四个人同时脸色大变，只因为怪叫声实在是太过于惊怖，完全超出了众人的预料！

像是人的尖叫，又像是动物的嘶吼声，混合在一起，猛然炸响在头顶，夜幕漆黑一片，那些接连不断越来越刺耳的尖声惊叫仿佛是一万根钢针猛烈地划过天空又好像是两只在互相撕咬的巨大蝙蝠发出临死前的叫声！

孤独而又绝望，带着毁灭降临的哀鸣。

"小心！"雷公推开了身边的晓夜，一只黑色羽翼从晓夜面前

割过，空气里都是血腥的味道，巨大的羽翼张开足足有十多米长，遮盖了四个人头顶的天空，顺着羽翼长了一整排的寒光刀刃，雷公暗暗吃惊，出声叮嘱，"大家小心！"

就在此时，拥有黑色羽翼的怪物听到雷公的声音，凌厉血红的眼睛扫过来，以破空之势向雷公俯冲而去！

"雷公！"周志远三人尽皆失色！

"哈哈哈，这点小手段还难不倒我！"雷公边仰天长笑，边躲避着怪物的攻击，晓夜完全惊呆了，呆呆地看着怪物的刀刃跟雷公的铁锤撞击在一起的剧烈火花。一击不中，怪物变得焦躁异常，它四肢在空中诡异扭动，倏然转身，朝一旁呆滞的晓夜袭击而去！

"小心！"雷公惊呼，飞身上前从怪物的羽翼刀刃下滑过，抢在它前面格挡在晓夜面前。

"前辈……"

"拿出武器！准备战斗！"雷公大声呵斥。

晓夜浑身一颤，慌忙拿出武器，却因为太慌张而让武器掉在了地上。众人变色，怪物猛然发力，挣脱雷公的钳制，朝晓夜破空袭来！

夜空中，月光下，少年血猎晓夜呆呆地看着空中张开羽翼的怪物，隐约能看出它拥有人形外表，一张女人的脸颊，还有那双眼睛……

愤怒、失落、不甘、痛苦、挣扎……

一行晶莹的泪水划过它的脸颊。

"这……这是……"望着那越来越近的脸庞和泪珠，晓夜脑子里猛然闪过一些片段，为什么……为什么这个怪物给他一种很熟悉的感觉？

"你在发什么呆！"一声怒吼令晓夜浑身一震，雷公凌厉的身影疾风般挡在晓夜面前,再一次帮他挡住了怪物的攻击!

"前辈,它,它好像在哭……"

雷公气喘吁吁地抡起铁锤,"会流泪的鳄鱼还是会吃人!"说着,飞身跃上高空,怪物凌空而下,羽翼以千钧之势拍向雷公的脊背,他被打得震落好几米远!

"雷公!"周志远骑着摩托车越过高地,冲向落向雷公的怪物。一道冰墙赫然挡在机车的面前,周志远和银狐被车身甩出几十米。

"师傅!"晓夜回头看着被摔出几十米开外的周志远狂喊一声。

"冰墙!"雷公看着冰墙,眼睛倏然睁大,像是想到了什么很可怕的事情,"是弗里西亚的使魔瑟缇的冰封绝迹!怪不得,怪不得任务这么急,怪不得没有血猎的身影,这么看来,他们应该早已遇害!"雷公艰难地说完,吐出一口鲜血,晓夜急忙冲过去,朝天空猛烈地胡乱射出几十枚银制子弹:"前辈!你怎么样了?"

雷公支撑着站起来,伸手捂住胸口:"你先拖住它,我去救铁拳,瑟缇的冰封绝迹可不是那么好对付的!"

"哦呀呀,看来你们血猎的感情还真是深呢,"一道冰冷邪恶的声音响起,雷公喘息着抬头,身穿深棕色衣服的威卢斯漂浮在半空中,他肩膀上的布娃娃耷拉着脑袋,邪笑着看着他,"不过你认为,我会让你这么轻易地离开我的视线吗?从这一刻开始你就要记住,你的敌人,是我。"

雷公格挡在晓夜面前:"快走!工会估算敌人力量失误,今晚我们都会死。能走一个是一个!"雷公咬牙切齿,鲜血不断从嘴角溢出,他像是被逼到悬崖边的雄狮,面对狼群,只能哀嚎一声,然后拿出他所有的王者霸气,做最后一拼,"铁拳!"雷公朝被格挡在冰墙里的周志远喊,"看来我不能陪你喝酒了!不过你小子向来没心没

肺，跟别人喝酒也是一样的快乐吧！哈哈哈。"

"雷公！"周志远抽出经过工会特殊改制的双管猎枪，朝冰墙猛烈射击，但是全然无效

"你们的对手是我，威卢斯伯爵的实验只需要那两个人就足够了，而你们，将是瑟缇的食物。"紫色长发的少女缓缓飘浮在冰墙上方，冷若冰霜的脸颊如同她的声音，让人觉得不寒而栗。

"站在我身后！"周志远不由分说，将手臂横挡在银狐胸前。

"啊！"银狐一巴掌打在周志远脸上，"讨厌，人家虽然是血猎，但是也是女人吗！男女授受不亲这种事情人家也是会在乎的！"

周志远大吼："这种时候我哪能那么小心翼翼！"

"那可是人家的胸哎！"银狐大惊小怪着，脸色忽然潮红。

"对不起可以了吗！"周志远简直要败给这个小魔女了。

银狐双手捧在胸前："这样就对了吗，承认错误，人家还是会很爱很爱你的吗！"

周志远一拳砸在自己的额前："现在是什么时候，拜托你认真战斗好吗！再说了，我怎么可能会在这么紧急的时候占你的便宜！"

"哇，你生气时候的样子好帅哦！呜呜，对了，你老婆是离婚了还是……"

"住嘴！"周志远一拳砸在冰墙上，冰墙瞬间裂出一道刻痕，银狐吓得急忙闭嘴，周志远收敛怒气，"现在请认真战斗！否则我们都会死掉！"

银狐摆出战斗是架势："人家早准备好了！"周志远将猎枪端起，朝出现在冰墙上的弗里西亚射击，一道冰蓝色的巨大影子，猛地格挡在弗里西亚面前，彻骨的寒冷顿时在冰墙里迅速刮起，龙卷风直逼漆黑的天际，周志远在冰墙内缓缓后退着，表情痛苦，双手抵抗着狂风和冰碴的侵袭，银狐紧紧抱着周志远，脸色潮红……

威卢斯一边看着面前缓缓靠近自己的男人，一面轻轻拍掌，奇怪的是，巨大的风暴声似乎也掩盖不掉这几声清脆的掌声，雷公觉得这一切好像发生在两个世界里，他在这个世界里步向毁灭，而他的多年挚友，在另外一个世界毁灭。

"冰封绝迹果然是看一次让人惊诧一次。"威卢斯邪笑着，瞬间张开双臂，肩膀上的傀儡娃娃顿时高兴地咧开嘴哈哈大笑着，巨大的压抑感再次袭来，雷公听见晓夜刺破夜空的喊声，回头看见怪物张开羽翼扑腾着追向奔跑在夜幕里的晓夜。

他急忙回身，用尽浑身力道将铁锤抛出，铁锤的链条缠绕着羽翼，跌落在地上，晓夜回头看着雷公跟羽翼怪物颤抖在一起，惊恐万状地瞪大双眼。

"跑！不要回头！不要停！把消息报告给工会！让他们快点派出最强大的阵容！"

"前辈！"晓夜看见怪物的利刃缓缓地刺入雷公的脊背，男人发出痛苦的低吟。双手却始终死死地掐住怪物的咽喉。

"跑，跑……放手。"怪物呢喃着，像是在对晓夜说出这些话，又像是在对掐住它的雷公。

晓夜瞪大了双眼，那些破碎的记忆再一次席卷而来，可是紧接着，怪物的羽翼再次缓缓刺入雷公的胸腔，鲜血飞溅。

"前辈！"

"跑，快，不要管我。"男人虚弱地张开双眼，望着晓夜，血浆模糊了他的视线，痛苦让他的身体像是一只弓着的虾。

晓夜停住了脚步，半跪在地上，猛地，他抬起头，眼泪掉下眼眶，他缓缓地起身，眼前的夜空，那个名叫威卢斯的吸血鬼赫然出现在他的头顶三十多米处，晓夜血红着眼睛，缓缓地从靴子里抽出

一把武士刀，寒光在黑夜里闪烁，仿佛舞动的耀眼死神。

"啊！"晓夜嘶吼一声，仰头直冲头顶的威卢斯，"我要杀了你！"

"哦呀呀，我真是怕死了。"威卢斯邪笑着抚摸着肩膀上的布娃娃的脸。

晓夜定定地盯着布娃娃，布娃娃占据了一半脸颊的瞳孔可怖地睁开着，看见晓夜，眨巴了一下，瞬间，丝线顿时将他的手脚紧紧缠绕住，一动也不能动。

威卢斯像是操控傀儡一样，笑吟吟地操控着面前的晓夜，将他手里的刀刃慢慢抬起来，放在自己的脖子边："这种感觉，这种刀刃就在你想杀的人的脖子边，可是你却下不了手的感觉，是不是很奇怪呢？"

晓夜用尽浑身力气，试图移动刀刃，却半毫也不能动。他狠狠地瞪着他，面目因为愤怒而扭曲狰狞。

"要么，就杀掉我的使魔吧。"威卢斯朝跟雷公纠缠在一起的怪物努了努嘴，"杀掉使魔，主人也会跟着死去。这些东西，你们上课的时候学到过吧？喂，地上的那个男人，别怪我没有提醒你。如果我没有记错的话，你好像可以操控雷击呢，不过现在的状况，要操控起来，只能同归于尽哪。哎，我真是替你为难呢。"

"不！前辈！不要听他的！"晓夜挣扎着。

雷公缓缓地睁开了眼睛，模糊的意识再次清晰起来，是啊，杀掉使魔，就能同时摧毁这个使魔的主人。他怎么忘了呢。雷公缓缓地站起来，怪物已经失去了呼吸，但是生命却还在。

"前辈，不要上他的当！"丝线深深地勒进晓夜的皮肉里，好像四肢都要断掉的感觉。

雷公回头看了一眼被定格在半空的晓夜，一抹微笑划过他的嘴角:"哈哈哈! 铁拳! 你快要死了吗? 我决定去那个世界陪着你啊! 记得一起喝酒哇!"男人哈哈大笑着, 漆黑的天际无数乌云迅速聚拢, 整个大地笼罩在一层电闪雷鸣之中。

威卢斯若有所思地看着这一切变化:"果然是很强大的操控, 看来我估计得没有错……不过这么强大的力量, 最后还是要死亡, 我真是感到可惜啊~"

"你, 住嘴!"晓夜愤愤地注视着威卢斯, 年轻的脸庞浮现出一股强大的意志力, 他的手臂, 竟然缓缓挪动起来!

"就算是断臂, 也要阻止他吗?"威卢斯冷笑, 看着丝线因为晓夜的强行挪动而深深切割进他的肉里, 几乎要勒断他的手。"越来越有意思了呢。人类, 还真是奇怪的生物。"

"啊啊啊……"一道响彻天地的闪电从天而降, 晓夜迅速回头, 雷公双臂朝天, 大吼一声:"怒雷强击!"

猎猎作响的披风在恍如白昼的雷电里被撕扯得粉碎, 男人没有回头, 他看向夜空, 夜空仿佛开满了温暖的花朵, 他走在花丛间, 有一个女人在他的面前笑得很开心, 小孩子蹦蹦跳跳着牵着他的手, 他的嘴角浮现一抹堪称温柔的微笑, "我来了, 你们, 等我很久了吧。"闪电刹那间击向男人所在的大地, 整个天地霎时一片澄明, 仿佛日出东方!

巨大的悲恸贯穿晓夜的身体, 他嘶吼一声, 痛苦地刀刃刹那间划过威卢斯的脸颊, 断臂随之从晓夜的身侧滑落, 掉落在黑夜的大地上。

"不知好歹的东西,"威卢斯伸出舌头轻轻舔着手中自己的鲜血, 镜片的光芒反射出他即将爆发的怒火, "竟然敢让我流血, 去死吧, 愚蠢的人类!"威卢斯手中的丝线顿时互相缠绕着收紧, 晓夜痛

苦得收拢了身体，整个人像一张弓，被丝线压制到极致，骨骼咯嚓咯嚓嚓挤压的声音夹杂着他痛苦的呻吟声，肩膀上的布娃娃忽然双臂狠劲一拉，晓夜的身体顿时迸射出去，四分五裂地重重摔在大地上。

"就这样死了啊。真是脆弱。"威卢斯拍拍手，回头看见弗里西亚高举冰刃，朝凝固在冰墙里的周志远和银狐猛地刺入。

"等一下。"威卢斯一把捏住冰刃，"现在还不是时候。"

弗里西亚冷冷地盯着他。

威卢斯恭敬地鞠了一躬："因为这个人事关伊米芯缇的复活。"

"什么？"

"十三年前女王陛下之所以失败，就是因为伊米芯缇的提前死亡。因为失去了肉身，所以在失败之后，我只能将伊米芯缇的灵魂放入一个人类婴儿的体内。这么多年过去了，那个婴儿也长大了。而眼前这个人，和那个婴儿的关系非比寻常，我担心如果现在就取他的性命，会影响伊米芯缇的复活，从而影响到女王陛下的计划。"威卢斯说到这里邪邪一笑，伸手扶了扶金丝边眼镜框，"我想，作为女王陛下最忠实的亲王队之一，弗里西亚你是不会打扰到这个计划的。对不对？"

弗里西亚收起冰刃，狐疑地看了一眼威卢斯，一句话也没有说，转身消失在夜空里。

威卢斯看着夜空里弗里西亚消失的方向，故作紧张地擦了一把额前的汗："真是险呢。"随即满意地看着被冰冻在冰墙里的周志远和银狐，"你可是我最感兴趣的试验品哪，险些就被那个冰山面瘫脸给毁了。"

"主人，他最好够得上你冒的险，可别像刚刚那个蠢货，被误当作你的使魔，还那么不听话，竟然提醒对手逃走。"肩膀上的布娃娃拉起海盗眼罩，遮住一只眼睛，兴高采烈地在他的肩膀上摇头晃脑地蹦跳着，在夜色里看着着实诡异。

"呵呵，希望还是很大的。毕竟这个试验品。我可是观察了很久。"威卢斯笑吟吟地说道，眼神晦暗不明，他伸出修长的手指，抚摸着布娃娃的脸颊，安抚它安静下来，"不过，他身边这一位美人，可怎么处理才好呢？不如，等我们把他先救出来，问问他。"

"好主意，好主意。"布娃娃拍手称赞。

威卢斯邪笑着，伸手触摸向冰墙内的周志远。

第四章

Chapter 4

罗兰OR维尔利特

一大早就听见老妈在客厅里碎碎念："你周叔叔再不回来,我看小敬和小维能把整栋楼给拆了。"

当林可心敲开周子敬家门的时候,顿时闻到了一股烧焦的味道,厨房里无疑正在冒烟,像是刚打过一场恶战的战壕,沙发七歪八倒着,脏衣服扔了一大堆,隐约能看见一两只小强在其中快乐地自由穿梭,从卧室半闭着的门缝里露出被子像是被狗啃过一样绒毛到处飞……

林可心还没有来得及瞪大眼睛,就看到了站在废墟里的维拉德,洁白的衬衫刚好盖住他的臀部,白皙而健美的小腿裸露在空气里,荷尔蒙的味道在好看的锁骨上缓缓流淌着,微微翘起的天使般的唇角带着孩子犯错时的小委屈,宝石红的眼眸低垂着,盯着他白玉般的脚踝,看见林可心站在门口,他像是犯了错的孩子终于看见家长般,眼中闪过一丝可怜兮兮的求救讯号。

林可心觉得这家伙倒是把"出淤泥而不染"给渲染得挺到位,只可惜这坨淤泥是小敬的家。

"被子撕破了可以换,沙发倒了可以扶正,脏衣服可以拿去外

面干洗，我只是不明白，你一大早就把厨房给炸了是什么意思？"周子敬打量着自己的"家"，冷静地看向维拉德。

"我想给你做个爱心早餐。"维拉德小声说。

"爱心早餐？"周子敬不可思议地重复了一遍。

维拉德点点头："我想，你为我做了这么多，我也应该为你做一些事情。所以就……"

"所以就把我家厨房炸了。我明白了，以后不用这么做了。等下跟我让家政公司把厨具换掉吧。"周子敬冷冷地说完，转身看见林可心，于是回头又对维拉德强调，"下不为例。"

"一定！"

林可心觉得维拉德就差稍息立正了，只不过身上那件几近透明的白色衬衫，因为他挺直身子，所以下半身整个裸露在了林可心的面前，露出来的黑色小内裤顿时冲击林可心的大脑，她急忙转身捂脸："不好意思不好意思，我应该敲门的。"

周子敬从地上捡起来一件衣服，扔给维拉德："穿上。"

维拉德躲到沙发后面去穿裤子，周子敬拿起手机拨了家政公司的电话，让他们过来收拾一下："嗯，对，多派两个人，我家厨房今天煤气爆炸了，没伤亡，不用打120，记得顺便带一套ROBM的厨具安装。好的，谢谢。"

周子敬打完电话，回头对维拉德和林可心说："收拾一下，我们准备出发了。"

两个人唯唯诺诺地点头，看见周子敬重新走进卧室，林可心才轻轻碰了碰维拉德的手背："喂，你都干了什么呀。"

维拉德不好意思地搔搔脑袋，清晨的阳光从落地窗玻璃映射进房间里，打在他的身上，他整个人站在阳光里，仿佛那些光都是从他的身体里散发出来的，温暖而高贵。

"洗衣服不小心把洗洁精全倒进去了，洗衣机还到处跑，撞翻了沙发，正在煎的蛋也烧焦了，不知道为什么又爆炸了……"维拉德伸手抹了一把脸颊上的黑色的灰渍，歉意地笑笑，"我真笨吧？"

林可心囧，心想这怎么能叫笨呢，这简直就是2到了极致，2出了水准，2成了大湿啊！不过她心里虽然这么想，可是抬眼一看维拉德可怜兮兮的小模样，心里又心疼他办好事却搞砸了的小委屈，于是踮起脚尖笑眯眯地拍拍他孩子气似的紧皱的眉头，"不要皱眉啦，"林可心替他抹掉脸颊上的灰渍，"其实很萌很有爱啊，小敬不会责怪你的，毕竟你是想替他做一点事情嘛。"

"可是我都搞砸了。"维拉德叹一口气，望着被自己搞成了废墟的家。

"收拾好了？"周子敬打开冰箱，拿出一罐鲜红的血液，回头看着维拉德，"赶紧把鞋子穿上，喝掉这个，我们就出发。"他说完，把血瓶递给维拉德，自己嘴里咬了半块面包，看着维拉德狐疑的表情，他解释说："放心吧，这是我昨天去超市帮你买的猪血。"说完，不等感动得目瞪口呆的维拉德有所反应，直接塞到他手里。转身把鞋子丢在他脚边，"时间不多了，再不快点迟到了。"

林可心看了一眼客厅的钟表，还有十五分钟就要迟到了，"啊啊！都忘记时间了！维拉德快点啊！"

维拉德连连"嗯"着，一口气喝完血瓶，低头三下五除二蹬上鞋子，没走几步差点摔倒，林可心低头一看发现他鞋带没有系，急忙低头帮他系鞋带。

维拉德怔怔看着蹲在地上的小女生，整个人都僵硬了，刚刚喝下的血液似乎卡在了喉咙里，一股从未体验过的暖流缓缓流淌过胸腔，他伸出手，将林可心拉起来，深情凝望着她的眼眸，低沉而又迷人地眼眸里全是她："谢谢你。"

林可心猛地被拉起来就对上这双英国宫廷贵族般的眉眼，整个小心脏都停止了跳动，他浑身散发着淡淡的樱花香味，让她忍不住想起了阳光明媚的人间四月天。

"喂，还走不走?"周子敬的声音横插进来。

两个人急忙摆正姿势，尴尬地低着头从站在门口的周子敬面前走过，身后传来周子敬的叮嘱："在小区门口等我，我先去干洗店取血猎制服。"

"还来得及吗?"林可心担忧地问。

周子敬低头看了一眼手腕上的表："还有十分钟，应该来得及。"

十分钟……从这里到工会起码需要二十分钟，再加上周一很堵，一个小时内能到就谢天谢地了。

在小区门口等周子敬的时候，维拉德忽然提议说："要不，我们飞着去吧?"

林可心瞪他一眼："大白天飞过去，半路就会被当作不明飞行物的吧。"

"我可以飞得高一点，飞到云层之上。"维拉德信誓旦旦。

林可心想死的心都有了，揉揉脸蛋，"我们三个人很重的。"

"我可以背着小敬，然后用力搂着你。这样应该可以的。"

林可心发现他不像是在开玩笑，不过等她脑补了一下维拉德使劲抱着自己的情景之后，立刻打消了他的念头："算了，迟到就迟到吧，飞过去太危险了。"

跑车燃烧荷尔蒙般的轰鸣声自远而近，一辆银色的捷豹XK咆哮着停在林可心和维拉德的面前，银色的铝制车身在晨光里散发着高贵的气质，一抹银亮耀得人无法直视，周子敬戴着墨镜，穿着帅气的紫色血猎制服，小臂有力地握着方向盘，看着两个人，朝车内歪了歪头，示意他们别发呆了："上车。再不走，就真迟到了。"

"已经要迟到了啊。"林可心揉揉太阳穴，将车后座上的制服套在身上，维拉德显然还没有很熟练地学会穿人类的衣服，鼓捣了半天才穿上。

"系好安全带。"车子从闹市驶离，拐上高架桥。轰鸣声顿时炸响在身后，6挡手自一体的挡位在周子敬的手心魔法般变换，1.8吨的车身马力在七秒内达到最大马力，时速瞬间飙升至三百千米每小时以上，巨大的惯性将林可心和维拉德紧紧地摁在车后座上，眼前的景物在瞬间仿佛变得更加缓慢了。

周子敬从后视镜上看了一眼惊魂失色的维拉德和林可心，解释说："这条道路昨天才开放的，车子不会很多，如果不出意外，应该不会迟到。"

什么叫如果不出意外……还不如不解释啊，我们只不过是不想迟到啊，犯不着拿上性命去拼吧，代价也太奢侈了一点吧。

"维拉德，我给你准备了呕吐袋，在你的右手边。可心，你的早餐在你前面的座椅后面。"

刚刚还拿着大家的命去拼，现在又考虑这么周到，违和感也太严重了吧。林可心拿出汉堡边啃边全神贯注地盯着车子前方，生怕那个意外出现。

到达血猎工会停车场的时候，好不容易找到一个停车位，又被一辆横冲直撞过来的红色法拉利抢走了。周子敬撇撇嘴，无所谓地继续找停车位，红色法拉利里面探出一个女生的脑袋，对众人吐了吐舌头，做了一个得瑟的鬼脸，鬼脸做到一半发现情况不对，立刻换上惊讶的欣喜。

"可心！可心！"

林可心狐疑地看向声音的来源处，看见祝瑞瑞正半边身子探出

法拉利的车窗，以一种人类的骨骼根本无法弯曲的角度，尽量伸长身体，望着她狂舞地挥手。

"祝瑞瑞！"林可心也兴奋起来，算起来，自从上次一别，已经好长时间没有见面了，她看见祝瑞瑞被满脸怨气的诸葛渊一把从车窗里提了出来，林可心看见诸葛渊朝他们这边瞄了一眼，转身走进大厦，祝瑞瑞边追边回头兴高采烈地对林可心大喊大叫着："等会在工会后面那条街的茉香坊见面啦！我先走啦！"

林可心笑眯眯地挥挥手。

维拉德用手帕擦了擦嘴角呕吐出来的鲜血，感兴趣地问林可心那是谁。

林可心接过维拉德手里的白色丝巾，替他擦拭着他的嘴角，柔滑的丝巾滑过他柔软的薄唇，林可心感觉到自己的心里痒痒的："是一个好朋友啦。"

说起来，祝瑞瑞真的算是她认识的第一个女生好朋友呢。

维拉德浅笑着，眼眸里闪过一丝明亮的光线："那我可要好好认识一下她。"

"你是说，弗里西亚和威卢斯都在场？"坐在办公桌后面的人留给周志远和银狐一个背影，深蓝色的阿玛尼西装在透过工会巨大落地窗的阳光里笔挺而典雅。齐肩长的头发刚好挡住了背影的脸颊轮廓。

"长官，我觉得这是一起严重的判断失误。"周志远强调着。

"你的意思是，应该处罚参与这次行动的成员。"

周志远皱眉，深吸一口气："如果判断正确，工会应该会派出强大的血猎团队去围剿，但是因为判断的失误，直接导致了雷公和晓夜的殉职，所以我建议……"

"不。"背影打断他，"是四名成员殉职。"背影接着说，抽了一口手中的雪茄，"在你们之前还有两名血猎殉职，只可惜，我们没有找到他们的遗体，但是基本可以断定，已经殉职。"

"所以我们执行的才是支援任务，我们还以为是工会搞错了，因为去往现场的时候根本就没有别的血猎在场。"

"你们再好好想想。"背影强调，"接下来一段时间暂时不要出任务了，好好写一个报告给工会，我要详细的细节，记住，详细。"背影将雪茄放进烟灰缸里，"好了，铁拳，你先出去。"

"可是！"周志远上前一步，"雷公的死……"

"雷公不会白白死掉，没有一个血猎会枉死。但是铁拳，你的敌人是吸血鬼，不是工会。"

周志远颓败下来："好。我明白了，长官。"

"银狐留下。"背影冷冷地道。

等周志远走出办公室，背影才冷冷地问："知道为什么要留下你吗？"

"不知道长官。"银狐站直身体，但是只有她自己明白，她的脑海里这两天一直在浮现着晓夜的音容笑貌。

"你的搭档殉职了，工会也很难过，也请你不要过于悲伤。"背影重新拿起那根粗大的雪茄，他清了清嗓子，继续说道，"放心吧，为了照顾到你的情绪，工会不会很快安排给你新的搭档。不过眼下，有一个重要的任务需要你去完成。"

"请长官吩咐！"银狐啪地立正了，性感火辣的身材更是因为姿势的硬朗而诱人喷血。

背影缓缓地转过身来，阳光在他的身后明媚得像是死神的镰刀，银狐被阳光晃得看不清楚他的模样，只能听见他阴沉沉的声音："你还记得铁拳带进来的那几个孩子吧？"

　　银狐想起了周子敬和那个银发吸血鬼，还有那个小女孩子林可心。

　　"铁拳的儿子和那只吸血鬼是晓夜负责录入的。我负责的是一个名叫林可心的小女孩。"

　　"没错，这次委派给你的任务，就是关于这几名工会新纳入的成员，接下来，你好好用心记一下我说的话……"

　　"叮！"电梯门打开了，周志远低着头走进来。

　　"周叔叔好。"林可心笑眯眯地喊了一声。

　　"啊，可心，你好你好。"周志远的状态好像刚刚睡醒似的，林可心嘿嘿笑了笑，周志远这才注意到站在她身边的周子敬和维拉德，"你们怎么在这里？"

　　"我们今天来参加血猎训练。"周子敬说。

　　"哦，好好训练。"周志远叮嘱了一声，摁了电梯，众人沿着电梯门往外走，忽然林可心又听见周志远莫名其妙问了句："那辆雷克萨斯修好了吗？"

　　林可心当然还记得那辆纯黑色的雷克萨斯，要知道那可是她生平第一次坐在车里乘电梯。

　　"应该修好了，还在车场。"周子敬淡淡地说道。

　　"那就好。"周志远神志恍惚地呢喃着。

　　"周叔叔你没事吧？"维拉德关心地看着周志远。

　　周志远摆摆手："没事，你们好好训练，我先走了。"

　　"家里的钥匙你有吗？"周子敬说着掏出钥匙。

　　"不用了，我去看望一位老朋友。"周志远说着，伸手摁了电梯的关门按钮。

　　林可心看着电梯门缓缓关上，站在电梯里的周叔叔始终低垂着眼眸，从头到尾，她都没有看见他抬眼看他们一眼。

"周叔叔好像不太开心的样子。"林可心轻声跟身边的维拉德说，维拉德伸出手揉揉她的刘海，温柔浅笑。

"好像昨天发生了一场大战。"维拉德说。

"战斗? 你怎么知道的? "林可心疑惑地问。

"我听见了。"维拉德指指精灵似的尖尖的耳朵，"血族的嗅觉和听力比人类要强很多哦。"说着他孩子气地笑笑，安慰林可心，"别想太多了，身为血猎，他们会解决掉自己的事情的。"

"我们也算是血猎了吗? "林可心问。

"我们的话……"维拉德也不知道他们现在算不算血猎。

"通过训练大概就能算血猎了吧。"周子敬忽然说。

"通过银狐老师的认可就能成为血猎! "一个娇俏可爱的女人的声音炸响在前方。众人齐齐看向声音发源处，银狐老师优雅地扭动着纤细的腰肢，妩媚地抛给众人一个媚眼，瞅瞅周子敬，问："你是铁拳的儿子吗? ! 好，正好有事情要找你。咦? 林可心? 还有维拉德。正好，一起跟你们讲了! "林可心抬头看见银狐微笑着站在周子敬面前，伸出手拍拍他愣愣的脑袋，周子敬虽然只有十六岁，却比银狐老师还要高一个头，身高差让脸色潮红的银狐老师看上去更加少女。

"哎呀，跟你老爸一样酷哟! "银狐伸手捏捏周子敬的脸蛋，周子敬不自在地任由她揉捏着，拉过维拉德顶上，银狐老师顿时又被维拉德华丽丽的银发吸引，"哎呀，在哪儿染的? 好美! 简直比女孩子还要娇媚呢! "

维拉德求救似的看向身后的林可心，林可心急忙后退，她可不想被银狐老师抓住，毕竟前面这两位都是夸奖呢，轮到她还指不定是什么呢。

"哎呀，林可心小可爱！来，抱抱！"林可心觉得自己被两团柔软的东西挤得呼吸不过来，抬头看见银狐老师火辣的身材近在眼前，银狐放开林可心，拍拍她的额头，"从现在开始，你，还有周子敬，维拉德，对了，还有你……"银狐指着刚从电梯里走出来的微璞，"你们四个归我管，以后学习培训我就是你们的老师了。"

啊咧？就这么定了？

周子敬恭敬地喊了一声："银狐老师。"

"乖。"银狐受用地笑眯眯地将周子敬拉向自己身后，一双眼睛盯着维拉德，于是维拉德也乖乖地站在了周子敬的身边，顺便把林可心也拉了过去。微璞走过来，看看银狐，又看看站在银狐身后的恭敬地低着头的三个人，"现在可以开始训练了吗？"

四个人被银狐七拐八拐带到工会大楼的某个角落，走廊的最后，银狐打开房间，率先走了进去。

林可心看着眼前的房间，房间四周是六边形的黑色液晶墙壁，脚下闪烁着六芒星状的耀眼绿光。

"就在这里训练吗？"微璞四周察看着。

"对，就是这里。"银狐说。

"未免小了点。"周子敬接话。

银狐笑了笑，一拳砸在身边的墙壁上，"啪嗒"一声，开关打开，整个房间瞬间开始光影闪烁，无数的马赛克重组拼凑，一分钟后，林可心发现自己站在了一望无际的大草原上，正所谓天苍苍野茫茫风吹草低现牛羊……等等，不是在房间里吗？

"这里是电子全息投影房间，再加上地域魔法的加强，所以，现在大家觉得够大了吗？"

四个人茫然地四下张望着，银狐紧接着双手抱胸，一手指着空中，空气中顿时出现了一小片闪烁的蓝色数据，"现在还不急于训练，在训练之前，你们首先要完成一些初步的认识。比如血猎的分级。"

"老师，我有一个问题。"周子敬举手。

银狐笑眯眯地看着他，伸手捏捏他的脸蛋："哎呀，不要叫我老师，叫我银狐姐姐。"

"好的银狐老师，"周子敬脱口而出，看到银狐警示的眼神后，咽了咽口水，"银，银狐姐姐，我们什么时候才能开始实战训练。"

"比如当你们先了解了血猎的等级分为ABCDE五个级别，而任务一般都是甲乙丙三个级别之后，当然，一些别的级别我们现在还不方便去讲，比如S级血猎。"

"S级血猎？"林可心惊呼出口。

"那是什么？"薇璞感兴趣地问。林可心发现这个身材火辣到可以PK掉银狐老师，性格冷淡得好像万年冰山的美女原来也有感兴趣的话题。

"这个……"银狐笑了笑，"我们明天再讲。今天的课，到此为止。好了下课。老师先走了。"然后她就真的转身走掉了。

当四个人意识到整个训练课上了不到五分钟的时候，眼前除了银狐老师身上的迪奥香水的味道，连她的影子都找不到了。

"竟然上了五分钟就跑掉了。"林可心咬着抹茶吸管，对祝瑞瑞嗫嚅着。

"银狐老师吗？"祝瑞瑞问。

"是啊。"维拉德插话。

祝瑞瑞看着插话进来的维拉德，奶茶店的落地窗户边，阳光透过玻璃暖暖地照在他的银发上，浓密的睫毛在阳光里投影下一截谜一样的阴影，好看的唇角浅笑着，祝瑞瑞顿时两眼冒桃心，"你是维

拉德吧?"

"对啊,忘了介绍你们认识啦。小维,这是祝瑞瑞,这是……"林可心站起来,看着沉默地低着头坐在角落的诸葛渊,"诸葛渊。"

"哎呀,大帅哥!你是外国人吧!"祝瑞瑞上前一把抱住维拉德,亲了亲他的脸颊,登时大家都愣怔了,只有祝瑞瑞在自顾自地解释着,"我知道你们就是这样打招呼的啦。怎么样,有木有浓浓的亲切感?"

维拉德尴尬地笑笑,诸葛渊端起果汁恶狠狠地一口气喝完,"啪"的一声把杯子放在桌子上,"我先回去了。"

"喂,等下一起回啊。"祝瑞瑞招呼他。

"我怕你回不去。"诸葛渊冷冷地起身,盯着维拉德,"你最好放聪明点。哼,吸血鬼。"

"喂,可心的朋友就是我们的朋友啊,阿渊你又发什么神经。"

诸葛渊冷笑:"难道你不知道吸血鬼都是用美丽的外表迷惑人类,然后做尽他们想做的坏事吗?亏你还是血猎。"

祝瑞瑞无言可对。

"其实,也有好的吸血鬼。"周子敬端起咖啡喝了一口。

诸葛渊冷哼一声,踢开椅子,转身离去。

气氛一时尴尬起来,祝瑞瑞叹一口气:"对不起啊,其实阿渊……"

"我们知道的啦。"林可心笑笑,大方地拍拍祝瑞瑞的肩膀,"如果阿渊的遭遇发生在我们身上,大概反应会比他更加激烈呢。"

"发生了什么?是因为血族的原因吗?"维拉德小心翼翼地问,一双眸子在日光里闪烁着孩子气的担忧。

周子敬放下咖啡,修长的手指拂过维拉德的脊背:"不关你的事,那个家伙脾气不好,你别放在心上。"

"是啊是啊,阿渊就是暴躁了点,其实他心地很善良的。"祝瑞瑞说,忽然她话题一转,看了一眼周子敬,问:"小敬一定知道了吧,关于那场大战。"

"工会四名血猎殉职。"

"还好周叔叔安全回来了。"林可心心有余悸。

"可惜晓夜老师……"维拉德叹了一口气。

"还有雷公叔叔。"周子敬看向窗外的天空,"最后一次看见他还是五六年前。不过我一直想不通的是,为什么爸爸和银狐老师可以安然无恙地回来。这其中一定有什么隐情。"

"小敬能这样想很了不起。不避讳自己的父亲。真的很棒。"祝瑞瑞鼓励地看着他。

"所以说,失去了搭档晓夜的银狐老师,其实是在苦苦支撑着教我们上课吗?"林可心忽然想起银狐老师笑眯眯的样子,众人默然,"怪不得只上了五分钟就走掉了,想必,银狐老师一定很伤心。"

"总之,大家都要努力啊。血族的活动最近越来越猖獗了。工会据说已经开始在全世界范围内进行新一轮的清洗任务。小维。"祝瑞瑞看向维拉德,"你也要小心,千万小心不要被当作敌人。"

"我会随时随地带着证件的。"维拉德笑笑,又开玩笑地说,"而且,还有小敬一直在我身边。"

"喂你们够了啊。"祝瑞瑞吐了吐舌头,用肩膀碰碰身边的林可心,做了个鬼脸说,"你也不吃醋啊。"

"纳尼?"林可心装作埋头喝抹茶刚回过神来的表情,"吃什么醋呀。"

祝瑞瑞朝坐在一个沙发上的周子敬和维拉德努了努嘴,"他们

呀。"

"咦。"林可心撇撇嘴,"他们才是真爱,你不知道吗?"

"哈哈哈。"祝瑞瑞笑起来,意味深长地看着维拉德和周子敬。

林可心得寸进尺:"我偷偷跟你说哦,今天早上维拉德穿小敬的衬衣……"

"啊?是吗?灭哈哈哈。真是基情……"

"哈哈哈……"女生笑成了一团,林可心偶尔脸色红红的,看一眼全天然无害正无辜地看着自己的维拉德,于是笑得更加欢快。

然后林可心和祝瑞瑞听见对面的两个大帅哥在互相询问。

维拉德:"她们在说什么?为什么这么开心?"

周子敬:"不知道。也许在聊女生的话题吧。"

维拉德:"你今天要小心水。"

周子敬:"为什么?"

维拉德凑近周子敬的耳畔,他身上淡淡的樱花的味道轻轻飘进维拉德的鼻息,"因为我有预感,你今天可能有水祸。"

周子敬同时闻到维拉德身上淡然的蔷薇的味道,"水祸是什么?"

"啊!小心!"女生尖叫的声音炸响在周子敬的身后,然后林可心回过神来看见一瓶雪碧盖在周子敬的脑袋上,他整个人僵硬地坐在那里,回头瞪视着身后的服务员。

"对不起对不起,请跟我来,我马上给你换上干净的衣服……"服务员话还没有说完,另外一个冷冷的声音响起:"怎么了?"

"我不小心把雪碧洒在了这个客人的身上。"女服务员哭丧着脸。

周子敬皱眉，"帮我换掉吧，雪碧太黏人了。"

　　"黏人？"那个冰冷的声音问，周子敬于是抬头看向那个声音的发源处，然后在他目瞪口呆的瞬间，那个人手里的一杯清水顺着他的脸颊倾倒下来……

　　"你干嘛！？"周子敬唰地起身，看着面前金发的少女，怪不得眼熟呢，果然是那天在游乐场看见的女生无疑！

　　"姐姐……"维拉德喃喃自语。

　　"我不是你的姐姐，再说了，我怎么可能有你这样的非主流弟弟，麻烦你，出门左拐，隔壁正好有洗剪吹，五十块一位，把您的杀马特发型给剪了吧。"金发少女指着维拉德的银发，一口气飙完，将扣在周子敬头上的雪碧瓶子、水杯，一一收起，放进盘子里，吩咐那个张大了嘴巴，愣怔地看着这一切的服务员，"带他去后面换上服务员的衣服。"

　　"好的，罗兰姐。"

　　"罗兰？？？？"林可心周子敬维拉德同时惊呼出口，外加祝瑞瑞一声怒吼："喂！你站住！我要你现在就跟我的朋友周子敬道歉！马上立刻！否则……"

　　"啪！"盘子里的瓶子再次扣在了周子敬头上，罗兰理了理额前金色的刘海，可爱的萝莉肩胛倨傲地望着比她足足高出一个头的祝瑞瑞，挑衅地问："否则怎样？"

　　周子敬木然地起身，把瓶子和杯子拿下来，盯着桌面隐忍着说了句："喂，拜托，是她在挑衅你，好歹，瓶子和杯子该扣在大力女的头上吧？"

　　"喂！我帮你说话诶！你竟然让她把杯子扣在我头上？？"祝瑞瑞不可置信地看着周子敬。

　　"我只是分析前因后果而已。"周子敬冷静地说道，"其实扣在

谁头上，都不好。"

"姐姐……"

"你别说话。"金发少女指着准备起身的维拉德，"坐下。另外，这是我所遇见的最愚蠢的搭讪方式了，而且你还用了好几次。而且还是同一个人。最重要的是，我难道看起来比你还大吗? 你头发都白了一大堆……"

维拉德囧，低头看着自己不断中枪的头发。

"怎么这么吵啊!"一个胖子出现在前台，金发少女立刻恭敬地站立，林可心这才从乱糟糟的桌子氛围里跳脱出来，金发少女恭敬地鞠躬，身上那件中式粉色小旗袍刚好流露出一双美腿，脚上穿着青蓝色的精致的平底鞋，洁白的女仆围裙衬托得她的小脸更加可爱娇俏。

"老板!"祝瑞瑞大吼一声，胖子立刻屁颠屁颠跑了过来。

"看看你的服务员做的好事!"祝瑞瑞一怒之下，把周子敬从沙发上扯出来放在胖子老板面前。胖子老板立刻笑眯眯地赔罪，转身怒斥金发少女赶紧给客人换上干净衣服。

"请跟我来。"金发少女笑盈盈地领着周子敬朝员工通道走去。林可心觉得自从胖老板出现之后，这个叫罗兰的金发少女就跟变了个人似的，脾气好得不像话，还有就是小敬，自从罗兰出现，他就脸红得不像话，而维拉德，依旧保持着刚才半起身的动作，直到走远的金发少女对他打了个响指，维拉德才重新恢复到之前的坐姿，不过还是频频回头，看着罗兰消失的方向。

祝瑞瑞满意地对胖老板挥挥手，她怒气来得快，去得更快，不一会儿又开始向维拉德打听吸血鬼的生活习惯，好像她根本看不出来维拉德的心不在焉。林可心想要替他解围，无奈祝瑞瑞的问题连珠炮似的不间断，她根本插不进去话。

"维拉德，你们血族都会继承上一辈的能力吗？"

"是的，不过也会有天生的能力。我继承了我父亲大部分的能力。"维拉德答完，见缝插针问："你经常来这里吗？"

"是啊是啊。对了，是不是你们血族都无法抗拒血液啊？"

"有的可以，有的不可以，比如纯种的血族，就会无法抗拒人类的血液，但是像我们这种半吸血鬼，就会抵抗能力强一点点，有的吸血鬼终生都以动物血液为食物，而纯种的一般都会以人类血液为食物。"维拉德解释完，回头看了一眼员工通道。

祝瑞瑞笑着说："放心吧，周子敬马上就会回来的。"

"那个罗兰，之前就在这里吗？"

祝瑞瑞歪着脑袋想了下，"好像不是的，前段时间才来的。"

"这样啊……"维拉德陷入了沉思，谜一样的眼眸低垂着。

林可心伸手轻轻搭在他的手背上，修长的手指仿佛蕴藏了一整座冰山，阵阵凉意传进她的手指，可是她却更加用力地握住了他的手心，然后认真地看着他，维拉德对她绽开一个温柔的笑容，他的眸子里仿若晨露般明亮纯洁，定定地望着林可心，玫瑰般的薄唇微微上扬，轻声呓语："你在担心我吗？"

林可心急忙抽回手，脸红红的，祝瑞瑞在一边笑得前仰后合，然后林可心听见自己口是心非地说："哪有，人家只是想要测试下吸血鬼的心跳所以才抓着你的手，不过，你们好像没有心跳。"

"因为没有心跳，所以我可以把我的整颗心都给你。"维拉德深情地握住林可心的手心，小鹿般的瞳孔凝望着她。

可心觉得自己就像只小羊羔，走在空旷的大草原上，然后出现了一个英俊的猎人，于是她依偎在猎人温暖的胸口，沉沉地睡了过去。

"哇，周子敬，好帅。"祝瑞瑞指着远远走来的周子敬笑得前仰

后合。

林可心越过维拉德的肩膀，看到了从员工通道走过来的周子敬，顾长的身体被藏青色的长袍修饰得更加挺拔，一头乌黑的头发轻轻扫过额前，黑曜石般的眼眸尴尬地看着众人，看见众人，他看了看自己身上的古典中国风长袍，僵硬地说："受不了了，今天真是倒霉。"说完他听见咖啡馆某个角落里一声熟悉的尖叫，他正想着好像又是刚才那个毛手毛脚的女服务员发出的声音，紧接着他就看见林可心手捂脸指着他身后，小脸憋得跟鸭梨似的："小心！"

"什么啊？"他后知后觉地回头，看向林可心所指的方向，然后他看见一只盛满橙汁的瓶子朝自己飞了过来。

废墟城堡，城堡内的灯光晦暗而又寂寥，好像那些光，也跟这座死气沉沉的城堡一样死掉了。

黑色的长袍在灯光里留下顾长的影子，金色的肩章闪耀着金黄的光芒，乌黑的长发披散在长袍的褶皱里，柔软得仿若飞散在春风里的柳枝，男子俊美挺拔的身影始终静静地伫立着，精致的脸颊隐藏在发丝的浅薄阴影里，尖削的下巴流淌着一丝烛光的光晕，好像是一滴金色的眼泪，游弋在他的完美的侧脸边缘，一双美眸轻轻闭合着，浓密的睫毛根根分明，静宜的模样始终让人觉得他好像洁白的玉雕。

整个大厅静得连时间都不忍心流逝。钟声从遥远的天际隐隐传来，赛勒恩特睁开眼睛，看向面前的纱帐内的床榻。静静沉睡着的女子仿若一幅精美的山水画，黑白鲜红的笔墨湿润了他湖泊般的眸子，细致如白瓷的肌肤在纱帐里朦胧若现，黑色的纱衣轻轻覆在她曼妙如天仙的身体上，薄如蝉翼。

至少时间在她的身上并没有无情地流逝，正如血族的高贵与孤寂，其实都来自于对时间的蔑视。因为无论如何，时间也奈何不了他们。

可是记忆呢？赛勒恩特静静地想着。

他有多久没有看见她笑了？

十三年？一百三十年？

连他也记不得了。

总有很多事情是要忘记的，可是忘记也意味着铭记，他还记得很多年前的那个下午，漫天的粉色花瓣在飞舞，精致的画廊铺就在假山之间，少女赤着一双玉足，静静地伫立在樱花树下，一群南归的大雁缓缓飞过天空，在她清亮的眸子里划过淡淡的哀伤。

"如果可以变成鸟儿就好了。就可以飞离这些围墙，想去哪儿，就去哪儿。"她低垂了眸子，捡起一枚樱花花瓣，手指轻轻捻着，扫过鲜润似樱桃的唇边，轻轻嗅了嗅。

她回头巧笑着看了一眼赛勒恩特："你说，我现在去荡秋千，荡得高高的，是不是那些鸟儿就能看见我了。就能带我飞，飞离这个院落？"她静静地回望着他，他也静静的凝视着她，然后他听见自己胸腔的某个角落里，轰然崩塌，涟漪点点。

少女妩媚地笑了笑，发出银铃般的笑声，坐在藤蔓缠绕的秋千上，缓缓地荡啊荡，直到樱花都消逝在春泥里，直到四季都流淌过时间的河床。

而他，一直站在少女的背后，默默地注视着她的身影。

他觉得，那是世间最美的风景。

"几点了。"在他面前的纱帐里传出一声慵懒的女子的声音，随即打碎了他的回忆，那声音好像不属于这座废墟城堡，甚至不属于这个世界。

"11点了。"男子睁开眼睛，一双美眸像是静宜的湖泊，淡然的

语气。

"赛勒恩特,你候了多久了?"

"我8点到此。"

"为何不叫醒我?"纱帐内人影起身,静静地望着站在大厅中央的赛勒恩特。

几个女仆迅速从大厅外踩着小碎步走进来,她们的手里依次拿着黑色的丝质纱衣,绣着精美血色凤凰的旗袍,以及一顶华美的镶嵌着碎钻的凤凰发冠。

仆人们缓缓绕到纱帐后面,伺候女子梳妆打扮穿衣。赛勒恩特始终低垂着眼眸,直到面前的纱帐缓缓拉开,一股玫瑰异香飘进他的鼻息。

"事情办得怎么样了。"随着异香流淌过他的身边,他缓缓地抬头,挥了挥手,从大厅外走进来四个人类少女。

哭泣声求饶声顿时响彻大厅。其中一个人类少女匍匐着抱住赛勒恩特的黑色长袍,"求求你,放我们回去,求求你……"

"吵死了。"女人回头责备地看着赛勒恩特。

"对不起,贾思敏女王陛下。她们受到了惊吓。"赛勒恩特恭敬地垂下眸子。

有细微的小东西划破空气的呼啸声响彻在他的耳畔,然后少女的哭泣声渐渐消失,空气里弥漫着人类血液的诱人味道。他却静静地一动也不动,任由那把由贾思敏丢出来的扇子再次回到她的手里,四个人类少女倒在血泊里。她将扇子丢在地上,冷冷地走过赛勒恩特身边,"怎么?你心疼了?"

"我只是觉得可惜。"

"可惜?"贾思敏鲜艳的唇角荡漾着一抹冷笑。

"这些都是极品,陛下你没有品尝实在是有些可惜……"

"闭嘴！"地上的扇子猛地飞起，重新回到了贾思敏的手里，"啪"的一声，扇子猛地扫过赛勒恩特的脸颊，留下一道血印。

"对不起，陛下。"赛勒恩特缓缓低下了头，柔软的长发从他的侧脸垂下，遮挡了扇子留下的血印。

贾思敏缓缓地伸出修长而美艳的手指，缓缓扫过他的下巴，鲜艳如樱桃似的红唇慵懒地说道："赛勒恩特，你是我最忠诚的骑士。什么事情你都能办到，不是吗？"

"愿意为您奉献性命。"赛勒恩特依旧保持着恭谨的姿势。

"那就为我找到安静一点的。"女王陛下美艳到极致的脸颊，仿若开在月光下的红色蔷薇，嗜血而又妖冶。

她缓缓转身，步上大厅一端的王座，黑色的纱衣拖曳在大理石地面上，冰冷的月光自她头顶的银色凤冠映射出华美的光彩，烛光摇曳出的影子在大厅的墙壁上忽大忽小。

赛勒恩特听见细碎的脚步声，等他注意到大厅内出现的威卢斯时，弗里西亚已经站在了贾思敏的身边，冷冷地注视着站在门口的莉莉娜。

"威卢斯，我听弗里西亚说，你们经历了一场小打小闹。"贾思敏淡漠地打量着威卢斯肩膀上的布娃娃。

"我想弗里西亚已经跟您详细地汇报过了。"威卢斯邪邪一笑，一手放在胸前行礼。

"你的实验怎么样了？"

"已经初见效果。现在，请容许我向您介绍我的进程。"威卢斯得意地挺直腰板，扶了扶金丝框眼镜，"首先，众所周知，人类的血液如果被注入血族的血液，就会变成血仆，完全失去意识。只知道服从和服侍。而我们吸血鬼却天生有操控人类的能力，因为我们比他们高级。但是血猎却不受这个规律的影响。所以，就算是我这种

天生具有操控能力的血族，也是无法操控血猎的。但是经过我的研究，"威卢斯微微一笑，看了一眼从大厅门口走过来的莉莉娜，继续说，"经过研究，只要把使魔的血液注入血猎的身体，就可以控制血猎！"威卢斯兴奋地拍了拍肩膀上同样很激动的布娃娃，"为什么之前不能控制血猎而可以控制人类呢？是因为人类体内没有抗体，而血猎却天生有可以抵抗我们血液的抗体……"

"威卢斯，长话短说。"贾思敏打断他。

"咳咳，"威卢斯干咳了两声，赛勒恩特捂住了嘴巴，缓缓地步上王座台阶，与弗里西亚一起，站在女王身后。

"对不起，因为这是划时代的研究，所以我有些过于兴奋。简单来讲，就是把血猎使魔化。只要注入使魔的血液，会破坏血猎体内的抗体，使他们魔化。"

"那不是跟使魔一样了吗？"贾思敏挥了挥手，身边的奴仆立刻端上盛放在青花瓷杯里的血液，她低头抿了一口。

"可是陛下，你想想看，使魔和血族有契约，不可以相互吞噬彼此的seed。但是被魔化的人类，却没有这样的契约。"

"因为血猎有seed，所以才会有抗体哪，你要吞噬他们的seed，所以把他们使魔化，哎呀，威卢斯你搞得可真复杂哪~"莉莉娜轻笑着，酒红色的发色里一双金黄的耳坠亮闪闪的，浓烈的紫色眼影在烛光里不怀好意地看着威卢斯。

"莉莉娜还是一如既往地愚蠢啊。"威卢斯感慨。

"你说什么？！"莉莉娜上前一步。

"嗯？"空旷的大厅里，贾思敏威严的声音很快制止了莉莉娜的举动，他没有再动。

威卢斯得瑟挑挑眉头，继续说："吞噬seed只是小儿科，重要的是操控他们。"

"操控血猎还不如杀掉简单哪！"莉莉娜插嘴。

弗里西亚冷冷地插话："莉莉娜一定是没有跟A级血猎团队战斗过，其实他们单个很弱，但是整编成团队，实力却不容小觑。"

"而且，"威卢斯很满意弗里西亚的插话，"假如你所遇见的不是A级血猎呢？假如是S级呢？"

"S级？"莉莉娜大吃一惊。

"不错。"赛勒恩特轻声应道，"S级别的血猎确实存在，而且跟血族六百年前有过一战。当时血族的公侯伯子男五个等级几乎全军覆没，只留下上面的十三审判和亲王。当时人类的九个S级血猎组成团体，几乎屠戮了整个十三审判，将亲王逼到了魔界和人界的夹缝之中。所以，S级别的血猎，实力的确很强大。"

"不错。"贾思敏慵懒的声音响起，"S级别血猎确实可以为我所用，加上上次的出击，耗费了我太多的力量，而你们都生活在亲王那个老狐狸的控制之下，想必是只要能力一超出爵位限制，就会被老狐狸手上的嗜魔戒所吸食吧。"

"陛下预料的一点也不差。"威卢斯鞠躬，"有很多血族都因为超过了爵位的力量而被吸食一空，从而变成了最低级别的血族。不过为此，倒是很多家族对亲王的统治衍生不满。"

"这个我们也可以利用一下。"贾思敏挥手，奴仆接过青花瓷杯子退下。她挥舞了下手肘上的黑纱，整个人站起身，俯视着台下的众人，"关于S级别血猎的事情。威卢斯。"

"属下在。"威卢斯弯腰低垂眼睛。

"继续研究下去，等时机成熟，我们差不多就能有所行动了。"

"遵命，陛下。"

贾思敏转身，看了一眼弗里西亚，又看看赛勒恩特，背对着威卢斯问道："那名人类的少女怎么样了？"

"一切尽在掌控之中。"威卢斯恭敬地作答,"而且,伊米忒缇的复活,指日可待。"

贾思敏微笑着将拖曳在地上的黑纱轻轻挽在手心里,盈盈莲步步入纱帐,"我可是很想念伊米忒缇啊,尽快让她回来。"

"是!"众人恭谨的应答声响彻城堡大厅。

Chapter 5

第五章

火海洞

　　天空烧得通红，日食就要过去了，通往人界的裂缝在慢慢缩
小。

　　摩卡双手撑着膝盖，气喘吁吁地抬头看着遮盖住太阳的阴影缓
缓溜走，心里一股无名之火顿时燃烧起来。

　　"少爷！我来了！"红色的小身体射向日食，连带着地上的白骨
骨碌碌滚来滚去，空洞的眼孔望着天空越来越小的身影，仿佛在嘲
笑那道徒劳的身影。

　　大地越来越远，摩卡觉得难耐的炎热，他用双手护住脸颊，用
尽全力往上又俯冲了几百米，然后"哐当"一声，头晕目眩的感觉让
他失去了方向感，铺满白骨的大地扑面而来。

　　"唉，又失败了啊。"他坐起身，揉揉乱糟糟的头发，火红的头
发跟天空的颜色混为一体，远远看去，让他显得特别滑稽，好像脑
袋有一整个天空那么大。

　　"再来！"他握紧拳头，仰头看着几乎已经过去的日食，脸上写
满不屑，好像刚才那个一直被撞得头冒金星的家伙根本不是他。

　　"少爷！！！我来了！！！"他举起肥嘟嘟的小拳头，倔强的眼睛

瞪得又大又圆，俯冲向天空的模样像是一头小牛犊。但是这次只冲了两三米，就被拽住了脚丫子。摩卡低头，看见一个穿着黑色皮质马甲的少女正用打量二货的眼神看着他。

"赫尔？"摩卡喃喃自语，少女站在白骨里，小麦色的肌肤散发着诱人的光泽，一阵异香随着她牵动嘴角的浅笑而蔓延进摩卡的鼻息，她俏皮地挥动了下背后黑色的小羽翼，好像刚孵出蛋壳的雏鸟，水灵灵的瞳孔眨巴了下，浓密的睫毛扇子一样扫过摩卡的记忆。

他顾不上跟抓住自己脚踝的少女啰嗦，挣扎着冲向天空，毫无意外地，又被撞了个鼻青脸肿。摩卡懊恼暴躁地盯着站在他面前咯咯笑个不停的赫尔，"你干嘛，小魔女！"

"哇！"赫尔双手捂嘴，惊喜万分，"这么多年没见啦，你个小屁孩还记得姐姐耶！"小魔女说着双膝碰在一起，纤长的美腿弯出一个十分少女的姿势。

摩卡觉得自己都要吐了，"喂！一大把年纪就不要卖萌了好吗！你干嘛捣乱我去找少爷！"

"捣乱？怎么会。难道你真看不出来凭借自己现有的能力是冲不出魔界的束缚吗？"

摩卡气呼呼地鼓着腮帮子，"要你管！"

赫尔得意地笑起来，伸出一根小手指戳戳摩卡鼓鼓的腮帮子，"哇，好可爱，还跟从前一样，像只嘴巴里塞满了橡果的小松鼠。"

"你才小松鼠，你们全家使魔都是小松鼠。"摩卡打掉她的手指，赌气地冷哼一声，揉揉头发站起来，"你也跟从前一样，还是那么喜欢，多！管！闲！事！"

"总比某个小屁孩还是用翅膀思考的好吧？"赫尔故意抓抓自己的羽翼，做了一个羞羞羞的动作。

"努力了总比不努力好吧！"摩卡气急，"再说了！像你这种没有主人跟你签订契约的使魔，是不懂我们这种使魔跟主人分开的心情的！"

"哎呀，说得好伟大哟。"赫尔吐吐舌头，"还我这种你这种，我这种至少会用大脑思考自己的能力到底能不能冲破束缚呀？至少会想，如果这样简单就能去往人界，那人界岂不是乱套了。不像某个流着哈喇子鼻涕的小破孩哟，光知道愚忠，愚忠。"

"你可以说我的坏话！但是不可以侮辱我的主人！"

"啊噜噜。"赫尔对他做了一个鬼脸，"我要是你，才不会这么急切地想要去追随一个抛弃自己的主人呢！"

"我警告你！"摩尔一蹦三尺高，"不要逼我发火！"

"发火？"少女疑惑地看着他，做出一个可怜兮兮的表情，"是酱紫吗？"随着砰的一声闷响，少女的拳头上燃烧起巨大的火球。

摩卡倒抽一口冷气，没想到这么多年没见到，她模样一点儿没有变，能力却大大增强。如果把自己比作冬天里的一把火，那眼前这个使魔手上的那就是一整颗火星哪！

"你，你别乱来！"摩卡指着少女。

赫尔熄灭了手掌的火焰，"我从一出生就是你的对手，跟你打架早都厌烦了，虽然好多年没有见到你，但还是厌烦跟你交手啊，最重要的是，你又这么弱。又被主人抛弃，多么可怜的小可爱。"少女伸手去抓摩卡乱糟糟的头发，"我怎么忍心揍你呢。"少女说着狠狠地掐着摩卡肉嘟嘟的小脸蛋儿。

"疼疼疼！！！"摩卡退缩着。

赫尔咯咯笑着，"真好玩儿，你还要去找那个抛弃你的主人吗？不如留在这里陪我玩啦！"少女说着就扑了过来。摩卡急忙躲开她的熊抱，"主人没有抛弃我，当时我们都受伤了，无法一起离开！"

"你的意思是,他明知道你受伤了无法离开这里,还把你留在了这里?"

一丝凉意瞬间淹没过他的胸口,但他还是嘴硬着说:"我们约好了人界再见的。"

"可是履行约定的前提,至少是能去往约定的地方吧。"赫尔静静地看着他。

摩卡低头盯着自己的脚尖,一言不发。

"如果明知道你没有能力冲出魔界的束缚,还把你留在这里,怎么能算是约定呢?不过我很好奇,你都没有冲出魔界的能力,你的主人又是怎么跟你签订契约的呢?"少女自言自语着,"看来,是一个不平凡的人物呢,不过,就算是很出色的血族,抛弃跟自己签订契约的使魔,使魔也是有权力解除契约的。"

"我不会放弃的。"他一动不动地注视着地面,缓缓地开口说道。

少女撇撇嘴,"就算如此,你也出不去哟。我的小可爱。"

"一定有办法的。"摩卡抬起头,坚定地目光扫过少女诱人的小麦色脸颊。

"那你慢慢想吧,我先走啦。"少女摇头晃脑,转身就要跑掉。

"喂!"

"嗯?还有事吗?小魔女的时间可不是用来无聊的。"

摩卡不好意思地嗫嚅着。

"不说我走啦。啦啦啦。我是一只小魔鬼,魔法本领强,变成一个大魔鬼,上天又入地,啦啦啦啦啦啦啦啦,哈哈哈哈哈哈……"小魔女哼唱着使魔们从小就能听到的儿歌。

"能不能,帮帮我。"摩卡呢喃着,心想小魔女的音乐天赋实在是太差了,他用脚指头都能唱得比她好听一万倍。

　　"什么？"小魔女双手放在尖尖的耳朵边，"声音太小，我听不清楚哦。"

　　摩卡撇撇嘴，不情不愿地皱皱眉，拉长了声音，"帮我出去。"

　　"帮你干吗？"

　　"出去！"摩卡吼。

　　"哎呀，好吵。你要去哪儿啊？乖，温柔点，姐姐就帮你。"

　　"你不是我姐姐！"

　　"那我走啦！"小魔女转身。

　　"姐姐！"摩卡朝她吼。

　　"乖~"小魔女揉揉他火红的乱发。

　　摩卡颓败地看着她，"现在总可以了吧？"

　　"一切包在姐姐身上！"小魔女信誓旦旦地拍着胸口，黑色的羽翼在身后快乐地扑扇了几下。

　　"那我们现在就开始吧！"摩卡激动地握拳。

　　"首先要提高你的力量，这样才能冲破束缚，这也是唯一的路途啦。"

　　"好像有什么戒指也可以出去的。"摩卡低声呢喃。

　　小魔女一巴掌拍在摩卡头上，"你以为姐姐我是白富美吗！那种戒指很贵的好吗！"

　　"是有多贵啊！不是你说一切包在你身上吗！"

　　"好几十万金币都买不到好吗！"

　　"好吧，是挺贵的。"摩卡垂头，随即又兴奋起来，跟感冒了的小公鸡忽然被打了一阵同类的血似的，激动地挥舞小拳头，"那我们就提升力量！来吧！战斗吧！"摩卡双手握拳，摆好架势。

　　小魔女一个爆栗赏在他的脑袋上，"战斗个毛线啊，我们从出生就战斗到现在，你有提升力量吗？"

"木有……"摩卡可怜兮兮地低垂着小脑袋,朝天的火红头发也耷拉下来。

"所以吗,你需要特殊的方式!"小魔女一改之前的不正经,满脸严肃。

"什么方式?"摩卡捂着头问,生怕又说错话被揍。

"你不知道?"小魔女不敢相信地问。

"你不说我怎么知道。"摩卡赌气地别过脸,背对着赫尔。

小魔女一时愣怔了,看着眼前摩卡倔强的脊背,她忽然不知道该从何说起。其实算起来,那件事情发生的时候,摩卡还很小,根本就没有记事的能力。所以就算不记得自己的哥哥魔利曾经背叛了族人而被驱逐,也是可以原谅的。

她深吸一口气,看着头顶昏红的太阳:"三界都知道我们炎魔一族生来就是战士。从小到大都在跟自己身边的朋友,乃至最亲近的人战斗着。所以炎魔一族一直是最强战士出世的族类。但是因此也失去了很多我们自己的族人,炎魔一族在很古老的历史中曾经为了成为最强而互相战斗,甚至是杀戮。族人数量几乎逼近到只有少数人能活下来。族长为了炎魔一族的传承,在几百年前规定了族人之间不可以杀戮的铁规。但是天生好战的炎魔一族并没有在成为最强的路上停滞不前,于是,前往火海洞修炼就成了唯一的选择。"

"火海洞?"摩卡惊奇地瞪大了眼睛。

"对。那是比同族杀戮更加严酷的考验。炎魔一族的战士之前是靠杀戮别人来成为最强。自从族长做出规定,成为最强的道路便从杀戮别人转变成杀戮自己。"

"杀戮自己?"摩卡将原则上不能再瞪大的眼睛瞪得更大了。

"去往火海洞的炎魔一族数不胜数,但是出来的却只有一位!所以他也成为了我们炎魔一族最强的战士!直到……"

摩卡兴奋地等待着赫尔继续说下去。

"但是因为他在去往火海洞之前就已经被族人驱逐出族群,所以,至今炎魔一族的族长们也不承认他是最强。"

"为什么被驱逐?成为最强的战士,难道不是炎魔一族追求的最高境界吗!?"摩卡急急地问。

"因为……"赫尔定定地看着面前的摩卡,"他在成为最强之前,做错了事情。"

"做错了什么?"摩卡急忙问。

赫尔的眼神里顿时溢出满满的恐惧,她几乎是用颤抖的声音缓缓说出了那句话,"他杀戮了自己的双亲和所有的朋友。"

沉默袭来,久久地,"为什么?"摩卡淡淡地问道。

"为了成为最强。"赫尔说。

摩卡背过身去,她看不到他的表情,只听见他的声音缓缓地流进她的耳畔,"也许,他也有自己想要守护的东西吧。只是,大家不能理解。"不知道为什么,当这句话说出口的时候,他的脑海里浮现的全是主人被吉他缠绕住的情景,千钧一发之际,主人却不顾自己的安危,回身救下他。说起来,也只是签订了契约的使魔啊,就算失去了,作为阿鲁卡尔德家族的唯一继承人,也不用去死的啊。那么不要命地救下他,到底是为了什么?难道就是因为作为使魔的他,每次都给主人带去侮辱吗?那些血族和魔族,从来都没有把他的使魔摩卡放在眼里啊,还视他们为一对可怜虫啊。

被说可怜虫的人,是因为太弱啊。

在这个世界上,只有成为最强,才能守护自己想要守护的。就算是被驱逐,成为不被承认的存在,但只要守护了想要守护的,那些不承认和驱逐,只能算是微不足道的存在了吧!

他缓缓地转过头,故作轻松地揉揉脑袋,"这种地方,早就该去了啊。"

"你确定你听懂了我刚刚说的话？"赫尔不可思议地问。

"当然。"

"炎魔一族只有最强的战士从火海洞走出来过。"

"但那已经是很久的事情了，所以现在，炎魔一族需要新的人从那里走出。不然族人怕是都不相信这种事情了。"

"你想清楚了？"赫尔语气沉重，小魔女的气质完全消失，倒像是个啰唆的大姐姐。

"啰啰唆唆的，告诉我怎么去火海洞！"摩卡暴躁地揉揉被小魔女揉得起包的脑袋。

"我跟你一起呀。"赫尔换倒贴上来，像是一只猴子挂在他的身上，说起来她的身高比他还要高出一个脑袋，这样的身高差，倒是让摩卡不自在起来，嫌弃地推开她，"我自己去就可以。"

小魔女嘟嘴，"不，我要跟你一起去。"

"你不想活了吗？！"

"你还知道危险啊，我以为你满脑子只想着去见你的主人都忘记了火海洞的属性呢。"

摩卡沉默，看了一眼摆弄羽翼的赫尔，"为了见到主人也是契约中的约定，不论是签订契约的血族还是使魔，都应该用生命去履行契约的内容。"

"哎哟忽然深情起来的小正太什么的赫尔姐姐最喜欢了。"赫尔喜笑颜开，伸手去捏摩卡的脸蛋儿。

摩卡躲开，跳在一边，跟小魔女保持一个安全的距离，转身走掉，头也不回地说道："所以无论如何，我都要去。"

"哎呀，深情小正太，你知道怎么去啦？"赫尔得瑟地双手抱胸朝他的背影喊道。

摩卡暴躁地猛回头，气急败坏地一脚跺碎了地上的白骨头颅，"那你还不快告诉我！"

"你不带我去我就不告诉你怎么去！哼！"赫尔扭头做傲娇状。

小魔女站在白骨簇拥的暗红天空下，黑色的羽翼乖巧地伏在身后，微微张开着，像是来自于地狱的暗黑天使。摩卡懊恼地使劲摇摇小脑袋，羽翼颓败地耷拉在身后，无奈地朝她挥挥手，"败给你了。"

摩卡捂着脑袋走在前面，赫尔扑腾了几下羽翼跟了上来，大大咧咧地搂着他的小肩膀，开始追忆曾经的年少岁月，"你还记得吗？你小时候最喜欢被我搂着了，我一搂着你，你就鼻涕哈喇子流一大堆，跟个小馋虫看见蛋糕似的。"

"我不记得。"摩卡尽量把脑袋别到身体的另外一侧，被对方这么别扭地搂着，他感觉浑身不自在。

"那你记不记得每次被我打败，都哭鼻子的事情，哈哈哈。"

"不记得！"摩卡瞪她，"谁哭鼻子了！你记错了！"

"你都不记得怎么知道是我记错了。"赫尔抓住了他的小辫子，得意地看着他，"那你一定记得你好几岁大了还不会扑腾羽翼飞的事情吧。木哈哈。"

"扯淡，我从一生下来就会飞！"摩卡红着脸争辩。

赫尔鄙夷地吐吐舌头，"你要会飞怎么会有那么多使魔笑话你呀，都只有我一个人跟你战斗耶。"

"那是因为他们怕我！"摩卡红着脸，猛地推开小魔女搂着他肩膀的手臂。

他其实都记得，虽然已经过去很久很久了。其实大多数时候，他也会暂时性地忘掉从前的这些鸡毛蒜皮的事情，可是记忆这种东西最不好控制了，简直比那个叫林可心的人类小姑娘还难以控制。小时候他一直学不会飞翔，这对于一个使魔来说是致命伤，那个时候也没有什么使魔愿意跟他一起做战斗训练，偶尔还会被欺负到。说起来，身边这个讨厌的家伙，倒是一直像个傻瓜一样陪着自己战斗，还帮他击退那些捉弄他的使魔……

他回头看了一眼正在喋喋不休地回忆着从前时光的赫尔，忽然觉得她其实也没有那么讨厌啊，虽然总喜欢有事没事就拿拳头砸他，可是炎魔一族的战士向来不拘小节嘛。而且这么多年没有见到她了，她俨然已经成长为亭亭玉立的使魔少女了，他低头看了看自己的装扮，好吧，他承认，就像她说的那样，还是那个小屁孩。

"喂，小屁孩，你跟着你的那位主人这么久了，怎么一点儿都没有进化咧？不是说有了主人的使魔会进化更快吗？"小魔女打量着他标准的正太脸。

"我们家主人跟别人不一样，他不喜欢打打杀杀。"

"是帅哥吗？"赫尔星星眼做花痴状。

摩卡昂首阔步，"当然，我们家主人是整个蒂孚日城堡最帅的。"

"啊，帅哥主人配正太使魔，好有爱！"赫尔摸摸摩卡的脑袋，摩卡厌烦地躲开。赫尔也不在意，忽然抬头看着前方，指着红云掩盖的地平线处，"看见了吗，火海洞就在那座山的半山腰。"

"我以为会很远呢。"摩卡嘀咕着。

"我的能力就是瞬间转移呀，你没有发现我们刚刚走的那一段距离其实是七天七夜的路程么。"摩卡回头看看来路，还真看不出来。只是后知后觉地点点头，大惊小怪起来，"怎么一点感觉都没有？"

"小心！"赫尔尖叫。

　　摩卡看向赫尔所指的方向，在他的面前五步远的地方赫然出现了一个黑漆漆的洞口，摩卡险些一脚踏空跌进去。摩卡回头才发现就在他回头的瞬间，赫尔的瞬间移动已经将他带到了火海洞洞口。他正惊魂未定，从洞口忽然扑腾出两团拳头大小的小火苗，此刻正叽叽喳喳地发出奇怪的声音，像是守卫，威武霸气地盯着两个人，叽叽喳喳个不停。

　　"哇！好可爱！"赫尔嘻嘻笑起来。

　　"要小心！别被它们的外表欺骗了！"摩卡刚说出口，其中一团小火苗已经扑腾着跳上赫尔的羽翼，赫尔尖叫着好痛好痛，伸手拍打着羽翼，跳跃着飞身躲开小火球的进攻，"竟然敢伤到我！"赫尔怒视着洞口叽叽喳喳的小火球，召唤出几道黑色的羽箭，疾速射向叽叽喳喳的小火球。

　　"喂喂！别冲动啊！你刚刚不是还说可爱吗！忽然就召唤出这么暗黑的羽箭是什么意思啊！"摩卡看着从头顶射下来的黑色气流形成的羽箭，总觉得那些箭会首先穿透自己。

　　赫尔在空中虚晃了一下手臂，羽箭顿时生生绕过摩卡，没入叽叽喳喳的小火球。

　　"砰！砰！砰！砰！"小球球被射中之后倒在地上痛苦地满地打滚，紧接着分裂成了四个叽叽喳喳的小火球。

　　摩卡头都大了，这是什么情况？

　　"看箭！"

　　摩卡循着声音，看见更为庞大的暗黑羽箭再次密集地射向小火球。

　　痛苦得满地打滚之后，一阵砰砰砰的声响，小火球分裂成了八个……叽叽喳喳的声音就好像是人界的电线杆上趴了一整条电线的小麻雀在开演唱会。

"啊! 再来!"赫尔气急败坏地再次聚集黑色气流。

"喂喂! 不要再来了啊! 明显不行啊!"摩卡朝天空大吼一声。

黑色的羽箭已经射向小火球群体。

然后摩卡呆滞地看着小火球的叽叽喳喳的声音在此增大了一倍,并且小火球们似乎也意识到了自己球多力量大,纷纷怒视着摩卡和气喘吁吁地落在摩卡身边的赫尔,叽叽喳喳着冲了过来。

"怎么办?"赫尔尖叫。

摩卡拉着她就跑,"还能怎么办! 三十六计走为上计!"

"什么走什么计?"

"人类世界的话你这种只知道待在魔界的怪物是不懂的啦!"摩卡解释,"喂,干嘛要解释给你听,逃命才要紧啊!"

"往哪儿逃啊?"

摩卡看了一眼黑漆漆的洞口,"都到这里了,只能赌一把进去了!"

"喂,你真的要去? 会死人的!"赫尔说。

"所以才不让你跟着来啊,你偏要!"摩卡抱怨。

"我偏要!"赫尔昂着头。

"别傲娇了,逃命要紧!"摩卡说着拉着她飞身一跃,消失在黑漆漆的洞口,洞口的小火球们叽叽喳喳地在洞口跳跃着,却并不追进去,好像那里面有什么它们害怕的东西似的。

"喂喂! 不要搂着我的羽翼! 飞不起来了!"黑暗中摩卡尖叫。女生什么的真是太麻烦了,小正太皱眉努力在黑暗中躲避着头顶的血红的蝙蝠,它们像是燃烧了似的,不断从它们的羽翼上掉落下火星,烫得摩卡在空中不断缩手缩脚的。

"注意看前面! 小心! 啊!"赫尔尖叫着捂脸。

"我倒是想要看清楚啊! 你别捂着我眼睛!"摩卡更大力地吼

叫着。

　　张开的羽翼被燃烧的蝙蝠烫伤顿时收缩在脊背后面，无法张开，两个人在空中呈直线下降的态势，顺着黑暗中的石梯滑翔，自石梯顶端的洞口滑出，一股热浪顿时淹没了摩卡的视线。就在摩卡想着不会就这么黑灯瞎火死掉了吧的时候，他感觉整个身体忽然轻盈了起来，"难道已经死了吗？我已经在地狱里了吗？"他两眼泪汪汪地想着少爷。

　　"地狱你妹啊！"赫尔一个爆栗赏在他脑袋上，摩卡这才看清楚，他们刚刚滑翔过一片黑暗，从山体的另外一个洞口钻入，岩浆在脚下二十多米的地方翻滚着。怪不得感觉这么热，原来别有洞天。一声山石挤压的声音震响在耳畔，整个山洞仿佛都在颤抖着。一只足足有小山丘大小的巨石怪兽站在岩浆里，嘶吼着挥舞双臂，一拳打在赫尔的身上，两个人顿时被狠狠地摔飞在岩浆侧壁上，摩卡呈直线掉落，赫尔急忙俯冲着抱住他。

　　巨石怪兽嘶吼着转身，站在岩浆里使劲拍打着胸口，从岩浆里捞出烧得通红的双臂，横扫向摇摇欲坠的两人。摩卡觉得好热，浑身燥热，大汗淋漓像是身体里在下雨。赫尔吃力地躲避着巨石怪兽的攻击，她一个人本来挺灵活，但是拥抱着他就显得累赘了。摩卡觉得热浪好像在他的身体里正在搅起一场铺天盖地的海啸，他觉得自己整个人都要燃烧起来了。赫尔越来越用力在飞，可是他感觉还是越来越接近岩浆的状况是怎么回事？

　　"放开我啊！"摩卡在赫尔怀里泪眼汪汪地大喊。

　　赫尔却定定地望着摩卡，忽然对他微笑了一下，"摩卡，看来我只能陪你到这了。"

　　"别管我，你一定要逃出去！"摩卡给她加油打气。

　　"呵呵。"赫尔笑着，"虽然你嘴上说不记得从前我们在一起时的那些快乐的日子了,可是我知道你其实都记得。你这个小屁孩啊,就是嘴硬。"

"喂,你说什么呢。这种时候要赶紧逃开这些岩浆才是正经事啊!"摩卡甩甩头,努力不去看赫尔悲伤的眸子。他忽然意识到了什么,他低头看了一眼身下的岩浆,"放开我!我的羽翼还可以张开!"

"摩卡……你是那个人的弟弟,我不会让你死掉的。摩卡,要好好活着,想想你的主人。"

"主人。"摩卡默念着,眼前的赫尔好像在瞬间变了一个人,变成了那个微笑着揉揉他脑袋的维拉德。

"答应我,一定要变得更强。这样,才能守护自己想要守护的人哪!"

"不要说这些!我们一起努力!一定可以逃离岩浆的!"

"我们只能活一个。"赫尔坦然地说,她最后看了一眼燃烧的岩浆,"这个人就是你。"

"你放开我!我们一起飞上去。"摩卡的眼泪一下子冲出眼眶。

"我有那么好骗吗?小屁孩。"赫尔伸手捏捏他肉嘟嘟的小脸蛋,替他擦拭掉眼角的泪水,"别哭哭啼啼的,炎魔一族的战士流血不流泪你忘了吗?"

"我不要你死!"摩卡嘶吼着,试图挣脱开赫尔的拥抱,但是一点儿用也没有。

"再见了。摩卡。"赫尔用尽全力将他丢上滑翔出来时的洞口。

"啪哒。"摩卡趴在洞口,看着翻滚的岩浆和被巨石怪兽一拳打进岩浆里的赫尔,声嘶力竭地嘶吼着她的名字,"赫尔!"

巨石怪兽嘶吼着一拳打在洞口。摩卡一跃而起,躲开攻击,整个人在空中短暂地停滞了几秒钟,紧接着像是失去羽翼的鸟儿,直

坠而下，岩浆在他朝下的瞳孔里热烈地翻滚着，燃烧着，好像，好像魔界的天空啊。

永远烧得像是火一样的天空。

他仿佛又看见了那个孤独的小孩子，无父无母，村子里的长辈们看见他也是叹息一声，甚至还有人说他是不祥的，但是从来没有说出口过为什么他是不祥的。好像一说出口，他就真的变成了所谓的不祥之物似的。同龄的小孩子们拿着石头砸他，他捂着脑袋跑开，他们就追，追进鬼影森林，用白骨绊倒他，把他逼上树，然后他们轮流守着，不让他下来。

"喂！你们好大的胆子！敢欺负我的战斗伙伴！"

"啊哈哈哈！战斗伙伴？就他吗？哈哈哈。"嘲笑的声音响彻鬼影森林。火红头发的小男孩蹲在树枝上，可怜兮兮地看着站在树下跟淘气的小炎魔们对峙的小女孩。

"喂，胆小鬼，快下来，身为炎魔一族，你还需要女孩子保护吗？"

可是他不敢下去。

是真的不敢下去。

他不怕挨揍，他只是怕挨揍后回到村子里，然后族长和大家就会如临大敌一样围着他，严肃地问他一整天都跑哪去了，是怎么受的伤，有没有遇见什么陌生的人。

"身为炎魔一族，当然也要知道单打独斗，这样合起伙来欺负人算什么炎魔战士，有种来单挑。"小女孩摆开架势。

当然，结果是她也没有好到哪儿去，被揍得鼻青脸肿。可是她就像个不会被打趴下的小强，一次又一次站起来，朝他们吼："再来！"

最后大家都厌烦了，她一个人坐在树下面，招呼小男孩下来，大大咧咧地搂着小男孩的肩膀，"一定要变得最强哦，这样子就能守护想要守护的人哪！"

热浪像是一只无情的大手，吞噬着他身体里的理智。他觉得自己整个身体都在燃烧，他看见的不是火海，不是巨石怪兽，而是赫尔最后看着他时的微笑，她说，"我有那么好骗吗？小屁孩。"

变得更强。这样，才能守护自己想要守护的人。

"吼！"巨石怪兽嘶吼着转身，一拳打在他的身体上，下坠的身体迅速被横扫着砸进岩石侧壁里。

他感觉浑身的骨骼似乎都碎了，视线被血液淹没，岩浆翻滚，巨石暴怒，巨大的痛楚让他险些昏厥过去。

"赫尔，就是被这样的拳头，打进岩浆里的，她说我们两个，只能活一个……呵呵。"他看着矗立在岩浆里的巨石怪兽迅速暴涨的身体和呼啸的怒吼，他整个人缓缓地从侧壁里抽出被砸进岩石的身体。

"赫尔，就是被它，打死的。"他呢喃着，瞳孔里说不清楚是愤怒多一些还是悲伤多一些，关于赫尔的从前的往事像是潮水般涌进他的脑海里，还有那只挥舞着巨臂的石人。摩卡整个人"嘭"的一声真的燃烧了起来，身体像是被岩浆包裹着，他以肉眼看不到的速度迅速消失在砸出的窟窿里，矗立在岩浆里的巨石怪兽的身体随之开始崩塌，先是巨臂，紧接着是胸腔被砸穿，巨石痛苦地嘶吼一声，一道火红的光芒贯穿了它的下颚，于是它在岩浆里晃动了几下，轰然倒下。

"啪哒。"摩卡落在岩浆侧壁上，低着的头颅缓缓抬起，火红的头发微微垂在颊边，一双细长的角出现在火花的发际间，他正疑惑巨石为何忽然间变得如此脆弱，脚边凝固的岩浆像是镜子一样倒映着他的模样。

　　酷酷的脸颊，尖削的下巴，头上矗立着一双细角骄傲地散发着黝黑的亮光。结实的胸膛滚落一两颗汗珠，坚硬的腹肌透着诱人的雄性色泽。

　　他，竟然进化了？

　　从一个小屁孩进化成了一个成熟的使魔？

　　摩卡不敢置信地盯着自己修长的手指，随即一股悲伤的气息划过他的胸腔，"就算是进化了又怎么样，赫尔她还是……"他痛苦地双膝跪地，一拳猛砸进身边的石壁，整个山轰隆隆又是一阵塌方。

　　"可是明明还没有进行修炼啊，怎么会忽然进化呢？难道是……"摩卡的肩膀微微颤抖着，"难道是因为巨大的悲伤和火海洞的特殊环境催化了进化？"他看了一眼脚下的岩浆。

　　"如果可以早点进化就好了，再早一点点，赫尔就不至于……赫尔！"他抬头痛苦地嘶吼着。沸腾的岩浆顿时像是被强有力的力量掀起了似的，剧烈地晃动着，巨石的身体慢慢隐没在岩浆里。

　　"喂，叫我干嘛。"是女孩子轻细的声音。

　　摩卡整个人呆滞了，缓缓地低头看向下面的岩浆。

　　赫尔站在岩浆边的巨石上，巨石正在缓缓下降，她整个人摇摇晃晃，摩卡惊喜地大叫一声，"赫尔！"整个人俯冲下去，将她抱在了怀里，"真的是你吗？"

　　"废话，难道还有好几个我吗？"赫尔伸了个懒腰，回头看了一眼岩浆边缘的山洞，"刚刚掉下去的时候，被一股力量席卷着，就掉进了山洞里，醒来的时候看见你一个人傻呼呼地在喊我的名字，我本来还想着偷偷跑出去，让你一个人找我，可是我受伤了呀，就飞不起来，于是我就勉强答应了你一声啦。"赫尔说到这里，忽然意识到什么，急忙将放在摩卡结实的胸肌上的手挪开，脸色红红的，就像是一个害羞的人类少女。

摩卡激动得眼泪汪汪，"我还以为你……"

"喂，又哭啊。你都进化成大帅哥了，就要顾忌到帅哥形象好吗。帅哥可不是那么容易当的。"赫尔伸手替他擦拭掉眼角的泪痕，拍拍他的额头，伸手轻轻触摸着他好看的细角，"好了啦，既然你已经获得了更强的力量，就快点带我离开这里吧！"赫尔说着，别过脸，努力不让自己的视线停留在摩卡的八块腹肌上，其实腹肌这种玩意儿，她倒是经常在炎魔一族战士的身上看到，但是散发着诱人光泽，还流着汗珠的八块结实的腹肌，貌似还是第一次看到。

"摩卡好像他的哥哥啊。"赫尔呆呆地看着他的脸颊，她整个人被他紧紧抱在怀里，"就好像，那个想要成为更强的家伙，瞬间又回到了魔界。"赫尔在心里默默地想着，摩卡低头看了一眼怀里的她，感觉她的身体忽然轻微地颤动了一下。

赫尔急忙避开他的目光，她整个人顿时像是被电击一样，痒痒的暖流传遍全身。风声在耳边呼啸而过，炎热的气息渐渐消失。赫尔知道，他们正在离开火海洞。

"咣！"练习室的灯光打在银狐老师的身上，制服紧紧贴在曼妙的身上，火辣的身材在光影里站立着，林可心觉得给她一只兔耳朵戴在头上，她们的银狐老师立刻就能COS兔女郎。

"欢迎大家再次光临银狐老师的练习室。"银狐微笑着扫视了一圈众人，"前几节课程我们初步掌握了一些魔物的习性和制服他们的方法，今天开始进行实战训练。"

"是对抗吸血鬼吗？"周子敬表情严肃地问道，旁边的维拉德怔了怔。

银狐摆摆手，"虽然对抗吸血鬼是血猎的主要工作，但是除了这些，保障人类的安全，也是身为血猎要担负起的任务哦。所以今

天的实战演练……"银狐老师手一挥，摁灭了室内的灯光，练习室顿时一片漆黑。

维拉德轻轻呓语了句："谁的手？"

黑暗中传来林可心低低的声音，"我的。"

暧昧的气息在黑暗中蔓延。

"那右边这只呢？"维拉德尴尬地问。

"我的。"周子敬的声音冷冷地响起在黑暗里。

众人汗。

"咣！"灯光亮起，整个练习室灯光辉煌，好像到了某热闹CBD，霓虹灯闪烁着，人流汹涌。富丽堂皇的酒店门口，站着两排穿着华丽欧美范儿的帅哥，看见众人出现，集体操蹩脚而又性感的中文。

"欢迎光临帝皇女仕会所。"众帅哥齐刷刷鞠躬，动作整齐划一，优雅得像是来自于欧洲宫廷的贵族，吓得林可心急忙躲在维拉德身后，周子敬双手握拳，挡在维拉德和林可心身前。

"啊啊。不好意思。"银狐捂嘴干笑两声，急忙扭动手上控制室内场景的遥控器，"那个，这个……这个是更高级别的训练内容，不好意思，吓着你们了吧，哎呀呀。"

银狐老师急忙再次转动手中的遥控器，海浪声徐徐从天边传来，一望无际的蔚蓝海洋，几只白色的海鸥在地平线处翱翔。林可心发现自己的脚深深地插进了沙滩里，她记得自己刚开始是站在地板上，于是她急忙抽脚。

"不要担心，这里是电子投影和地域魔法，一切都超真实，但是，其实还是假的。"银狐安慰林可心。

"我们的任务是？"薇璞站在沙滩上，海风将她乌黑的头发轻轻盘起在咸咸的空气里，她明亮的眸子注视着波光粼粼的海平面，淡漠的眼神里笼罩着一层忧郁。

"就是消灭这个!"银狐老师指着在海滩上蹦蹦跳跳的小海星。

"哇,好可爱!"林可心惊喜若狂,蹲下身子去摸笑眯眯的小海星。

银狐大惊失色,捂着嘴还没有来得及制止,周子敬一个箭步挡在了林可心身前,维拉德与此同时将林可心拉到身边,两个人异口同声,"小心!"

林可心被吓了一跳,只见小海星吸附在她的小腿上,被周子敬捏着扔向远处,她只觉得针扎似的从小腿处传来隐隐痛感,小海星落地变成了两个笑眯眯的小海星。

"啊,好疼。"林可心低头查看着小腿的伤口,奇怪的是没有伤口,但是却分明感到了疼痛。

"这个房间可以模仿人类所有的感觉哦。所以就算是假的,没有伤口,也会感觉到痛感的呢。"银狐伸出一根手指指着天空解释说。

周子敬双手握拳,走到小海星面前,一脚踩扁了一个。

维拉德蹲下来,仔细察看着林可心捂着的小腿痛处,轻轻掰开她的手心,"这里很痛吗?"

"嗯。"林可心委屈地点点头。

维拉德对她温柔地一笑,海风将他长长的华发吹散在他的背后,柔软的刘海在风中缓缓飘拂,他伸出修长的手指,在林可心的痛处轻轻晃动了一下,顿时一股清凉感传遍她的小腿,林可心舒爽地呼出一口气。

"怎么样了?"维拉德抬头问。

"好多了。"林可心脸红红的,将小腿从他的手掌心移开。

银狐眼看着面前这一幕，干咳了几声，"接下来，大家自由发挥吧。关于小海星这种魔物的习性，相信你们也在林可心身上得到了经验，好了，废话不多说，开始实战训练吧！"

林可心囧囧有神地撇撇嘴，维拉德将她护在身后，从身侧抽出长剑，"你受伤了就别动了。"

无数的小海星随着银狐老师的消失从海里面涌出来，正在认真踩扁小海星的周子敬双拳双脚并用，薇璞的身影则在不远处飘忽不定，敏捷地击杀着小海星的进攻。维拉德将手里的长剑挥舞得虎虎生风。

林可心可怜小鸟儿似的站在维拉德的身后，他白色的衣袂在风中轻轻摆动着，空气里都是淡淡的蔷薇香，银色的华发随着他的动作轻轻摆动着，林可心在心里叹了一口气，定定地望着维拉德的背影。他不时回头看一眼林可心，以确保她正在他的安全保护范围之内。

虽然他一直在保护她，并且也努力表现得很淡然的样子。可是林可心还是从他的眼睛里看到了忧郁，那个出现在茉香坊的罗兰，跟小维的姐姐一模一样啊。林可心永远忘不掉那个雨夜，那个叫维尔利特的人手持血色镰刀站在雨幕里的身影。虽然看上去是人畜无害的小萝莉，可是只要一说话，一出手，就好像死神附身。

所以别说对方穿上了人类的衣服，就算化成灰，林可心觉得自己也能认出她来，因为那是差点就杀掉了小敬的人啊，也是维拉德的姐姐，小维唯一的亲人。

"他在担心她吗？"林可心默默地问自己，"自从那天在游乐场遇见了罗兰，小维就一直在强颜欢笑。"

"让开。"冷漠的语调，冷漠的表情，外加性感到爆的女神身材，薇璞将几个跳跃着围攻向林可心的小海星——击杀。

林可心刚露出感激的笑容，对方当即回以漠然的表情，"如果害怕，就躲在一边，不要挡着别人。"

　　"哦……"林可心木木地应了一声，回头发现维拉德正在海滩上跟小海星纠缠着，小海星们喜欢成群结队地攻击，虽然攻击力不高，但是生命力极为顽强，你以为它挂掉了，可是噗一声，它又向你冲过来。

　　薇璞打量了她一眼，敏捷地去追被她揍得到处逃跑的小海星群体去了。

　　林可心捂脸，想着又被嘲笑了，都怪自己，什么时候发傻不好，偏偏在这个时候发呆发傻。

　　一只小海星蹦蹦跳跳着出现在她的面前，林可心举起手中出现的幻影长剑，劈了下去，快到小海星头顶的时候，笑眯眯的小海星忽然变成了哭泣的表情，于是她急忙刹住手腕，长剑堪堪停在小海星头顶一寸的地方，她正庆幸差点把这么可爱的小生物给砍死，那只小海星立刻又换上了笑眯眯的表情，围着她的小腿一阵叮咬，咚咚咚，一只小海星瞬间分裂成三个。

　　"哇啊啊啊！"林可心提着长剑跟跄着后退，小腿一阵酸痛。小海星笑眯眯地逼退着她，她勉强提起长剑，挥舞着刺向小海星。小海星无疑又变成了哭泣的脸颊，这次她心一横，眼一闭，刺了下去，小海星喵呜一声消失在海滩上。

　　"原来很简单呀。"林可心安慰自己，只是下手的时候有点不忍心。

　　"咣！"室内的光线忽然黯淡下来，海滩瞬间消失，海风和海鸥也好像从未出现过，林可心发现自己又站在了地板上，银狐老师笑眯眯地看着手中的遥控器，抬头看着学生们。

　　"实战训练暂时先告一段落，今天大家辛苦了。"银狐老师说完

低头看了一眼手中的遥控器，"今天小敬和小维表现得都不错，分别击杀了48只和46只小海星，林可心……唔……"银狐老师瞪大了眼睛，紧接着尴尬地对林可心笑笑，"林可心同学可能是还不熟悉实战环境，虽然成绩不是很突出，但是好歹消灭了一只小海星。"

林可心觉得这种话还是不要说了为好，刚才的海滩呢，快点出现啊，她非常需要海滩来把自己的脑袋插进去，对，鸵鸟怎么做她就打算怎么做。

"嗯，薇璞同学消灭了89只。"银狐鼓掌。

林可心瞪大了眼睛，这已经不是实力超群了啊，这简直就是变态啊! 还让不让人活了，这简直是在逼着她去死吧!

连周子敬也微微怔了怔，看了看目不斜视的薇璞。维拉德轻轻碰了碰林可心的胳膊，低下头温柔地笑了笑，低声说："她很厉害。"

"是啊。"林可心感慨地耸耸肩，她可能这一辈子都没有那么厉害呢。

银狐收起遥控器，稍息立正，火辣的身材跟薇璞形成鲜明的一对儿，周子敬则从头到尾都顺从而又严肃地看着银狐老师，老师说消灭小海星，于是他一丝不苟地消灭小海星，他就像是上了发条的机器人，冷酷、坚毅、除了在面对林可心的时候偶尔流露一点柔情之外，他好像对一切都漠不关心。

林可心越来越觉得小敬和此刻站在她身边的薇璞有一点点像。

淡漠、冷酷、从来不做无用功、优秀到旁人根本无法企及的高度。

"林可心同学。"银狐老师朝思维正在飞出银河系的林可心挥挥手。

"在, 在在!"林可心稍息立正就差给跪了。

"那个, 下次要再接再厉, 要加油哦!"银狐老师做了一个加油的手势。

"嗯嗯!"林可心点点头。

"可心其实很用心的。"维拉德浅笑着, 看看银狐老师, 又看看林可心, 宝石色的瞳孔闪烁着怜爱的宽容, "如果不是她率先让大家了解到小海星的习性, 怕是还要多走一点弯路呢。"

"呃……"林可心不知道自己此刻该说什么才略合适。

"是的。"周子敬表示赞同。

银狐愣了愣, 随即拍拍维拉德的肩膀, "你不仅是我见到的最好看的血族, 还是最会说话的血族哦。"

"愿意为您的夸赞效劳。"维拉德贵族般微微躬身, 绅士般的礼貌浅笑始终荡漾在好看的唇角。

银狐两眼冒桃心, "有时间喝咖啡么?"

"这个……"维拉德为难。

房价内响起呼叫银狐的信号, 银狐老师登时笑眯眯地对大家挥挥手, "今天到此为止。"她像是几乎在瞬间忘记了还在邀请面前的维拉德, 婀娜多姿地扭动着火辣的小屁股, 消失在了众人的视线里。

薇璞紧跟着走了出去, 房间内只剩下维拉德周子敬和林可心。

周子敬走过来, 揉揉她额前的刘海, "你今天很勇敢。"

屁咧, 才不勇敢, 一直被你们护在身后才是事实啊。

维拉德偷偷碰了碰她的手心, 痒痒的, 她低着头嗅到好闻的淡淡的蔷薇香, "你会做得越来越好的。我相信, 小敬也相信。"

周子敬点点头。

林可心感激地看着他们, 觉得自己拥有了世界上最好的两个

人，他们从来不嫌弃她的胆小，也不讨厌她的碍手碍脚，相反，他们似乎总觉得这一切都是理所当然。林可心丝毫不怀疑，如果此刻全世界与她为敌，面前的这两位金光闪闪的少年一定会挺身而出，挡在她的前后，与全世界为敌也不在话下。

"所以，林可心同学，一定要加油啊！"林可心看着周子敬和维拉德站在门口等待她跟上去的侧影，握紧小粉拳，暗暗在心里发誓。

Chapter 6

第六章

蕾贝卡

　　夜幕刚刚拉过天空，遍地的霓虹灯便迫不及待地眨巴着眼睛，像是无数个五彩斑斓的可爱小天使，你看看我，我看看你。整个城市流淌着七彩的夜之光芒。偏僻的街角，公园门口锈迹斑斑的长椅上，八九岁的小女孩抱着一只比她自己还要高半个头的泰迪熊，可怜兮兮地看着街角发呆，可爱的脸颊挂着两道泪痕，她穿着一件连体的黑色皮毛裙子，毛茸茸的边角让她看上去胖鼓鼓的，头上戴着的兔子帽子伸出两只长长的毛茸茸的耳朵，耷拉在她的头顶，随着她身体的瑟瑟发抖而一颤一颤的。

　　"我打赌你的演技今晚招不来你想要的。"泰迪熊胖乎乎的脑袋歪过来看着身边的小姑娘。

　　小姑娘噙满泪水的眼睛瞪了一眼泰迪熊，街角响起的脚步声很快吸引了她的注意力，提着一袋子零食的女人从昏黄的路灯下面徐徐走过来。

　　"等着瞧。"小姑娘邪笑了一声，露出的小虎牙在月色里闪烁着寒气，可爱的脸颊忽而换上可怜兮兮的表情，两道泪痕重新注满了泪水。

泰迪熊撇撇嘴,目视前方,"不过那个人好像也不太好吃的样子。"

"要你管!"小姑娘带着哭腔,说出来的话却是恶狠狠的,让人不寒而栗。她两只脚故意踢着锈迹斑斑的长椅,试图吸引过路的女人的注意力。

她成功了。

"小姑娘,这么晚了,你怎么不回家呢?"女人蹲下身来,从袋子里摸出一条巧克力,递给她。

"呜呜呜,我没有家。"小姑娘擦擦眼泪,偷偷从指缝间打量面前的女人,她嗅了嗅女人的味道,也许泰迪说的对,这个家伙不太好吃,不过既然已经开始了,那就顾不上那么多了。

女人为难地看着她,小姑娘伸出手拉住女人的手心,轻轻摇晃着,"阿姨,求求你,不要把我一个人留在这里,我,我好怕……"小姑娘说着回头看了一眼身后黑洞洞的公园。

女人叹一口气,朝四周看了几眼,起身对小姑娘笑笑,"那你跟我先回家吧。"

"好耶。"小姑娘扔掉怀里的泰迪熊,拥抱着面前的女人,不时低头看一眼被她扔在长椅上的泰迪熊,泰迪熊嘴角撇了撇,露出一个"她真的不好吃哦你可别后悔"的表情。

夜幕黑得像是要滴下墨水,小姑娘一蹦一跳,抱着泰迪熊,跟在笑盈盈的女人身后,女人伸出手拉住她的小手,昏黄的路灯下,两个人的影子拉得很长,女人担忧地看她几眼,忍不住低头询问:"你叫什么名字?"

"蕾贝卡。"小姑娘摇头晃脑,拉着女人的手蹦蹦跳跳着。

"看起来好像是混血儿呢。"女人笑眯眯地揉揉小姑娘的脸蛋儿。

"嘿嘿。"蕾贝卡笑嘻嘻地躲避着女人的揉捏，一指漆黑的小巷子，"阿姨，我想尿尿。"

女人看着蕾贝卡所指的漆黑所在，犹豫了下，将小女孩拉近自己的身边，"那好，阿姨陪你去。"

蕾贝卡牵着女人的手，转脸对怀里的泰迪熊做了一个鬼脸，低声呢喃："才怪呢，味道好不好，只有尝过才知道哦。"

泰迪熊吐吐舌头，抬头越过蕾贝卡的下巴看了一眼满脸担忧的女人，三瓣嘴紧紧抿着，发出一声奇怪的闷响，似乎在跟蕾贝卡赌气。

嘻嘻的笑声忽然从拐角处传来，冰冷如公园门口长椅上的锈迹，女人尖叫的声音紧接着撕裂了漆黑的小巷子上方的狭窄夜幕，骨骼咬碎的脆响，以及随之而来的泰迪熊闷闷的自言自语："我就说吧，这个女人的血不好喝。"

"乌鸦嘴，你就应该是一个玩具乌鸦，不该是可爱的泰迪熊。"小姑娘抗议。

"咕噜噜，"吐舌头的声音，"我要是乌鸦，你就是小恶魔。"泰迪熊用呆呆的声音反驳着，在黑暗里憨态可掬地挥舞着毛茸茸的胖手臂。

"我是可爱的十三审判！"小姑娘炸毛了。

"NO.13最末位的审判也好意思这么大声说出来，不过我赞同这个事实，但是可爱嘛，我可一点儿也没有看见。"泰迪熊继续不急不躁地摇头晃脑地说着，并用小得几乎看不到的眼睛认真地看着小姑娘，好像经验丰富的大人在纠正小孩子所犯的常识性错误，一脸的任重而道远的神情。

这无疑刺激了小姑娘的自尊，况且她还是这么暴躁的一位小姑娘。

"乌鸦嘴!"

"明明是那个女人的血不好喝,这是注定的,或者是你演技不好,吸引不了帅气的大叔和可爱的美少女,只能骗到大婶大妈老奶奶。"

"杀人喝血血族都会,可是有趣的杀人喝血只有我NO.13审判懂得操控。"小姑娘不再跟它较真,转而毫无根据地开始自夸。

"快别给脸上贴金了,我的胃都开始翻滚了。"泰迪熊木木的声音响起,让人不免想起它憨厚的模样,可是说出来的话,却毒舌到让人抓狂。

"都怪那个什么维维豆奶!"她自从在人界喝了一次豆奶之后,就把所有带有维字的东西喊维维豆奶。

"不是豆奶,是维拉德男爵。阿鲁卡尔德家族的继承者,阿鲁卡尔德公爵的唯一后裔,具有一半血族血统的血族叛徒。"泰迪熊如数家珍,"身为十三审判的蕾贝卡,就算是排在最末尾,也应该清楚敌人的背景的。"

"我知道!我只是不说而已,不像某只玩具熊!呜啦啦呜啦啦到处刷存在感!"蕾贝卡噼里啪啦朝泰迪熊发泄着,嘴角还未干的鲜血被她用力擦拭在袖子上。

"不讲卫生什么的最讨厌了。"泰迪熊站得远远的。

"……"蕾贝卡颓败地垂下眼脸,"我是可爱美少女!"

"可爱美少女什么的才不会一直跟别人强调自己是可爱美少女吧?"泰迪熊木然地说完,木然地转身,木然地消失在夜色里。蕾贝卡气得一蹦三尺高,蹦蹦跳跳着追了上去,兔子耳朵在夜色里一跳一跳的,远远看去,黑色的皮毛裙子包裹的小姑娘,好像真的变成了一只兔子。

一只蹦星人。

茉香坊咖啡馆，周子敬静静地低头抿着咖啡，偶尔心不在焉地瞥一眼柜台。穿着粉色小旗袍，围着泡泡裙的罗兰，偶尔对进来的客人露出娇俏可爱的笑容（据说因为罗兰的到来，此店宅男顾客猛增），偶尔瞪视一眼周子敬和维拉德的方向。

于是周子敬就脸色通红地干咳两声，急忙低头更加认真而严肃地抿着咖啡，尽管林可心非常想要提醒小敬，你的咖啡其实已经抿了半个小时了再抿下去杯子都要被你的小薄唇融化了。

维拉德则在罗兰看向这边的时候，怔怔地也回望着她，直到那边的罗兰传过来一声很明显的冷哼声。于是他更加忧郁地叹息着，把玩着手中的橙汁，人类的食物他不能进食，不过他还是在罗兰过来点餐的时候点了一杯橙汁。

"你又不能喝，干吗还点呀。"林可心好奇地问他。

维拉德摇晃着杯子里的橙汁，金黄的橙汁荡漾着一圈一圈细细的涟漪，咖啡馆暧昧的光线轻轻扫过他的脸颊，留给林可心一个魅惑的轮廓，他浅笑着呓语："姐姐的头发跟人类的果汁是一样的颜色，可能这样子，会让我觉得离她近了那么一点吧。"

他说完淡然地一笑，抬起头回望着站在柜台里正在招呼客人的罗兰，可爱的女生，娇俏的笑容，粉红色的小旗袍和泡泡裙真的是太适合她的气质了，让她看上去像是乖巧的小公主。当然，只要她不看向维拉德和周子敬，不然就是小公主一秒钟变冰雪皇后。

"可是为什么她想不起来你呢？"林可心关心地问。

维拉德苦恼地叹息着，清秀的眉头轻轻皱起，像是被微风吹乱了的宁静的湖泊，"我也不知道。也许，我根本不应该让她一个人回去。"

发生了什么事情？林可心在心里轻轻问道，可是这句话她没有忍心问面前的维拉德，他痛苦的样子让她不忍心再提醒他回忆往事。

"不过我可以确定真的是姐姐维尔利特。"维拉德信誓旦旦地说，"就算我不能确认，"他忽然回头看着正在发呆的周子敬，"小敬跟姐姐交过手，一定可以确认的吧？"

林可心和维拉德双双望着周子敬，周子敬强自镇定，将手中的咖啡放在嘴边轻轻抿了一下，"我，大概可以确定。"他整个人不自在地坐直身子，帅气的侧脸也飞上一朵红云，"气味很像。但是也不能百分百确定，那天我昏了过去，雨下得太大。如果那个铁青色的家伙也在，就好判断了。"

"那是她的使魔，斯沃德。"维拉德说。

"杀掉我的人，原来叫这个名字。"周子敬握紧拳头，手中的咖啡被他轻轻放在桌子上。他忍不住又回头看了一眼罗兰，林可心注意到他的拳头在看到罗兰的瞬间又放松了。

"真的吗？你真的答应我了吗？！"隔壁桌忽然爆发出天大的声音，夹杂着兴奋和狂喜。

"真的呀。"女孩子幸福地笑着，男人将她抱起，在餐厅里旋转。林可心这才注意到在隔壁桌有一颗硕大的钻石正在闪烁着，好像是一场求婚。竟然错过了，不过她们真的好幸福啊。林可心双手捧心，赞叹道："好浪漫啊。"

维拉德笑笑，从身后变出一颗足足有樱桃那么大的血色红钻，餐厅里顿时响起一阵的惊诧声，刚刚还在注视着那一对男女的目光纷纷停在了维拉德手心的璀璨钻石上，钻石闪烁着的光芒简直照亮了整个餐厅。

人们不断发出溢美之词，维拉德则笑盈盈地等待着林可心回头。

林可心回头的时候看见维拉德的手心躺着一枚璀璨的红色钻石，而周子敬的手掌轻轻地覆在维拉德的手心上，于是那枚硕大的红色钻石就好像被维拉德戴在了周子敬的手指上似的。

"呃……你们……"林可心捂住嘴。

维拉德询问似的看着周子敬，周子敬则严肃地对他摇摇头，"吸血鬼的把戏，麻烦你以后不要在血猎面前呈现，否则我担心会有飞来横祸。"

"好吧。那你现在可以松开我的手了吗? 你握疼我了。"维拉德浅笑着说。

"……"林可心擦擦汗，看着两个人紧紧握住的手心终于分开，手心的红色钻石依旧躺在那里闪烁着耀眼的光芒。

"其实这个是真的，不是把戏。"他委屈地对林可心笑笑，血色的钻石跟他的瞳孔相映着，高贵如宫廷贵族，他微微俯身，把钻石戴在林可心纤细的无名指上，"就当作是送你的礼物吧。"

"唔……"咖啡馆爆出一阵艳羡的感慨声。

林可心不敢置信地看着手指上的钻石，清澈的光泽让人炫目，被切割的钻石表面闪耀着点点斑斓。

"这个太贵重……"林可心唯唯诺诺地就要褪下来。

维拉德轻握她的掌心，冰凉的触感让她失去了拒绝的能力，他浅笑着在她的手背印下一吻，淡淡的蔷薇香自他的周身散发着，咖啡馆里柔软的灯光打在他的侧脸上，闪耀着一层薄如蝉翼的暧昧光晕。

"这是我能接受的底线了。"周子敬冷冷地说，秀出了手指上的戒指。

"哇! 那个酷酷的男生吃醋了!"

"啊! 他一定也喜欢那个女生!"

"切! 我说的是他吃那个有一头美丽银发的男生的醋! 女生根本是多余的好吗! "

咖啡馆角落里, 窃窃私语的声音让林可心尴尬不已。直到站在柜台后面的罗兰冷哼了一声, "咖啡馆是用来喝咖啡的, 不是用来卿卿我我的。"

罗兰身边的女伴拉拉她的手臂, "喂, 要对客人好一点呀, 不然老板又要我们扣工资了。"之前几天一直在用各种果汁浇湿周子敬衣服的女服务员提醒罗兰。

"扣就扣吧, 就那么一点儿工资, 租房子都不够, 害我只能住教堂里。"罗兰说着走出柜台, 提着一袋垃圾, "我去倒垃圾。"

"……"林可心囧囧有神地看着看着罗兰的身影往咖啡馆后门走去, 其实任谁看着曾经强大到能置她和小敬死地的吸血鬼, 此刻说出扣工资这种事情, 真的是各种违和感啊, "血族还会担心没有钱吗? 不是都有城堡住吗? "林可心疑惑地看着维拉德。

维拉德则忧郁地从口袋里摸出一枚金币, 可能正在想着要不要接济一下可怜的姐姐, "她现在不记得我了, 我想她大概也忘记了自己的身份。可是, 我也不知道到底为什么会变成这样。"

而周子敬则抿了一口咖啡, 忽然抬起头问维拉德, "吸血鬼还能进教堂? "

"你们才是吸血鬼! "罗兰不知道什么时候折了回来, 将三人面前的桌子拍得贼响, "你们全家都是吸血鬼! 再胡说八道都给我出去! "

三人面面相觑, 周子敬低头只顾抿咖啡, 林可心嘿嘿傻笑着急忙掏出手机假装给老妈打电话, 维拉德则用忧郁的眼神盯着面前的罗兰, 直到对方被盯得再次提着垃圾袋消失在咖啡馆后门……

　　"那三个人真是够无聊的。"罗兰自言自语着，将垃圾袋扔到巷子深处的回收点，夜色里她的脸颊苍白得好像一截白玉，金黄的长发在淡淡的月色里泛着迷人的灿烂光华，粉色的旗袍将她的脸颊衬托得更加娇俏可爱。

　　"那个染了一头银发的家伙简直是个神经病，看上去比我还要大，我怎么可能是他的姐姐。"罗兰苦恼地想着，面前浮现出一头华发的少年，微笑着喊她姐姐的模样。她挥挥手，将这个恼人的小妖精影像赶走。

　　"你喜欢哪一个？"有一天咖啡店打烊，女伴在回寝室的路上问她。

　　"什么喜欢哪一个？"罗兰问。

　　女伴嘻嘻笑着，一副"小样你还跟我装"的表情，"那个白发帅哥和黑发帅哥，你喜欢哪一个？"

　　罗兰撇撇嘴，"为什么要喜欢？"

　　"呃……"女伴被呛得不知道该如何接话，许久才又说："那你不讨厌哪一个？"

　　"都讨厌。"罗兰直接回答。她是真的讨厌这两个家伙，尤其是一头银色长发的那个家伙。至于那个黑发的，好像是叫小敬吧？好几次听见跟他一起来的那个小姑娘这样喊他。小敬这个小敬那个的，也不嫌肉麻。

　　"你真奇怪。"女伴直接挑明她的诡异。

　　她用更加诡异的眼神看着对方，直到对方摆摆手说："我错了，我错了，别用这种眼神看我，就好像你要吸我血似的，怕死人了。哎，你看吸血鬼日记吗？"

　　"不看。"

　　"好吧……"

"那你都喜欢干吗呀？"

"什么都不喜欢。"罗兰答。她的确不知道自己喜欢什么，甚至不明白自己为什么会出现在这家店里，她总是觉得，好像自己就应该在这里，她只能隐隐约约想起来，自己叫罗兰，父母双亡，因为生活所迫，所以记事以来唯一的印象就是到处打零工。可是冥冥中，她又会想起来一些别的奇怪的画面，比如黑色的大海，还有无尽的黑暗，有很多声音在黑暗中交织着，她似能听见他们在呼喊她的名字，但那名字却不是罗兰，那些声音如此轻微隐晦，以至于她只能分辨出那个名字不是罗兰，至于是什么，她却一点儿也听不清楚。

她觉得自己矛盾极了，每晚每晚做梦，梦里她站在黑夜的海平面上，海风咸咸的，她看见有无数的人影从她的面前经过，那些人的音容笑貌让她觉得非常熟稔，可是却怎么也想不起来他们是谁。

她想过自己是不是失忆了，女伴捧腹大笑说："你别开玩笑了，你以为这是韩国偶像剧呀。还失忆，我看你是失魂落魄，八成是喜欢那个黑发帅哥，对了，好像叫周子敬呀。"女伴说着夸张地挺直身子，双手插兜，模仿周子敬酷酷的样子。

"我，我才没有喜欢，才没有喜欢他！"她义正词严地反驳。

喜欢是一种什么感觉？她一直搞不清楚。就好像她对自己的记忆那样，模糊而又熟悉，可是最终，却一点儿头绪也没有。

她讨厌他，所以应该不是喜欢。她这样说服自己。可是女伴说，才不是呀，你看，他每次来，你都紧张得跟小媳妇似的，不是喜欢是什么？其实呀，我猜他也喜欢你，你们这种人呀，就是这样，喜欢彼此，可是打死也不承认。

她怔怔地听着女伴每天在她耳边聒噪这些，渐渐地，随着他来的次数的增多，她似乎也没有那么讨厌他了，倒是一如既往地对银发

的家伙毫无好感。

"其实很好判断自己是不是喜欢一个人的。比如你看,那个女孩子每天都陪着那个小敬来来去去的,小敬又明显很关心她,你看见他们这样子互动,有没有觉得自己很吃醋?"

"吃醋?"罗兰疑惑地看着女伴,"喝咖啡还要添醋吗?醋不是酸的吗?"

女伴用看外星人的目光瞪着她,"天呐,你竟然都不知道吃醋是什么意思,你到底是哪国人呀?"女伴抚摸着她金光灿烂的头发,不可思议地说道。

不过每次看见他那么热心地将她护在身后,内心深处其实是有一点奇怪的感觉的,就好像今天,那个银发的家伙明显是喜欢那个小姑娘,可是他却阻止银发的家伙献殷勤,难道他也喜欢……

所以她才那么焦虑地提着垃圾袋就往外跑?难道忽然而至的奇怪的行为只是因为他维护那个女孩子的举动吗?

罗兰不能确定,她抬头看了一眼狭窄的巷子上方的天空,漆黑的夜晚,月亮被挡在云层里,一丝星光在天空里若隐若现,像是眨巴着眼睛的小孩子,调皮而又可爱。

两道影子从巷子头穿过,传来若隐若现的谈话声,她几乎以为自己看花了眼睛,那两道影子,有一个是小姑娘的,而另外一个则是玩具熊,难道里面钻了一个人?等她想要看清楚,那两道黑影已经一闪而过,唯有话语声依旧隐约可听。声音来源处是她回到店里的必经之路,她也听说过这条巷子经常发生的那些不好的事情,但是一个小姑娘和一只泰迪熊并肩走的场景……她还真的是没有在大脑里想象过。一阵揪心的恐慌大力地握紧了她怦怦乱跳的心脏。她来不及多想,俯身将自己的身影藏在黑暗笼罩的墙角。

"所以说人界真的是太不适合血族生存了，脏乱差不说，血仆还不能带来，真不知道亲王定的这个规矩有什么好处。"蕾贝卡不满地挠挠长长的兔耳朵。

"可能是为了防止像你这样大条的血族带着血仆闯祸吧。"泰迪熊闷声说，揉了揉鼻子。

"都怪那个什么维什么德，要不是他闯祸，还杀了一个血族，我也不至于来这个破烂地方。"

"那就赶紧完成任务回家。"泰迪熊又揉揉毛茸茸的耳朵。

蕾贝卡回头朝泰迪熊吼："你就不能同意我一次吗！"

泰迪熊撇撇嘴没有说话，蕾贝卡自说自话，"消灭一个半吸血鬼，亲王竟委派身为十三审判官的我。真的是大材小用。"

"对不起，这一次我还是不能同意你。"泰迪熊贱兮兮地说，"十三审判什么的，NO.13就不要再说自己是大材了。好歹维拉德也是公爵的后裔。"

"十三怎么了！我是十三我骄傲。而且这次只要完成任务，好歹也能升到十一。"蕾贝卡一蹦一跳地打着如意算盘，笑眯眯地斜视了一眼身边胖乎乎的泰迪熊。

"你对自己要求也太低了，十一就算了吗？"

"我是说好歹！"蕾贝卡暴走。

泰迪熊捂脸，"淡定，淡定。"

蕾贝卡忽然停止暴走，满脸疑惑，回头盯着泰迪熊："我刚才好像看见了维尔利特。"

"我也好像看到了。"泰迪熊挠挠头。

"那你怎么不说？！"

"我在等你说。"泰迪熊挺挺自己肥肥的肚腩。

两道黑影迅速后退，退到之前路过的巷子头，望着刚好走到巷

子口的少女，"哇! 果真是维尔利特!"

"不。"泰迪熊反驳，"请看她的眼睛。她没有血族的血色瞳孔。"

"那么就只是长得像了? "雷内卡笑嘻嘻地看着一脸茫然的少女，"和维尔利特长得这么像，这个人应该很好吃吧。"黑暗中响起小女孩子粉嘟嘟的声音。

"一看就很好吃的样子。这次没错了。"泰迪熊憨态可掬地对少女咧嘴笑了笑。

"小屁孩带着你的玩具回家找妈妈吧。"少女冷冷地说。

蕾贝卡和泰迪熊相视一笑，兔子耳朵"嘣"地绷直了，"那就让你见识一下小屁孩的獠牙吧! 哈哈哈! "蕾贝卡狂笑着双手伸向少女，白色的闪电在她的指尖缠绕着相互击杀着，发出噼里啪啦的声响，尖尖的獠牙在黑暗中闪烁着摄人心魄的寒光，她整个人在瞬间变得巨大而可怖。

少女惊恐地大叫着后退，被眼前突如其来的景象吓得不轻，"你们，你们不要过来! 不然我喊了! "

"哈哈哈，真像啊! 维尔利特做出这样的表情，真的是太有意思了! "蕾贝卡说着，将闪电引导向少女的身体。少女惊呼一声，被闪电击晕，蕾贝卡舔了舔獠牙，俯冲向缓缓倒向地面的少女，一道青色的身影闪烁着刀刃般的寒光，以迅雷不及掩耳之势从她的手中夺走了少女的身体。

"谁? ! "蕾贝卡盯着快速后退到巷尾的背影。

青色的燕尾服，闪烁着寒光的一只手臂刀刃般垂在身侧，青灰色的长发在夜色里徐徐拂动着，高大的身影拉出长长的黑影，几乎占满了整条小巷子。他单手抱着少女，缓缓回头，盯视着蕾贝卡。

"是斯沃德。"泰迪熊提醒气鼓鼓的蕾贝卡。

"原来是维尔利特的使魔，"蕾贝卡转怒为笑，娃娃脸又恢复到天真烂漫，"斯沃德，这个人不是维尔利特，我刚刚也差点认错人了，所以……"

"所以怎样？"斯沃德冷冷地问。

"把她给我呀，难道你要夺走审判官大人的食物吗？"蕾贝卡双手叉腰。

"不好意思，恕我不能从命。"斯沃德恭谨地对蕾贝卡鞠躬，低头看着怀里的少女，"这就是我的主人，维尔利特伯爵。"

"维尔利特伯爵已经被亲王判了死刑，作为使魔难道你还不知道吗？"蕾贝卡笑嘻嘻地问，好像死亡对于她来说是一件再开心不过的事情。

"如果主人死了，那么我为什么还存活着呢？"斯沃德反问。

蕾贝卡怔了怔。

"他是对的。"泰迪熊扯扯蕾贝卡的兔耳朵，"蕾贝卡你太笨了。"

"闭嘴！"蕾贝卡一拳砸在泰迪嘴上，转头看着斯沃德，冷笑起来，"呵呵，好吧，就算你是对的。那么逃脱亲王的审判，也该死！"蕾贝卡缓缓从身抽出一把足足比她还高出一个头的巨大刀刃，"今天我就以审判官之名，施行维尔利特伯爵该有的刑罚！"

刀刃刹那祭出，空气顷刻凝固，斯沃德站稳了脚步，还是被刀刃撕裂的空气生生往前吸了两步。他轻巧地蹬着墙角，翻身一跃，躲开了狠狠砸进墙壁里的匕首，整个巷子一阵剧烈的战斗，仿佛天空都在那一击之中摇摇欲坠。

大地为之颤抖，黑夜为之哭泣。

巨大的力量震进大地几十公里处，整座城市瞬间像是地震了般，人们纷纷停下匆忙的脚步，有的人惊恐地跑到空旷地，室内的人

则像是蚂蚁一样涌向大街。

泰迪熊一拍脑门，"你可能是史上最大条的审判官了。"

蕾贝卡不好意思地收回武器，歉意地对众人笑笑，气氛诡异而又充满违和感，"不好意思，不好意思，差点忘了张开结界。"

"不是差点忘记吧？是完全就忘记了这回事吧！"泰迪熊扶额吐槽。

"那我斯沃德只好接下你的挑战了。"斯沃德背转过身，将怀里的昏迷过去的罗兰交给站在巷尾的红发家伙手上，"替我照顾找她。"

"喂！不是吧！说好了一起来人界，可没答应你照顾维尔利特啊！我还有急事！我是来找少爷的啊！"红发小子抱着罗兰吐沫横飞地抱怨着。斯沃德抬眼看了他一眼，红发小子随即嘟哝了一声，"好吧，帮人帮到底。"

"谢谢。我不会忘记今天你为我和主人所做的一切。"

红发小子不好意思地笑笑，"也没做什么，就是帮你抱抱……"

"唰！"青色身影犹如一道疾风，没等红发小子说完，瞬间射向正在对泰迪熊的吐槽大为不满的蕾贝卡。

"轰！"斯沃德的双臂瞬间幻化成刀刃，切割着朝蕾贝卡的身体袭来。

蕾贝卡轻巧躲过，笑嘻嘻地露出两只獠牙，她的手指疾速做着神秘而诡异的手势，瞬间一道果冻似的结界将整个小巷子包裹在其中，而外面的世界一片晦暗。仿佛失去了颜色的世界。

蕾贝卡嘻笑着，露出一个诡异而又可爱的笑容，"接下来，就休想逃离了哦。"

咖啡店一阵轰动，柜台上面的果汁洒了一地，女服务员手忙脚乱地收拾着。

林可心发现自己不知道什么时候已经被维拉德拉进了怀里，而维拉德又被周子敬拉到了臂弯里……

"地震了吗？"胖乎乎的老板从柜台后冒出个肥肥的小脑袋，带着几分疑惑，他随即发现似乎少了一个服务员，"罗兰呢？"

"她去倒垃圾了。"女服务员收拾着凌乱的柜台。

胖老板皱皱眉头消失在柜台后。

空气仿佛在瞬间凝滞了般，缓慢地流淌着。维拉德隐隐约约听见一声呼喊，内心深处"咯噔"一下，他从周子敬的臂弯里站起身，"我好像听见了摩卡的呼喊。"

周子敬看了一眼罗兰刚刚消失的咖啡店后门，维拉德闭上了眼睛，林可心隐隐觉得好像有什么不好的事情要发生，她来不及问身边的少年，维拉德忽然睁眼，拉着周子敬朝后门跑去，"是摩卡！他好像有危险！"

"你这么确定？"周子敬问。

"一定是摩卡，等我感应一下，"维拉德站在咖啡馆后门，"好像还有几个人，还有一个使魔，血族，还有……罗兰？"维拉德猛地睁开了血色的瞳孔，红宝石色的瞳孔里映出周子敬瞬间紧绷的面颊。

他急忙伸手去拉开咖啡馆后门把手。

"小心！"维拉德制止已经来不及，一道闪电将周子敬击出两米远。

"小敬！"林可心喊。

周子敬再次试图打开门把手，维拉德伸手制止他，"这么强大的结界，一定是很强大的血族才能张开，让我来。"

周子敬焦虑地让开，林可心几步跑过来，被周子敬挡在身后，整

个咖啡馆除了女服务员，客人几乎在刚才的震动中跑光了，他谨慎地看着林可心，"退后，不要过来。"

林可心乖乖地退后。只见维拉德咬破小指，一滴血液滴在门把手上，鲜红的血液瞬间融化在门把手上，像是一滴水滴在炙热的太阳上似的，滋滋冒出一股青烟消失了。

"应该可以了。"维拉德尝试着伸手去握门把手。周子敬抢在他前面，顿时面前的门扭曲了，甚至整个空间也扭曲了。

林可心看见维拉德和周子敬像是被果冻一样的透明物质吸进了体内，她疾步跑上前，耳边传来周子敬和维拉德最后的声音，"不要过来！"她犹豫了下，站住了脚步，看着又恢复原初模样的咖啡馆后门，握紧了拳头朝前走去。

如果有危险，那么就要一起面对！

血猎课程上银狐老师的声音铿锵有力的话震撼在她的耳边。

"这里是我们咖啡馆的后门，客人不能进入的！"咖啡店老板不知道什么时候又从柜台冒出个肥肥的脑袋，过去挡在了林可心面前，随即他疑惑地看了看她身后的位置，"那两个家伙呢？喂，是你付账吧？"胖乎乎的老板瞪着小眼睛，滴溜溜地在她的口袋位置转悠着。

"摩卡！"维拉德劈开双腿，站在巷子头，越过两只兔耳朵看见一头红发的摩卡，不过他好像又不是摩卡，但是味道又如此熟悉！维拉德正自疑惑，摩卡已经飞临在他的面前，惊声尖叫起来，"少爷！"

"真的是你吗？"维拉德打量着完全不像是摩卡的摩卡，他比之前的摩卡高大了不止一倍，头发也很长，火吻而生的烈焰颜色，面颊是俊朗的小麦色，头上两只细细的犄角闪耀着黑曜石般的光芒。

摩卡将怀里的罗兰放在站在维拉德身边的周子敬怀里，顾不上对方的磨蹭，直接抱住维拉德，"我在火海洞修炼，所以变成了现在的模样，不过也变得更强了呢！"摩卡举了举自己的拳头。

维拉德浅笑着，仔细打量着摩卡，"你怎么跟斯沃德在一起？"维拉德注视了一眼微微喘着粗气的青色背影。

"偶遇的，正好他来找维尔利特，我来找你，可是没想到一到人界，就遇上了那只黑兔子。"

"谁？"维拉德看向两只兔耳朵，一个八九岁的小姑娘回头对他咧嘴嘻嘻笑着，"维拉德？嘻嘻，真是得来全不费工夫！杀掉维尔利特和维拉德，起码能连升三级吧！"她转头看着身边的的泰迪熊。

泰迪熊躲在垃圾桶后面，朝她点点头，意思是这次你对了，不过起码得先办到再说。

"蕾贝卡？"维拉德剑眉微皱，将摩卡护在身后。摩卡跳跃着又护在他身前，"少爷，现在该是摩卡守护你的时候了！"

"小敬，你保护好罗兰。我和摩卡去帮斯沃德。"维拉德看了一眼正浑身僵硬地抱着罗兰的周子敬，他的表情尴尬，神色紧张，脸色通红，俊美的侧脸沁出一层细细的汗珠，柔软的刘海轻轻扫过闪烁不定的黑曜石般的瞳孔，维拉德吃了一惊，难道抱个人比战斗还要困难，"你没事吧？"

"我，我没事。"周子敬强自镇定，怀里的少女昏睡着，轻微的呼吸仿佛带着微妙的蔷薇花香，一丝一缕缓缓弥漫进他的心田，他感觉自己好像抱着的是一根滚烫的山芋。而他宁愿粉身碎骨去参加战斗。不是他不愿意守护这个人类少女，身为血猎保护人类是理所当然的，只是目前怀里的这个少女，总让他无法克制心中熊熊燃烧的……紧张、窘迫、羞涩！

周子敬竟然还会羞涩。

这种话传到学校的话，大概十个人会有九个半不相信，另外那半个还是他自己。

你遇见了一个喜欢的人，你会每次看见她紧张，可是当你看不见她的时候，你又会想要时时刻刻陪在她身边。

维拉德的话再次出现在他的听觉里。他感觉自己的手心都出汗了，少女的身体柔软而芳香，浓密的睫毛轻轻扫过她婴儿般白皙的眼睑，光洁的额头边缘垂下一缕金灿灿的发丝，樱桃般红润的俏唇散发着诱人的花香，他强迫自己抬起头，看向正在厮杀的战斗。

可是没用，战斗算什么，他好像已经失去了对战斗的渴望，只要怀里有她需要保护，那么所有的战斗对他而言都只有一个目的，那就是守护她！

林可心。

他轻轻念出这个名字，于是他回头看了一眼巷子头街那边的咖啡馆后门，林可心在那里，好在他现在只需要守护一个人，否则他会左右为难。他重新强迫自己将视线从少女的身上移开，看向战斗的人群。

那个被维拉德称为蕾贝卡的小姑娘看上去只有八九岁，但是攻势却十分凌厉。手中的武器是一把比她还要巨大的刀刃，被她小小的身体舞得虎虎生风。火红的背影和维拉德的银发交织着围绕兔子耳朵旋转，青色的身影幻化出寒光闪烁的刀刃，割向兔子的耳朵。

小姑娘并不躲避，而是选择更为凌厉的攻势。

最好的防守就是进攻。

周子敬在心里默默念诵着老爸总是挂在嘴边的这句话。

他的目光缓缓地凝聚在青色的身影上，那道身影他再熟悉不过，他抬头看了一眼漆黑的天空，雨夜似乎又来临了。还有那只伸在他面前的手掌，柔软而又温暖，他接过那只手递过来的棉花糖，听见耳边有人在喊他的乳名，敬敬，敬敬……他想要答应，怀里的少女轻轻喘息着动了动柔软的腰肢，他猛地回过神来。看见蕾贝卡当头抡下来的巨锤。

"小敬小心！"维拉德朝他大喊，银色的长发在风中飞舞，仿若九天玄鸟的羽翼，魅惑而又猖狂。

周子敬急忙闪身，巨锤擦着他的脚后跟砸进地面两米多深，整个结界为之动摇。

"看来打地鼠游戏不适合你们。不过亲王送我的死亡游乐场可是有很多好玩的！嘻嘻。"周子敬抬头看见巨大的摩天轮在巷子里旋转，撑破了两边的楼房，它的每一次旋转都像是一把齿轮，噬咬着钢筋水泥，灰尘铺天盖地，以及砖头石块和钢铁扭曲的刺耳声响。

两只巨大的兔子耳朵仿佛摩天大楼一样矗立在夜空里。

"她怎么会变得这么大！"摩卡气喘吁吁地大喊。

"不是她变大了，是我们变小了。"斯沃德冷冷地说。

"你们还算聪明。"垃圾桶后面传出来闷闷的声响。

"接下来玩吹泡泡吧。。"蕾贝卡拽拽兔子耳朵，变魔术似的从脑袋后面抽出一只水枪，对准众人就是一顿猛喷。维拉德急忙用双臂格挡粉色泡泡的袭击。

衣服和水泡接触发出滋滋滋的声响，维拉德急忙后退，"小心！泡泡有腐蚀性！"

斯沃德举起双臂刺破粉色的一连串泡泡，刀刃被腐蚀出点滴的孔洞。摩卡挥舞着黑色的羽翼，试图将泡泡扇走，但不可避免被一些泡泡腐蚀到了羽翼，痛苦地躲避在墙角，"这样下去不行啊！根本连反击的余地都没有！"

"嘻嘻嘻，还有你，都快忘记你的存在了。"蕾贝卡回身对周子

敬一阵猛喷。

"站在我们身后！"维拉德朝周子敬喊。

周子敬几个跳跃，艰难地躲过泡泡的攻击，本来他一个人可以轻松躲避，但是因为抱着罗兰，所以行动几乎慢了一半。

"躲在哪儿都是死路一条，嘻嘻。"蕾贝卡将水枪的开关拔到最高，"接下来，是最强力的泡泡哦，送死吧！"蕾贝卡的笑容忽然消失，举起的水枪黑洞洞的枪口对准了众人，巨大的粉色泡泡一个接一个，像是恐龙下蛋似的，滚向众人。

斯沃德忽然低声说道："我有办法，不过你们要掩护我，咒语需要时间。"

"那就赶紧啊！废什么话！"摩卡张开羽翼挡在斯沃德面前，维拉德持剑挡在周子敬面前，"看你的了！"

周子敬听见神秘而古老的咒语响彻在身后，他回头看了一眼站在最后面的斯沃德，青色的身影在空中缓缓旋转着，他紧闭着双眼，手指交织着做出一些匪夷所思的动作，巨大的粉色泡泡一个接一个滚过来，摩卡怪叫着的声音和粉泡泡破碎的声音相辅相映，维拉德的长剑几乎被腐蚀掉了一半，身上的衣服破得可以直接去桥洞下面加入丐帮。

"还没有好吗？"摩卡后退着，几乎要退到斯沃德的身后，维拉德也是且战且退，泡泡越来越多，漫天漫地，最棘手的是这些泡泡的轨迹根本就是随机的，而且随时有破碎的危险，周子敬时不时感觉到腐蚀性的水泡溅起在身侧，直到他看见身边的斯沃德迅速旋转，双臂张开，手指呈放射状张开，钢铁般的利刃瞬间割裂了他手指边的空气。

"异次元葬送！"

一道裂痕在空中凭空出现，割裂出的缝隙越来越大，起初维拉德感觉到自己的头发似乎都在朝那个裂缝飘拂，然后是地上的碎石块，手中的长剑，到最后裂缝像是失控的风暴，席卷着结界里的一切。

裂缝像是饕餮，永不知足，摩天轮，巨大的锤子，过山车，旋转木马，粉色泡泡，统统被吸入进去，甚至连结界都开始扭曲，维拉德被摩卡的羽翼扯动着拉向裂缝后面斯沃德的身后。周子敬的稍微慢了一步，被席卷着朝裂缝飞去。他一只手抱着金发少女，一只手抓住一切能抓住的东西，但只是一个碎块，甚至就只是空气，直到他感觉自己的身体停止了飘浮，手心里传来钢铁的冰凉感，巨大的吸力将他整个身体倒转拉离地面。

"周子敬！"维拉德急忙上前，被摩卡拉住。

"少爷！"

蕾贝卡的双臂狠狠地插进地面，但是地面也被吸了起来，斯沃德看见长长的兔子耳朵在面前晃过，听见小姑娘叽叽喳喳的尖叫声，粉色泡泡随之消失殆尽，一只躲在垃圾桶里的泰迪熊也被吸了进去，他缓缓地放下手指，整个人虚脱似的从空中跌落在地上。

整个结界"嘭"的一声，像是被人戳破的泡泡糖，破灭了。

"小敬！"维拉德看见同时跌落在地上的周子敬，他揉揉脑袋坐起来，金发少女也揉揉脑袋坐直了身子，然后少女看见自己枕在周子敬的胸口，强有力的心跳声让她毫不犹豫地闪开，然后反手抽了面前的周子敬一巴掌。

"喂！你干吗？"周子敬摸着被抽打的地方。

"流氓！"少女尝试着站起身，但是失败了，斯沃德摇摇欲坠地走过去，扶起少女。

罗兰顾不上看扶起自己的是谁，只是气鼓鼓地看着周子敬吼：
"干吗抱着我！"

"我在救你好不好!"周子敬回击,他很少发怒,大家总说声音大了就是发怒,但是他今天声音够大了吧,可是他知道自己内心深处一点儿也不生气。

看到她安全了,就算是被打了一巴掌,好像也觉得没有什么。

真是活该。周子敬在心里咒骂此刻的自己。

"我不要你救。"罗兰固执地转身,她听见身边的陌生人重复着说:"对,她不需要你救。"

"啊啊啊!"罗兰一把甩开扶着她的斯沃德,她好像现在才注意到身边这个浑身铁青色的家伙,"你是谁?!"

"我是来救你的,主人。"

"救我? 我到底要说多少遍! 我不需要任何人救!"罗兰皱眉,她真是搞不懂这个世界了。

"好的,主人。"

"主人?"她疑惑地看着面前单膝跪地的铁青色身影。

"没错的,他是你的使魔斯沃德,姐姐。"维拉德上前解释。

"怎么回事? 我不是你的姐姐。"罗兰否认。

维拉德担忧地看着她,"我们都不知道在你的身上发生了什么,按照蕾贝卡的说法,你现在应该是被亲王判了死刑,可是你却还活着,但是却失去了血族的瞳孔。这样的事情,我已经想了很多天,但是一直没头绪,我甚至开始怀疑你的身份,也许是我认错人了。但是斯沃德是不会错的,使魔是无论如何都不会认错主人的,因为签订的契约的缘故。"

"你在说什么,神经病,我一点儿都听不懂。"罗兰不再看维拉德,转而看着还在捂着脸庞怄气的周子敬,"好像你还正常一点儿,快,我要离开这些奇怪的家伙。"

周子敬捂着脸颊的手放下,五指细长的手印出现在他的侧脸上，"如果他说的没错，你是血族的维尔利特伯爵，拥有纯真的血统，高贵的出身。当然，前提是他确认你是那位血族成员。"

"不会错的，我的主人。"斯沃德起身，恭敬地说道。

维拉德继续说："我想这一切跟我们上次分开时你的所作所为有关。你本来是奉命取我性命的，但是你却袒护了我，想必现在的一切，都跟那一天有关。"维拉德歉意地看着她，"姐姐，对不起。"

"我不是你姐姐，你到底是聋子还是疯子。"罗兰抱头痛苦地拒绝。

斯沃德急忙扶住她摇晃的身体，"主人，他的确是你的弟弟，阿鲁卡尔德家族的继承人维拉德男爵。而你是他的姐姐，维尔利特伯爵，只是好像失去了记忆。"

我的确失去了记忆。罗兰放开双手，静静地想着。如果这一切都是真的，那么她真的是吸血鬼? 是女伴喜欢看的那种电视剧里的那种怪物? 她不敢再想下去了，抬头看向身边高大的斯沃德，她可怜兮兮地看向他，就像是无助的小女孩终于找到了失散多年的亲人般，有一种莫名的熟稔感，"我真的是你的主人?"

"是的。"

"那我要你做什么，你都会做吗? "

"是的。"

"蹲下。"

"嗯? "斯沃德疑惑了下，随即认真地蹲下。

"站起来。"罗兰命令。

斯沃德稍息立正就差敬礼。

罗兰皱皱眉，想了下，朝斯沃德挑了挑指头，"跳个舞。"

斯沃德原地旋转着开始跳芭蕾舞《天鹅湖》……

众人集体喷饭。

"好，现在跟我一起回咖啡店打工赚钱，争取这个月底能出去租个单间。"罗兰用一点儿也不像开玩笑的口吻命令道。

斯沃德停止脚尖踮地，用更加严肃的口吻回复道："是主人，争取这个月底租到房子。"

众人全体倒地不起。

Chapter 7

第七章

月下之歌

夜凉如水，林可心翻来覆去怎么也睡不着。绵羊都数了三大车了，睡意反而更加无影无踪。她起身揉揉眼睛，看了一眼窗外的夜色。白天的一幕再次浮现在她的脑海里。

"好端端的怎么会地震呢？"她疑惑地自言自语着，"而且小敬和小维后来回来也怪怪的，只是说解决了一点小事情。可是小维分明都把手指咬破了，还有神情紧张得不让她靠近那扇门的小敬……怎么又会是一点点小事情呢。"

说起来，他们还是在担心她，尽心尽力地保护着她。

虽然说这样也没有什么不好，可是一想到爸爸说的话，她就觉得自己虽然加入了血猎工会，看似在自立自强，但又似乎每次关键时刻她都被好好地保护在别人的身后。

如果是这样子的话，永远都没有变强的那一天吧。要怪也只能怪自己实力不佳，才让小敬和小维每次都那么紧张她的安危。

小敬在上几节的攻击课程中都表现出色，跟冷漠女薇璞不相上下，理论课上小维总是能知晓所有的答案，有时候甚至能猜到银狐老师的问题提前说出答案，反观自己，攻击课上是最后一名，理论课上几乎没有开过口。

烦恼就像是小绵羊，你数它的时候，它偏偏不能发挥功效，你不数它的时候，它偏偏一只接一只出现，"咩咩咩"叫得你直打瞌睡。

一起进的工会，小维和小敬都找到了自己进步的方向，好像就剩下她一个人还在浑浑噩噩度日。

从窗外飘进来轻微的歌声，充满磁性的声音婉转着动人的音符，好像是一条在漆黑的夜幕里叮咚作响的清澈小溪流。

林可心她拉开窗户，趴在窗台上静静地聆听着。

歌声的前奏舒缓而动人，如清晨的绿草叶子上的甘露，潋滟日光折射出斑斓的七色彩虹。华丽的声线，典雅的尾音，仿若宫廷里高贵的宴会，觥筹交错，银色餐具倒映着精致的妆容，王子和公主在舞池里忘我地翩翩起舞。

"好美啊。"林可心不自禁地赞美着。

"好听吗？"窗台上方，维拉德的银发忽然垂下来，轻轻扫过她的鼻尖，林可心吓了一跳，看见是维拉德，立刻开心起来，"维拉德！"

"嘘，你不想让你妈看见大半夜的有一个大活人倒挂在你家窗外吧？"维拉德浅笑着从窗外闪身飞进室内。他穿着白色的宫廷贵族衬衫，精致的小礼服得体而又优雅，黑色的天鹅绒斗篷高贵地垂在他的身后，颀长的身子斜斜地依靠在书桌旁。

他们离得如此近，林可心甚至闻到他身上淡雅的蔷薇香，他浅笑着望着林可心，俊美的脸颊好像笼罩着一层淡淡的白雾，蔷薇般鲜艳的薄唇魅惑而又性感，带着一抹淡然浅笑的唇角偏偏又让他看上去如天使般纯真圣洁。

"某人一直在盯着我看哦。"他对她浅浅一笑。

林可心不好意思地急忙别过脸，可爱的小脸蛋儿瞬间涨得通红，

"你不看我怎么知道我在看你。"

"我是在看你。"维拉德伸出手轻轻捧住她的下巴，"从头到尾我都在看着你，我不想我的目光一刻离开的你身影，可是毕竟我们还要做很多别的事情。"

林可心心里像是有一头小鹿在奔跑，"你刚刚唱的什么歌？很好听的样子。"

"I face my destiny everyday I live……"维拉德仰头望着窗外的夜色，忘情地又唱了一句，继而转头浅笑着问林可心，"是这个吗？"淡雅的月光映在他深邃的眸子里，忧郁的气息让人好想抱抱他。

林可心小鸡吃米般点点头。

"是很久之前你教我的一首歌。"

"我？"林可心瞪大了眼睛，"可是我根本不会唱这首歌耶。"她笑声嗄嚷。

"是你的前世，那个叫玛丽的女孩子教我的。"维拉德淡淡地说着，眼里溢满了悲伤。

"我的前世？"林可心丈二和尚摸不着头脑。

"对啊，虽然过去了几百年了，但是我一直记得这首歌。"维拉德认真地看着她，轻轻握住她的手心，盯着她手背上的蝙蝠胎记，"虽然你已经失去了前世的记忆，可是我能确定你就是她。"他说着深情地在她的手背上印下柔软的一吻，唇角和手背相触的那一刻，林可心觉得自己浑身的血液都沸腾了，被亲吻的地方痒痒的，麻酥酥的。好奇怪的感觉，可是又很享受的美妙感受。

"可心，你会想起来的。"维拉德静静地说道，蔷薇般微微翘起的唇角勾勒出一抹魅惑而又凄然的浅笑。

"玛丽……"林可心念叨着这个名字，"能给我讲讲她的故事

161

吗？"

维拉德一怔，旋即叹了口气，眸子里深邃的忧郁缓慢地散开来，"那个时候她对我很好，可是我却做了对不起她的事情，在最后的关头，我应该听她的劝解的。可是我却没有。"他说着垂下眸子，他很快又认真地看着林可心，"可心，如果有一天你想起来了这些，我恳求你原谅我。好吗？"

"我……可是我万一一直想不起来呢？"林可心说这话的时候想起了自己糟糕的成绩和进入工会以来打酱油的日子，她的笨蛋大家有目共睹，她真不能确定平凡如她，能想起来前世什么的记忆。

"你好像刚刚不开心。"维拉德见她满脸忧愁，轻轻放开她的手心，岔开话题。

"哎，没有呀，就是睡不着呢。"她揉揉眼睛，看了一眼闹钟，已经晚上十一点了。

"是因为工会的事情吧。"维拉德说，"其实可心你不用担心的，现在的攻击性课程和理论课程不是你擅长的领域。你的属性是防御型的，等到考验魔法的时候，你就能会发现自身的优势了。"

"但愿如此吧。"林可心喃喃道，"不过维拉德好像什么都知道哟，连别人的心事都能猜到。"

维拉德坏坏地笑笑，"我只能猜到一个人的心思。"

"嘿嘿。"林可心当然知道他意有所指，不好意思地低着头，咧嘴傻笑着。

"我走过世界很多角落，看过很多美景，可是唯有你的笑容，才是我心中最美的风景。"维拉德淡淡地朗诵着，像是在背诵一首优美的诗词，又像是在夸奖面前的林可心。

林可心觉得她自己就是一根蜂蜜棒，而维拉德就是温暖的阳光，她感觉自己整个人都要融化了。

"and the best of me is all I have to give……"维拉德轻轻吟唱，斜坐在她面前的窗台上，边唱边不时对她温柔一笑。

林可心笑眯眯地听着，"真好听。"

"那我就天天唱给你听。"

"你不怕被小敬发现你胡乱跑啊。"林可心偷笑着指指楼下小敬的窗口。

维拉德神色忽然变得紧张，尴尬地笑笑，央求她说，"某人舍得告诉小敬吗？"

"当然不会！"林可心"嘿嘿"笑着。

维拉德浅笑着捏捏她粉嘟嘟的脸颊，"时间不早了，赶紧睡吧，明天还要训练。"

"嗯嗯。"林可心开心地点点头。

维拉德张开斗篷，翻身跳下阳台，闪身滑入周子敬家里的窗户。

林可心呆呆地看着维拉德消失的方向，笑容还停留在她的脸上，夜色重新恢复了寂静，她关上窗户，走到床边，躺在床上，维拉德的的歌声在她的脑海里徘徊着，她带着浅浅的笑容，缓缓地进入了梦境。

她从未想到，几个月前她还觉得世界上最杯具的事情莫过于遇见维拉德，而现在，她却觉得能遇见他，是她人生里最幸运的事情。为了这种独一无二的幸运，她愿意用心去守护这份相遇，直到永远。

"终于睡着了啊。"沉睡中的林可心忽然没来由地张嘴说了这么一句话，黑暗中弥漫着诡异的气息，"那我就该我苏醒了。"躺在床上的林可心直挺挺地起身，伸了个懒腰，"啊，真是睡了好久好久

163

呢。"

"林可心"睁开了眼睑，紫色的瞳孔在夜色里透着一股寒意。

"好饿。"

"喵呜。"窗台上一只白猫轻巧地蹲着，看着苏醒的少女。

"小猫咪，咪咪咪，过来，乖……"紫瞳少女伸手温柔地将猫咪抱在怀里，轻轻抚摸着它柔软的白色皮毛，"先将就一下吧。"紫瞳少女看着猫咪的眼中闪过一丝寒光。

宁静的夜色里忽然炸响猫咪的惨叫声。

"差不多也是时候掌控这具身体了。"紫瞳少女舔舐着指缝里的鲜血，"不过人类的身体似乎过于软弱，也不知道他们怎么会选这样的身体来安放强大的伊米忒缇。"少女自言自语着，翻身从窗户一跃而下，"好渴。"风声在紫瞳少女的耳边呼啸，五层楼瞬间到了底部，少女搜寻着视线内的猎物，几只野猫受到了惊吓，一窜而过，紫瞳少女嘴角挂着一抹邪笑，迅速追了上去。

夜色里，夜猫们的惨叫声相互交映，骨头碎裂的咯吱声，鲜血飞溅的血影，弥漫在紫瞳少女嘴角的邪笑里。

薇璞将手里的袋子握紧了，里面放着她刚从商场里刷来的COCO香水，chaneld 蔷薇味香水，绝对符合她的品味。香水下面放着一把黝黑的三棱军刀，三道三毫米深的放血槽，银纸的特质匕首，插进吸血鬼的身体，只需要几秒钟就可以放空一个吸血鬼的血。

她的手缓慢地伸入袋子底部，紧紧攥着那把特质军刀，漆黑的长靴在街道上撞击出清脆的声响。纵使是这个点儿，她火爆性感的身材依然藏不住，夜色中喝得烂醉的男人不时盯着她追几步。

她从来没有把这些人放进眼里过，只要他们敢真的追上来，她毫不介意抽出军刀插进他们的心脏。

正好这种事情也是她平时日常的三分之一，其余三分之二分别是，血拼各种奢侈品，反正她最不缺的就是钱，另外就是把自己关在训练房里，直到打烂面前的沙袋。

"我只是比较多一点运动。"她常常这样轻描淡写地告诉那些问她怎么拥有如此火爆身材的女人，当然，火爆的意思是，腿长盘靓胸大腰细最重要的是又瘦又有肉。魔鬼身材，天使脸庞，不惹人注目才怪。甚至她已经遇见了好几个星探表示只要她能签约，立刻就以她为女主开始投拍电影。

她对此只有两个字，"走开。"

她用手中的香水袋子掩盖着里面的军刀，疾步走入野猫惨叫声的来源。左右看了一眼，确定四周没有人，她将袋子放在脚边，抽出其中的军刀，银牙咬紧，徒手将一根细长的鞭子扬起，缠绕在楼顶的天台，然后她双手用力扯住黑色的细鞭，往后退了几步，迅速俯冲，沿着墙壁朝天台跃起。

黑夜里，她就像是一只灵巧的黑猫。

野猫的尸体遍布在据此三个街区外的某个公园门口，公园一向是野猫的聚集地。甚至有一次，她在工会训练的时候，听其中一个人说，晚上时常有野猫在公园里打群架，每边几十只野猫，然后对垒，赢的似乎就能在这个公园狩猎。

现在赢家尸横遍野。

她收起长鞭，蹲在一只野猫尸体边，仔细观察着，尸体完好，只是干瘪瘪的，好像被人抽干了猫血似的。

"吱！"一声刺耳的惨叫声响起在公园深处，她起身朝声源处悄悄摸去，漆黑的夜幕下，树影下的公园更加阴森可怖，猫的尸体到处都是，公园大树下的长椅上，坐着一个低头啃咬着什么的少女，等到她走近，那名少女忽然抬头看向她，对她冷冷地笑着。

薇璞惊慌地后退一步，手持长鞭，一动不动地盯着面前的林可心。

她的手里，竟然，竟然拿着一只啃咬到一半的猫的尸体。

"林可心……"薇璞嗫嚅着，不敢置信地叫出了这个名字，她和眼前的少女已经共同训练了好几天，可是她从未正眼瞧过她，直到今天……

"哼哼。"少女起身，将猫的尸体扔在她的脚边，邪笑着转身消失在树林里。

"等等！林可心！"薇璞追了上去。

少女忽然停住脚步，回头恶狠狠地瞪视着她，"半吸血鬼的东西我不感兴趣，赶紧逃吧。否则别怪我不客气。"少女说完，紫色的瞳孔闪过一丝让人不寒而栗的杀气，转身几个跳跃消失了。

薇璞呆呆地站在原地，林可心，不，不是她。她的瞳孔是绿色的，而眼前的这个"林可心"是紫色的瞳孔……

紫瞳。

难道是……

她不敢再想下去，一群鸟儿自远处的树冠惊起，扑腾着飞入漆黑的夜空。薇璞摸了摸腰间的军刀刀刃，握紧了拳头，隐入紫瞳少女消失的方向。

林可心觉得好累，好像自从加入工会，她就有了这样的疲累感，不论休息多久，都觉得好像晚上去周游了世界似的，累得快散架了。她老妈说她晚上肯定偷偷跑出去偷牛去了。林可心抗议说城市里面哪有牛。

"谁让你每天吹牛。你偷的都是你吹的牛。"老妈不怀好意地提醒她，"早上还问我你手上的血是怎么回事。哪有血吗！"

"那是因为我洗掉了啊。"林可心抗议，说来也真是奇怪，她早上醒来穿衣服，发现指缝里都是凝固的小血块，她闻了闻，腥味扑鼻，急忙跑到卫生间去洗手，一问老妈，老妈说怪不得冰箱里的猪血块没有了，原来是被你偷吃了。郁闷得林可心早饭都没有吃踏实。

周子敬和维拉德来喊她一起去工会的时候，老妈将她没吃完的早餐打包好，放进书包，看着林可心穿着那件奇怪的制服走出门，还不忘吐槽一句："你们学校真的是，搞什么校服不行，偏偏是这种的，好像要去打怪兽的奥特曼。"

林可心没有想到老妈还知道奥特曼。不过她身上的制服比奥特曼的帅多了好吧！啊不！根本就不能比好吗，奥特曼那衣服根本就是紧身衣嘛！相较之下，工会的制服就好像是《银魂》里的特警组帅哥们的制服，帅气而又挺拔。

尤其是小敬和小维穿着的时候。林可心出门的时候啃了一口面包想着。

"I face my destiny everyday I live……"维拉德笑眯眯地吟唱着，林可心意会地笑了笑，脸色红红的。

周子敬皱皱眉，"搞什么名堂？"

"秘密。"维拉德耸耸肩。

周子敬愣了愣，看看维拉德，又看看林可心，什么也没有说，扬手掏出车钥匙在掌心帅气地转了一个圈儿，停靠在小区门口的黑色保时捷跑车缓缓张开了翅膀似的的车门，维拉德羡慕地看着，嘀咕了句："竟然会自己打开。"

"你也有一台？"周子敬钻进车里。

维拉德摆摆手，"我没有，不过我有一辆马车。"

"好像马车开在街上不大合适。"周子敬正儿八经地跟维拉德讨论着。

"嗯，是的，上次我打算开出来，但是被管家制止了。说是人类的世界科技日新月异，我开那辆马车出去，会引起人类世界的注意。"

"那确实，试想一下一部中世纪的马车奔驰在街上的场景。是人都会注意。"周子敬说。

"不过马车有一点跟你这台怪物一样。"

"这个叫保时捷。"

"对，标志一样，我那台马车也是保时捷。"

周子敬微笑，"改天看看。"

"好的没问题。"

林可心撇撇嘴，真想把牛奶面包一巴掌拍在这两个人的头上，不过看在美少年的份上还是算了。小敬严肃认真面瘫惯了可以理解，维拉德竟然也能把这么无聊的话题继续下去。

"男人谈论起车子就会失去理智。"维拉德忽然转身对身边的林可心解释。

"……"好吧，她忘记了身边这位还会读心术。

"能不能让我试一下？"维拉德感兴趣地看着方向盘。

周子敬下意识地握紧方向盘，好像遇到了会抢他玩具的孩子，"下次吧。"他谨慎地拒绝。

林可心舒了一口气。

保时捷的声音轰鸣在街道上，穿梭在车流里，限量版的车身在阳光里闪耀着耀眼的银光，像是一尾跃出海面的银鱼，惹得路人纷纷注目。甚至在豪车如云的工会停车坪也被围观了，薇璞就是其中一位。

林可心他们和薇璞一起步入大楼，从头到尾这个细腿长腰的大美妞都没有看她一眼，不过林可心也习惯了，女神嘛，眼中总是没有

屌丝的。

训练的人很多，人们来去匆匆，整个公会大厦跟平常的办公公司差不多。若不是真的知道这里是培训特殊人才的地方，林可心打死也不相信这里竟然就是人类对抗吸血鬼的总部。

经过长长的走廊，终于在尾巴处摁响了训练室的门铃。金属门缓缓打开，一阵异域的音乐迎面扑来。

林可心目瞪口呆地看着面前的景象，差点没回头走人，如果不是银狐老师笑眯眯地看着他们，她真的会以为自己走错了地方，嗯，对，这不是工会，这是某个埃及法老的卧室……

只见整个训练室的场景是沙漠金字塔狮身人面像什么的，铺满天鹅绒的大床上，银狐老师穿得跟好像要去演埃及艳后似的，床边左右前后各站着一个英俊冷酷潇洒帅气的大帅哥，当然，帅哥也穿着埃及仆人们的裸露装，所谓的裸露装就是，胸大肌什么的要秀出来，八块腹肌什么的也要秀，俊美脸颊，健美长腿，秀美的面颊以及性感的锁骨什么的，能秀的全给她秀出来……

林可心终于想起来异域的音乐原来来自于埃及，仆人们缓缓摇晃着手上的扇子，另外一个跪着替她修剪脚指甲，跪在她枕边的则喂给她吃一枚晶莹的葡萄。

"啊，你们来了。随便坐。"银狐老师指了指自己身边的大床。

众人站在门口，纹丝不动。

"喂，老师的话也不听了吗？"银狐站起来，剧烈摇晃着手中的五颜六色的羽毛小扇子。

于是周子敬黑着脸坐在大床边缘，拘谨得跟个小媳妇似的。维拉德则额前满是黑线，接过男仆递过来的葡萄，薇璞从头到尾无视要给她修剪脚指甲的男仆渴望的眼神，当然最苦逼的还是林可心，她手里被男仆塞了一根羽毛扇子，嘴里插了一根笛子，于是她成了摇扇子的和埃及宫廷乐师。

"现在，我们开始上课！"银狐老师摇晃着小扇子，笑眯眯地摇曳过学生们的面前。

"老师，我以为你今天放假。"周子敬看着身边的男仆，和银狐老师身上那件妖娆的艳后装扮。

"放假？怎么可能！我只是觉得前几天的课程略沉闷，今天活跃一下气氛。"

"这似乎有点，太活跃了。"周子敬指指递过来葡萄的男仆，不知道该不该接受男仆喂他吃的葡萄。

银狐收起扇子，不好意思地笑笑，"哎呀，你们多虑了。"

"这种场景不多虑才怪吧！"林可心使劲摇晃着手里的大扇子，这句话她没敢说出来，她觉得自己此刻的角色应该是宫廷摇扇宫女路人甲，毕生除了摇扇子，什么都不会干。对，摇啊摇，摇啊摇，摇到皇家驾崩，然后陪葬，如果有地狱或者天堂，那么她就继续摇啊摇……

"嘿嘿嘿。"银狐老师露出一个歉意的笑容，"我以为你们会喜欢的。"

"是老师你喜欢吧……"维拉德无力地讪笑着。

薇璞站起身，从递过来指甲刀的男仆面前走过，"银狐老师，今天的训练内容是？"

"今天是训练内容就是……当！"银狐老师掏出一个银色的金属盒子，放在众人面前的大床上，男仆们立刻上前打量着这个奇怪的盒子，好像他们也是第一次见到。

"你们每个人从里面拿出一个苹果就OK了！"

"苹果？"薇璞皱眉。

"开始吧！"银狐老师摇晃着扇子，继续躺在大床上，对林可心

摆摆手,于是立刻有一个男仆走过来对林可心说了一句听不懂的埃及语,接过她手里的扇子。林可心觉得自己终于解放了,正思量今天的训练内容也太简单了吧。回头看见周子敬从盒子里掏出一个青苹果,青苹果就算了,重点是这个苹果还做了一个鬼脸,正好对着周子敬那张万年面瘫脸。

"老师……"周子敬疑惑地看向银狐老师。

"哎呀,很棒。接下来哪一位呢?"

"我来。"薇璞上前。

大家期待地看着她,因为平时薇璞的成绩都很好,所以这一次,大概也不会差吧。其实大家也不清楚到底摸出怎样的苹果才算是比较好的,所以正好观察一下一向很强大的薇璞同学。

一个干瘪的红苹果。

"很棒。"银狐老师躲在扇子后面笑嘻嘻地说。

薇璞皱眉,狐疑看看自己手里的苹果,又看看周子敬手里的,回头站在床边,那个修指甲的男仆再次递上指甲刀,薇璞瞪了他一眼,男仆这才灰溜溜地躲在了银狐老师后面,一张俊俏的脸颊吓得一点儿血色都没有。

"加油。"林可心小声给维拉德打气。维拉德对她浅浅一笑,樱花般的唇角荡起一丝孩童的纯真。

他摸出来的是红苹果。

"哎呀,不错不错。"银狐老师夸奖,催促林可心上前,"该你啦,林可心同学!加油哦!"

"哦。"林可心呆呆地应了一声,伸手伸进盒子里。她感觉盒子里空空的,什么也没有,不会这么衰吧?临到她了就什么都没有了吗?

她左右摸索着,好像是摸到了光滑圆润的东西,咦?一个,两个，三个……怎么这么多？他们摸的时候也这么多吗？林可心拿不定主意，起初以为没有苹果给她摸，现在又不知道该拿哪个好。

算了，随便拿一个吧。林可心打定主意，闭上眼睛摸出手心的苹果。

"哇！"银狐老师发出惊讶的赞叹声，甚至响起了几声零碎的鼓掌，英俊的男仆在拍手，银狐老师摆摆手，男仆们继续各司其职。

"一只金苹果！真厉害！"银狐老师拿过林可心手里的苹果，"还是第一次遇见这种情况。"

维拉德凑过来，贴着她的粉红耳垂，"你看，昨晚我说的没错吧。"

林可心被搞蒙了，但是还是明显看出来自己是最大的赢家。

"哎呀，说什么悄悄话呢。银狐老师也要听。"银狐将扇子扔在床上。

周子敬接话，"可能是秘密吧。"

众人囧。

这种接话方式，也只有冷酷的面瘫帅哥周子敬不会觉得不正常了。

银狐整理了下胸前的金色埃及服饰，"其实今天是一个测试内容，目的是通过你们手中的苹果测试各自的魔法天赋，很明显，林可心在这方面有着出奇的赢面，维拉德和周子敬也不错，薇璞同学虽然弱了点，但是也没有关系，只要日后认真训练，是可以弥补的。"

银狐说完，摆摆手，男仆们搬凳子的搬凳子，搬桌子的搬桌子，"好辛苦，银狐老师要开始用膳了，不知道你们有没有意向跟银狐老师一起？完全不用自己动手哦。"

众人回头看见英俊的异国男仆们手里握着刀叉友好地看着微笑着，暧昧而又热情。

"不用了，我们还是吃食堂。"周子敬生硬地拒绝。

"我吃不了人类的食物。"维拉德笑眯眯地摆摆手。

"我也是。"薇璞附和。

"我……我不饿……"林可心急忙说。

"那真的是太遗憾了。"银狐老师招呼男仆们上菜，然后林可心看见桌子上的饭菜竟然都是摆在一个美男的裸体上，于是她一捂脸，以迅雷不及掩耳之势逃出了训练室，身后传来银狐老师的呼喊，"哎呀，不要害羞嘛，他其实是穿着裤衩的，你要等他从桌子底下完全升上来才能发现哦。"

中午，食堂，薇璞坐在林可心隔壁桌的位置。

那个人类的少年很安静，薇璞看向周子敬的时候心想，他一直在低头吃香蕉派，半吸血鬼少年则从头到尾在跟姑娘咬着耳朵说悄悄话。那个周子敬，应该是不开心的吧？虽然他没有表现出来，但却瞒不过她的眼睛。

眼睁睁看着只属于自己的东西，或者说只应该由自己守护的东西，竟然现在要跟别人分享着一起守护，也是会嫉妒的吧？

人类的弱点真的是阻碍成为更强大的存在的劲敌，不过说到底，也是源动力。而力量的修炼，能在这一世达到的，只是这一世的，永远不会累积。

不像血族，只需要将seed传承给下一代。

"可心今天很厉害。"维拉德浅笑着，笑容迷人，惹得食堂里的旁人纷纷侧目。

"是的。"周子敬抬起头，看了一眼林可心，轻轻地说，继续低头啃着自己的香蕉派。

"只是碰巧而已。"林可心低头扒饭，"其实我都不知道为什么我能摸出那只苹果。"

"魔法天赋是隐藏的属性，所以就算自己不知道，还是拥有这种能力的。"维拉德解释。

"有什么用吗?"周子敬直接问。

维拉德笑笑，"比如同样的魔法，你来用，和林可心来用，可心的作用会远远大于你的。"

"原来如此。"周子敬对林可心笑笑，"以后要靠你保护我了。"

"一定一定!"林可心笑嘻嘻地摇摇小脑袋。

薇璞冷哼了一声，周子敬抬头看了她一眼，没有说话，直到林可心的目光跟她的相触，她隐约听见人类少女低声询问身边的少年，"叫薇璞一起过来吃吧?"

"不用。"周子敬拒绝，"她不愿意过来。"

他说的一点儿也没错，她不愿意过去，其实不是不愿意，是不想浪费时间，作为血族，生命漫长，可是她还是觉得时间太少，少得不足以她搞清楚自己的身世，也来不及回到从前，看一看那些据说很残酷的从前。

能有多残酷呢?

难道比现在还残酷?比除了自己，在这个世界上，一个亲人都没有，还要残酷吗?除了孤独，巨大的孤独，每天每天的孤独，还有什么比这样子的现在更加残酷?

没有了吧?

"喵呜……"一只猫蹭过她的长靴，抬头仰视着她。她抬头看了一眼盘子里的食物，犹豫了下，最终没有如猫咪的愿望。

昨晚的情景像是洗刷不去的血迹，在她的眼睑刮出诡异的血痕。

那个人是林可心无疑,世界上没有那么像的两个人的。当然,她不会看走眼,拥有四分之一血族血统的好处就是无论黑夜还是白昼,她都能看得一清二楚。

紫瞳的少女,遍地的猫尸,诡异的黑夜,以及那一句,半吸血鬼……

"总之今天好开心!"

她听见林可心欢呼雀跃着,两个少年微笑着站在她的两边,周子敬双手插兜,临出食堂的时候回头看了一眼坐在角落里的她,维拉德的长发在阳光里闪耀着圣洁的光芒,站在他身边的少女轻快地蹦跳着,发出银铃般的笑声。

薇璞摸了摸藏在黑色长靴里的军刀,一颗提在嗓子眼的心脏稍微放松了下。她起身将盘子里的食物倒在脚边的猫咪面前,可怜兮兮的小猫咪终于停止了喊叫,低头吃着食物,小脑袋一颤一颤的。她伸出修长的手指抚摸着猫咪柔软的皮毛。

黑夜里坐在公园长椅上的紫瞳少女猛地抬头注视着她的画面再次浮现在脑海里。

她摇摇头,试图赶走这一诡异的一幕。

"咯咯咯……"银铃般的笑声回荡在工会食堂外的阳光里。

薇璞抬头看了一眼消失在阳光里的林可心,起身悄悄跟了上去。

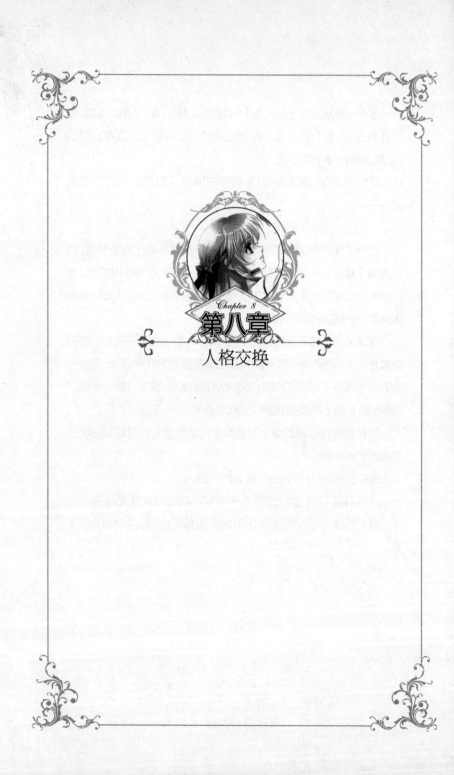

Chapter 8

第八章

人格交换

　　林可心抬眼看着天花板，眼皮沉重，她也不知道这几天是怎么了，总感觉身体很累，有时候大清早一觉睡醒，刚准备伸个神清气爽的懒腰表示元气十足，结果下一秒困意就像是醉鬼一样摔在了她的身上，然后她就倒头继续睡……直到被老妈的狮吼功吼醒。

　　林可心开始有点羡慕吃睡住在工会老爸了。

　　不知道她什么时候也可以不用住家？唯一的任务就是拯救世界，屁股后面跟着一大帮高富帅白富美表示崇拜，没事儿就全球到处旅行happy，顺便霸气侧露地斩一只小妖除一只小魔，偶尔见见总统握握国王的爪子，昔日同学每次看见她不是在华盛顿邮报头版头条就是CCTV午间新闻大事报道……

　　林可心做着白日梦，小嘴咧得那叫一个甜蜜，都快弯到耳后根了。

　　她笑着笑着，困意袭来，缓缓闭上了眼睛，嘴角的笑容还来不及消逝，沉沉的睡意已经将她抱在了梦境的怀里。

　　她在沉睡中看见了自己的梦境，她发现自己的四周唯有一片无边无际的大海，海平面静得可怕，像是一面镜子。而她竟然站在这面镜子上，天空阴沉沉的，开始下起小雨。她知道自己是在做梦，可是却比醒着还要清醒，面前的一切比现实世界还要来得真实。

"这就是你的梦想吗？"冷冰冰的声音响起在身后。

"你是谁？"她猛地回头，大雨瞬间倾盆而至。

"我是你啊。"那个声音回答她。

"这是哪里？"

"你睡着了，这是你的梦里。"

林可心想起来了，她刚跟周子敬和维拉德从工会回来，到家就躺在床上睡着了。

"梦里？"

"是啊，人只有在梦里，才能想一些自己根本完成不了的事情。但是如果我告诉你，我可以帮你实现那些梦呢？"那个声音依旧冷冰冰的，像是大雨里夹杂着的冰雹，林可心觉得这个声音有一点点熟悉，可是她无论如何也想不起来。

"那只是我的胡思乱想。"林可心对着空气说，她不太能确定对方到底能不能听见她说的话。

"没有无缘无故的梦，当我在魔界深渊的时候，我就听别人讲起你们人类，他们说你们觉得梦境的存在是因为日有所思夜有所梦。难道不是吗？"

林可心无语，就算如此，她还是在胡思乱想啊，她还想当公主呢，还想做总统呢，难道想一想就是内心深处真的想要这些吗？她有点儿生气了，觉得这个梦里神神秘秘的家伙真的是太诡异了。不行，这是她的梦，怎么着也是她说了算，她闭上眼睛使劲摇摇头，决定把这个家伙甩出自己的头脑。

"没用的。"那个声音像是看透了她的想法，"这是在梦里，虽然是你的梦，可是你也许不知道，我也是你呢。所以，这也算是我的

梦。”

"我是林可心，你是谁？"林可心四处打量着海平面。天空黑得像是深夜，雨点越来越大，拍打着海面，发出轰隆隆的雨声，像是瀑布从九天落下。

"伊米忒缇。"

"谁？"林可心没听清楚，倾盆大雨瞬间将那个声音淹没。

"我是谁不重要，重要的是，我想跟你做个交换。"那个声音开始变得柔软了一点点，"如果我能帮你完成你的那些心愿，你愿意不愿意把身体交给我？"

林可心简直想要给这个人冷冰冰的声音跪下了，"我说那只是我的胡思乱想。"

"是吗？"那个声音发出冷笑，笑得林可心心里一哆嗦，她觉得整个大海的寒冷，都不及那笑声的一半。

她发现面前的大海忽然凝固了，变成了夜幕下的蔷薇花海，高贵的少年站在花海里，吻别了他面前楚楚可怜的少女，"对不起，玛丽。"

"不要，不要离开……"少女苦苦哀求。

蔷薇花海瞬间被烈焰点燃，熊熊燃烧的大火将少年的身影烧得通红，少年眼角的泪水在火焰中滚落他的颊。

"维拉德……"林可心朝火焰中的少年伸出手，那道身影渐渐模糊了，她急忙朝他奔赴而去，哪怕前方是烈焰火海，可是脚下的路却漫长得可怕，她觉得自己这一生都走不到那个已经失去温度的身体旁边。

"因为本能的懦弱和身体的孱弱，所以你根本不配得到他的爱，现在你知道他为什么要离开你了吧，呵呵。也只有软弱的人，才会不切实际地梦想着自己有一天变得强大。全世界去斩妖除魔这种事情，难道还不够妄想吗？想想你在工会的蠢行吧，竟然被一只镜妖耍得团团转。"那道冷冰冰的声音忽然响起，大海再度恢复了波浪，雨水瞬间消停，天空的乌云散去。

林可心双腿一软，半跪在地上，脸上的雨水还在湿漉漉地往下滴答着，"他会回来找我的。他一直这么跟我说的，他也是这么做的。你的梦境，只是骗人的把戏。"她的声音低得可怕，甚至连她自己也不相信吧。

"可你也看见了，梦是不会骗人的，梦境是对过去的回溯。"那个声音淡淡地响起，失去了之前的戾气。

她想起之前维拉德一直诉说的让她原谅的那些话，是真的吗？你寻找了我那么久的原因，只是因为你曾经的离开。

"玛丽……"耳畔忽然呢喃着温柔的回音。

"维拉德？"林可心循着声音抬头看着面前渐渐隐现出来的维拉德，闪耀着圣洁的光芒的少年，他宛如天使，朝她伸出修长的手指，将她扶起，拥进自己的怀里，用自己的体温将她身上的雨水的寒意驱除，"玛丽，你终于想起从前了吗？你会不会恨我？"

"我，我是可心啊。小维，我不是玛丽。"林可心可怜兮兮地看着面前的少年，她好害怕自己说错了一句话，面前的少年就会像梦境里那样离开她，他会消失在烈火离歌里，只留她一个人在这个冷冰冰的梦里。

"你不是玛丽？"维拉德松开了她的手心。

"不要离开……求你，不要……"

"我要找的是玛丽。"少年冷冷地说完，背影消失在她的视线里。

"哈哈哈，丑八怪，还以为维拉德是来找你的吗？哈哈哈。"邹幂和陈靓指着她的脸哈哈大笑着。

周子敬站在人群外，冷冷地看着。

"小敬，小敬。"她朝他伸出手，可是那个少年只是站在原地，冷冷地看着她，任由那些女生逼近她，"整天缠着小敬，要不是他答应爸爸要保护你，根本就懒得理你好吗！"

其实她早该想到是这样啊。她痛苦地低垂着眼睑，豆大的眼泪一颗一颗跌落在她的脚边，飞溅出一朵朵泪花，好像凝固在空气里的悲伤。

"从来就没有人喜欢过你的存在，可你还妄想着有崇拜者和那么多的拥簇。你知道可能耗尽一生都无法实现的，可是我可以，只要你在心里对我的交换条件点头。呵呵。"那道冰冷的声音又来了。

她几乎就要点头了，想想吧，崇拜的目光，拥簇的众人，还有强大的能力，躺在路灯下的少年被你保护在身后，然后全世界都无法跨过你的双拳去伤害他。

多么诱人的条件啊，答应吧。她在心底朝自己喃喃地说道，你还在犹豫什么啊小可怜，只要你答应了，你想要的，你努力了一整个青春想要体会一次，哪怕是短短一刻的东西，这个梦里的家伙都可以帮你实现啊，而且你还什么都不用做。

所以，你还在犹豫什么？

林可心发现面前的梦境再次发生了变化，那些嘲讽声渐渐隐去，取而代之的是学校下着淅淅沥沥小雨的操场，同学们都站在教学楼的走廊里，家长们一个个出现在校门口，某个人挥挥手对身后继续等的同学说："要不要一起走啊？我让我爸爸送你回家啦。"

"啊！你先走吧，我妈妈马上就来接我啦！"

时间一分一秒过去了，天越来越黑了，雨还在下，像是少女没完没了的抽泣，永远也停不下来的感觉。

林可心看见那个小姑娘站在走廊里，身边的同学越来越少，天黑得她都看不清楚校门口那儿是否有人影出现了, 传达室的老大爷定睛努力看了几眼黑漆漆的走廊, 回过身缓缓地拉上了校门。他像是又想起来什么, 打着手电筒照了照走廊。

漆黑的走廊里, 林可心看见那个小姑娘哆哆嗦嗦地站在角落里的身影, 手电筒将她的小脸蛋照得发亮, 她的嘴唇都是青紫色的, 穿着裙子的小腿冻得起了一层的鸡皮疙瘩。

林可心看清楚了, 原来是她自己啊。

"小姑娘你还不回家? "

"我, 我等我妈。"她嗫嚅着说。

"要不要打个电话? "

家里的电话没有人接, 老大爷不知所措地看着手握话筒的小姑娘, "再打一次吧, 没事的。"

小姑娘放下话筒, "不用了。"转身走出传达室。

"躲一下雨再回去吧? "

"不用了。"小姑娘的背影消失在雨夜里, 身后传来老大爷的叹息声。

这种雨, 一下就是一个晚上, 难道要在外面躲一个晚上的雨吗?

家里的门是关着的, 妈妈可能还没有下班吗? 她蹲在楼道里, 胆小的她疑神疑鬼地看看楼下又看看楼上, 折腾了个半小时, 她靠着墙壁睡了过去。

年轻的妈妈在走廊里看见睡着了的小姑娘, 眼泪一下子流了出来, 她在走过去的时候差点绊倒在楼梯里, 用大衣包裹着自己的孩子, 小姑娘醒了, 看着面前的妈妈, 低低地说了声: "妈妈, 我梦见爸爸接我放学了。"

"失去了什么, 才会倍加珍惜什么。最残酷的事情不是没有得

到过, 而是得到了却失去。男人为了那个小家伙而离家出走几年不归, 女人为了他把最宝贵的日子都搭了进去, 但是团圆是最终的结局吗? 也许是吧, 也许不是, 其实只要你点头……" 又是那个冷冰冰的声音, 她真的是受够了。

"给你。" 林可心半跪在地上, 轻轻地抬头, 看着面前梦境里漆黑的楼道。

"什么?"

"你不是要吗? 拿去吧。只要你信守承诺。"

"如果我不守诺呢?"

林可心凄然地笑笑, "一直都是一个人, 因为自己的存在, 让那么多的人失去了那么多, 所以还有什么理由存活在这个世界上呢, 也许这只是一个梦, 你说白日梦都是因为内心的渴望。我承认这些确实是我所梦想的存在。那么如果有一个和我一样的人可以帮我实现, 为什么不呢? " 她对着空气流下两道泪水, "只要能让爱自己的人感受到幸福, 就足够了。其余的, 就算是自己永远也感觉不到这些, 可是只要内心深处明白他们都幸福了, 那么自己也不会觉得遗憾了啊。" 她轻轻地说着, 从四周的空气里缓缓响起铁链的声响, 她抬眼看了那些仿佛凭空长出来的铁链, 任由它们蜿蜒在她的四肢, 手脚和周身, 直到那些铁链将她层层包裹, 捆绑在虚无的空气里, 她发现自己的身体再也无法动弹半分。

那道冰冷的声音呢喃在她的耳畔, "既然如此, 那你就乖乖地留在这里沉睡吧。" 那种冰冷彻骨寒冷, 瞬间流淌进她的血液里。林可心缓缓回过头望着出现在耳畔的身影, 跟她一模一样的少女站在无尽的黑暗里静静地望着她, 若隐若现的白色雾气里, 少女的瞳孔渐渐清晰地显现在她的视线里。

是紫色的瞳孔, 犹如生长在深渊里的紫色水晶, 闪烁着来自于地狱的彻骨寒冷。

这个梦真长，简直比在魔界深渊待的那几千年还要长。伊米忒缇揉揉头发从床上坐起来，看了一眼窗外的天空。

竟然已经是晚上了，人界的晚上她并不陌生，之前自己还"活着"的时候，经常有事儿没事儿来晃悠一圈，有事儿是指帮主人抓人类回去喝血，没事儿是指自己想吃个人类什么的。

她最常去的地方是上海纽约伦敦巴黎这些地方，一则人多，二则质量上乘。不像那个只会笑嘻嘻地往深山老林钻的家伙，每次回去都被主人批评，可是每次都屡教不改照样往深山老林里钻，按照他自己的说法是，这是纯天然无污染的人类，可是伊米忒缇知道，那个叫白零的家伙不过是个路痴，一到城市就撞电线杆指的就是他。

"十几年没见了，也不知道那个家伙现在怎么样了。"她自言自语着，起身穿好拖鞋，面前的房门"啪"地被踢开了。

"睡睡睡，就知道睡，不饿吗？喊了你半天也不答应一声！"陌生的女人说着伸手戳向呆愣在原地的伊米忒缇的额头。

伊米忒缇缓缓地抬起头，对着面前暴躁的女人咧嘴一笑。

"再不吃饭都凉了！"陌生女人拖着她开始往外走。

伊米忒缇伸手握住她的手腕，站在原地一动不动，女人拽拉了几下发现完全无果，回头刚准备用手戳她额头，"傻站着干嘛，饭菜都……"

伊米忒缇冷笑一声，陌生女人话哽在喉头，惊慌失措地看着面前的伊米忒缇。

伊米忒缇冷笑一声，将她的手腕捏得咯咯响。

"啊，好疼！可心，快放开妈妈……"她下意识地往后退缩着，

却被伊米忒缇拽得更紧，手腕的骨骼拥挤着发出恐怖的声响。

"真是运气好，刚醒来就有人送上门来。正好解渴。"伊米忒缇缓步上前，"啪"的一掌击打在她的脑后，女人呜咽一声晕了过去。

伊米忒缇走过去，将女人拥在怀里，露出獠牙，俯身咬向昏迷的女人的脖颈。

门铃"叮咚叮咚"响了两下，伊米忒缇的动作忽然僵住了，她的鼻翼急促地耸了耸，回头看了一眼客厅的房门，皱眉呢喃："血猎的味道？"

她低头看了一眼晕过去的女人："现在的人类真是越来越胆大了，先去解决了那个血猎再说。"

周子敬站在林可心家的门外，修长的手指距离房门三寸的地方停滞着。走廊里的声控灯在达到时间限制后熄灭了，黑暗重新攀附在他的四周。

"先不要告诉可心这些事情。"维拉德的叮嘱历历在目。

他不明白这有什么不能告诉她的，难道是怕她看见斯沃德想起从前的事？或者，还有什么别的维拉德没有告诉他的秘密？

少年颀长的剪影融化在了黑暗里，一声轻微的叹息之后，他放下手指，双手插兜转身朝电梯走去。

门却在这个时候打开了，房内的灯光照进黑暗的走廊，像是一把切割开黑暗的光刀。

"喂，我都闻到你的气味了，你怎么又走掉了？要知道我等你敲门可是等了很久哪。"随着少女的声音响起，声控灯"噗"的一声亮起来，黑暗被重新驱逐。

周子敬保持着双手插兜的姿势，微微回头看向站在门口的林可心，"我……"他犹豫了一下，不知道该怎么解释自己的行为。

"找我？"少女嬉笑着几步走到他身边，伸手轻轻揽住他，她轻轻闭着眼睛，在他的锁骨旁吐气芳兰，白皙的鼻尖轻微触碰着他的肌肤，像是蜻蜓点水，轻微的喘息拂过他的胸膛，扫过一层层酥痒的涟漪。

周子敬推开她，尴尬地退后了一步："可心，你，你怎么了？"

"怎么？你不喜欢吗？"林可心倾身附在他的脖颈旁，像是一条灵巧的蛇。

"不是……"周子敬下意识反驳，林可心的身体却因为他这句话而与自己贴合得更加紧密了。她温热的气息喷吐在周子敬耳边："你想说什么？"

"我……"周子敬浑身一震，他有些推拒地扶着跟自己越来越近的可心，努力镇定心神，"那天的地震……"周子敬刚说到一半，少女再次厮磨了过来，柔软的嘴唇从耳根游移到他的脖颈，激起一连串轻轻的战栗，一阵眩晕自耳后根袭遍全身。

"可心……你！"周子敬推开几乎已经贴在他胸口的少女，这才注意到林可心的眼睛，"你的眼睛！"

"美瞳啊。"少女微笑着再次攀附过来，"不好看吗？"

"好……"周子敬一下子又被带进去，猛然反应过来，"你怎么忽然戴美瞳……"

少女的身体整个倒压在他身上，将他撞得连连后退，周子敬一手撑住少女的肩膀，身体紧紧贴着冰冷的电梯，少女仰起头，樱桃般的唇就要吻上他的脖颈，他结结巴巴地嗫嚅着，什么也没有说出来，只觉得身体和思维好像都已经不属于他。两抹红晕飞上他的脸颊，他往后仰着头，慌乱的眼神躲避着少女芬芳的呼吸。

他微微眯着眼睛，呼吸着近在咫尺的属于少女的体香，他撑着少女肩膀的手心逐渐柔软，他轻轻把手臂伸出去，揽住少女柔软的腰肢，漆黑的瞳孔低垂着扫视过那两抹紫色的瞳孔，他轻轻捧起少

女的脸颊，心脏跳得厉害，樱唇在他的视线里散发着诱惑的粉红，他低垂了薄唇，缓缓地靠近她的粉唇……

"叮！"电梯在这个时候开了。声控灯在电梯的声响里同时亮起。

"她不是林可心！"冰冷的吼声震得周子敬僵硬着要吻上去的动作，他一双手迅速地脱离了紫瞳少女的脸颊，喉咙干涩，一慌乱，忍不住干咳起来。

一道黑色的身影从天而降，寒光闪烁过伊米忒缇的身侧，她顺势环住周子敬脖颈，拖曳着他的身体，迅速后退着贴身靠在走廊冰冷的墙壁上。

昏暗的走廊里，黑衣少女微微喘着粗气，半截寒光若隐若现地流淌在她手中紧握的刀口上。黑衣少女缓缓抬起刀口，对准眉心，盯着双手死死掐住周子敬的伊米忒缇。

"又来了一个。很好。看来今晚能饱餐一顿了。还是人界好啊。可口的美味信手拈来。"伊米忒缇手下用力，周子敬很快露出快要窒息的表情。

"可心，你，你干嘛？"周子敬痛苦地伸出手，试图掰开伊米忒缇的手指，却被掐得更紧。

"她不是林可心。"薇璞的目光顺着流淌着寒光的刀刃望向用周子敬做挡箭牌的紫瞳少女。

"呵，竟然被你看出来了，"伊米忒缇没有放手，冷笑一声，"不过看样子，你也是血族吧？啧啧啧，好好的贵族不做，却做叛徒！"

"废话少说！"薇璞一声大吼，凌厉起身！

寒光闪烁，刀刃降临。

伊米忒缇嘴角闪过一丝诡异的冷笑："既然你想要，那就给你。"她手一扬，周子敬的身体像是一片落叶飘飞了出去，砸向劈开空气的刀刃!

飞跃在半空刺破空气的黑衣少女急忙旋转着收起刀势,与迎面而来的周子敬撞在一起,跌落在走廊里。

伊米忒缇冷笑一声,獠牙闪烁着嗜血的寒光:"说起来,我还没有试过只有四分之一血统的血族的味道呢。"

"叮!"电梯门缓缓打开。伊米忒缇往前的动作一滞。

维拉德从电梯里踱步走了出来,沉静的面容因看到现场狼狈一幕而脸色大变,他凝望着伊米忒缇的背影,不敢置信地喊了一声:"可心?!"

"阿鲁卡尔德……你终于出现了。我还以为你不会来了呢。"伊米忒缇怪笑着,她始终背对着维拉德,让人看不清她的表情。

维拉德几步上前,被薇璞挡住:"她不是林可心。"

维拉德疑惑地看看薇璞,又看看林可心,周子敬揉了揉脖子从地上站起来,薇璞指了指周子敬:"你相信林可心有力量对他做这种事情吗?"

"怎么可能……"维拉德喃喃自语,用力推开挡在面前的薇璞,凝视着她的背影,"可心,你怎么了?"

伊米忒缇苦涩地冷笑着:"看来就算是杀掉你最心爱的女人,还是无法在你的心里留下一点的印象啊。既然如此,那么又何必见面呢。"伊米忒缇说着,缓缓地回过头看着维拉德,"你不认识我了吗?阿鲁卡尔德公爵。"

"你,你不是可心!"维拉德迅速看了一眼站在他身后冷眼看着伊米忒缇的薇璞,薇璞缓缓地将寒光烁烁的刀神举到齐眉处。

"不要!不能伤害她!"维拉德伸出一只手臂,挡在薇璞面前。

"维拉德,你给我醒醒!"薇璞冷冷地说。

维拉德没有回头,他的视线黏着在伊米忒缇身上,沉声道:"我

知道，那确实不是可心的眼睛，相信我，我跟你一样不知道这到底是为什么，但是，请不要伤害她！"

"呵呵，看来阿鲁卡尔德公爵眼里只有这个愚蠢的人类的身体啊，那我就试试看毁灭这个身体，不知道能不能让公爵你想起一些关于我的事情呢？"

"你到底是谁？"维拉德握紧了拳头，他的声音在颤抖，"我不认识你。如果是我得罪了你，我可以做你任何想要我做的事情，但是请你，不要伤害她。"

"真是感人。那你求我啊。"那个少女像是个无辜的人类一样，如果不是紫色的魔瞳，维拉德几乎就要认为她是林可心了，可是她不是，至少现在不是。

"我求你，"他的肩膀微微战栗着，像是用尽了全身的力气在控制自己的身体，又像是任由那些弱小的本应属于人类的情绪占据他的身体，"我求你，不要伤害她。我可以为你做任何事情，任何。"

"连死都可以吗？"少女忽然问。

"维拉德！"薇璞上前一步，却被他伸出的手臂硬生生挡住。他示意薇璞不要说话，回过头看着伊米忒缇，"可以，只要你不伤害她。"

少女咯咯地笑起来："那你就那么确定我会守诺？你瞧，你们这里唯一可以当我对手的就是你，如果你死了，他们两个废物都不能把我怎么样。那我就算是不遵守诺言，你也没有办法。"少女说完骄傲地转过身，仰头看着走廊尽头的夜色，"要你死对我又没有什么好处，所以，等我想起要你做什么，再来告诉你吧。"她削瘦的背影缓缓走向走廊尽头的阳台，那里的窗口在夜风中无声地拍打着。

维拉德愣怔了下，看着少女扶着窗口，大喊一声，追了过去，"不要！"

少女的身影定格在夜色里，她定了定，微微回头，望着追上来的维拉德和周子敬，以及冷眼站在他们身后的黑衣少女，凄楚地笑了笑，"其实这个身体，还真是令人羡慕呢。"她说完，飞身跃出窗口，从五楼跳了下去。

"可心！不要！"周子敬飞奔向窗口，他的脑袋随着少女的背影消失在窗口而"嗡"的一下懵住了，他大口喘着气，趴在窗口，看着那道他再熟悉不过的身影在夜色中飘忽着落地，迅速消失在树影之下。

这……是……什……么……情……况！

"所以说，这个一定不是林可心。没有人类可以在五楼跳下去还能逃命，尤其是林可心。"薇璞将刀身缓慢地插进刀鞘中，藏进黑色的皮夹克里，傲人的事业线搭配着性感到爆的曼妙身材，她挺了挺胸，对维拉德说："我从大门去追，你去后门，我们在那条大街会合！"她指了指夜色中的街道，维拉德点点头。

周子敬看了一眼漆黑的夜色中的街道，他站在这个角度看过去，一片黑暗，全被郁郁葱葱的树影挡住了，根本看不清楚她指的是哪条街。

"我跟你一起。"他追上维拉德。

"不用了，你去房间内查看一下。"薇璞指了指大开的房门，"血腥味太浓重了，可能有人受伤。"

周子敬心里"咯噔"一声，"可是如果我不跟着去，他脖子上的项圈就会爆炸。"他指了指维拉德脖子上的黑色项圈。

薇璞定睛一看，维拉德脖子上的项圈闪烁着一层黝黑的亮光。

"不会爆炸的。"薇璞将如水的长发别成一个髻，刚刚的战斗让她的头发完全散落开来，"这是封魔银饰，是用来阻挡血族的气

息的。怎么可能爆炸。"

"啊?"维拉德和周子敬眼睛险些跌在地上。

"这种项圈,是用来阻止血族气息的,从而阻挡血族对加入工会的叛徒的追踪。"

"那这个是用来干嘛的?"周子敬摊开手背,戒指出现在薇璞的面前。

"这个我不知道,反正他这个是不会爆炸的,废话少说,你受伤了,这次临时任务你来善后,我跟维拉德负责追踪。"

薇璞说完没等周子敬有所反应,飞奔着消失在电梯里,维拉德回头对他点点头,"我会把带她回来的,放心吧。"说完转身也走进了电梯。

"叮。"电梯门关上的瞬间,声控灯时间限制已到,整个走廊再次没入黑暗之中。

他打了个响指,灯光亮起。空荡荡的走廊里似乎昭示着刚才的一切只不过是一场梦境,他的面前再次浮现出少女迷离的紫色瞳孔,以及芬芳的味道,血液"唰"的一下涌上他俊朗的脸颊,他甩了甩头,试图赶走这些画面。

如果现在有人开着一辆奔驰SUV,且速度在两百以上,那么他就会跟奔驰在市区的维拉德和薇璞同行。

"可心怎么会变成这样?"维拉德眉头紧锁,深红色的眼睛因焦急而变得更加血红。

"不知道,那个不是林可心,她的瞳孔是紫色的。"薇璞并不多话,冷冷答道。

"嗯,我注意到了,"维拉德眼望前方,他英俊的脸上浮现一抹哀伤,"紫瞳是高等级魔物的瞳孔颜色。可心她怎么会……"

"我也不知道。"薇璞打断他，"也许是被魔物附体，也许是被夺取了身体或者灵魂，总之，她现在已经不是林可心了。所以……"她转过脸看了一眼维拉德，"一定不能心慈手软。"

维拉德怔怔地看着身边黑衣少女决绝的模样，她如水的漆黑长发在风中飞散开来，黑色的身影矫健如影子一般，无声无息地飞奔着。

"记得会合的地点。"她叮嘱了一声，转身隐入夜色。

维拉德站在街道上愣了愣，随即跑向另外一条方向完全相反的街道，这条街通向街心公园，一到晚上公园关门，人迹罕至。作为魔物本能地会选择这样的地方去藏身，维拉德不禁佩服起来薇璞的明察秋毫。

他在公园的门口停下来，浓烈的魔物的气息萦绕在以他为中心的十米范围内，如果他没有猜错，紫瞳的少女应该在他的附近，他四下查看着，四周黑漆漆的，冷风飕飕。

他猛地抬头，两抹紫色的萤光闪现，血色的长剑自天而降。

寒光与血芒瞬间交织，飞溅出耀眼的火花。他看见薇璞的身影像是一只猫从他的面前闪过，生生将那道血芒格挡出七八米之外。

紫瞳少女手握血色长剑，站在黑暗笼罩的树影里，盯着黑衣少女缓缓地抽出插进树干里的半截武士刀，她伸出手缓缓地摸了摸被武士刀擦破的肩膀，舔了舔手心的血，脸上浮现一丝杀机。

维拉德看见薇璞的身体晃了晃，跌跪在地上，握着刀柄的手腕鲜血汨汨地往外溢。

"你怎么样了？"维拉德疾冲过去，俯身扶起薇璞。

"这就叫以牙还牙。"紫瞳少女笑嘻嘻地从树影里走出来。

"你到底是人还是魔？为什么你也会流人类的血液？"薇璞缓缓地推开维拉德，摇摇晃晃站起来，紧紧盯着紫瞳少女。

"你说呢?"紫瞳少女提着血色长剑,眼神却始终望着搀扶着薇璞的维拉德。"原来高贵的阿鲁卡尔德也会关心同类,我还以为他只会关心人类呢。"紫瞳少女嘲讽着,舔食着手心的血液。

"你到底是谁?"维拉德静静地看着少女舔舐着自己的鲜血,"如果是亲王的手下,请你放过可心,我可以束手就擒。"

"亲王?一个正常的魔族怎么可能忍受这种老东西的统治。"伊米忒缇说,"不过束手就擒可以考虑。投降吧,只要你投降,我就放了她,把你心爱的女人的身体还给你。"

维拉德紧握的拳头缓缓松开了,风从他的发间吹拂而过。

"维拉德,不要!她在欺骗你!"薇璞挣扎着想要再次站起来,双腿一软,瘫倒在地上。维拉德急忙扶住她。

"人类的身体太弱了,虽然是半血族,但被割到了血管,大概也会很快死掉吧?阿鲁卡尔德。如果你不投降,就别浪费我的时间。"

"我要杀了你。"维拉德手中的长剑赫然隐现。

"来啊。杀了我,杀了这具身体,你可就永远看不到你的可心了。"伊米忒缇冷笑道。

维拉德怔怔地站在夜色里,低头看着自己手里的宝剑,以及映在剑身上的紫瞳少女。他晃动了下剑身,银亮的月光一闪而逝,等他再定睛看向剑身,少女的身影已经消失不见。

一道凛冽的劲风擦肩而过,速度快得像是闪电,他听见薇璞痛苦地低吟一声,黑色的身影直直地被撞飞了出去,紫瞳少女迅速跃起,重新退回到之前的树影里。

"薇璞!"维拉德大喊一声。

黑色的身影直至坠入冰冷的湖泊表面。皎洁的月光里,一根黑色的长鞭蛇一样吐着信子,缠绕在他的脚边,巨大的力道扯得他在青石板路上滑出好几步,长鞭的尽头,黑色的身影虚晃一下,用力将自己甩出如镜的湖泊。

薇璞喘着细气，"啪哒"站在维拉德身前，黑色长鞭瞬间甩出，在长空中发出划破空气的尖啸声，长鞭尖上的银色倒刺倾轧进紫瞳少女白皙的侧脸，勾出一道鲜血，倒刺更加深入地植入她的皮肤。

"不要！"维拉德伸手握住了薇璞猛地抽回的长鞭。

"放手！她已经不是林可心了！"薇璞用力扯动长鞭，倒刺同时勾进维拉德的掌心。

"呵呵呵呵……真是感人的一幕。"伊米忒缇轻轻扯动着长鞭，倒刺带着汩汩的鲜血，她伸出舌头舔舐着自己的血液。维拉德怔怔地回头看着她，薇璞冷哼一声，抽回垂在伊米忒缇脚边的长鞭。

"如果你想任由她杀掉这具身体，那么我就成全你，从现在开始我不会还手。"伊米忒缇做了个鬼脸，笑眯眯地看着两个人。尽管是少女的笑容，但是在他们两个人看来，却是诡异至极。

"维拉德！"薇璞怒视着挡在她面前的维拉德。

"你流血太多了，快点离开这里吧。"维拉德低垂着脸颊，淡淡地对身后的薇璞说道。

"可是，如果失去了这次机会，也许可心永远都不能再回来了！"薇璞焦虑地看着伊米忒缇冷笑着缓缓转身的背影。

"我会找到她的。"维拉德抬眼望着伊米忒缇的身影。

"再不救她，不仅会失去什么可心，还会失去她哦，别怪我没有提醒你啊，阿鲁卡尔德。"伊米忒缇的身影没入黑暗中，回头对他露出闪亮的獠牙，"没有勇气杀掉我，那我可真的走了。"紫瞳少女收起血色长剑，身影消失在维拉德的瞳孔深处。

"快追。"薇璞虚弱地指着她的背影，她定定地望着维拉德，"不然你会后悔的！"

维拉德皱眉："你受伤了。"

"真的会死人的哦。"紫瞳少女的声音回荡在夜空中。

维拉德抱起虚弱的薇璞，最后回头看了一眼紫瞳少女消失的方向，转身往公园外走去。

"阿鲁卡尔德。"那个声音生硬地喊了一声他的名字，消失了之前的乖戾，取而代之的却是略带沙哑的沧桑。

维拉德静静地站住脚步。

"下次再见面，我们就是敌人了。"伊米忒缇淡漠的声音响起。

维拉德嘴角扯出一抹无奈的微笑："难道我们现在不是敌人吗？记住，不管你是谁，我会回来找你的，你最好，保障林可心的安全。否则，我会让你后悔来到这个世界。"

乌云从月亮上缓缓散去，淡雅的月华里，他的华发灿烂如珍珠般闪烁着精致的光芒。他低头看了一眼昏迷过去的薇璞，少女的脸颊静得仿若一泓高山湖泊。

月光皎洁，他的脸颊笼罩在月色里，温顺如小鹿，他感知到魔物的气息越来越淡薄，他知道她已经离开了。一抹深沉的忧伤扫过他绝美的眉尾，化作一抹青烟，在他鲜艳如红宝石的瞳孔里氤氲着。

他抿了抿薄唇，俊美的面颊被月光照耀得仿若璀璨的钻石，他轻轻地叹息一声，朝来时的路往回走，摇曳着长发的剪影在月光里像是一道清风，流淌过冰凉的夜色，美丽得像是从树身里钻出来的精灵。

穿着粉色的睡衣的身影自黑暗的树影下缓步走出，身边是公园里唯一的人工湖，月光碎了一湖，波光涟漪的月华倒映在她紫色的瞳孔里。她站在湖边，一直望着维拉德离开的方向，时间过去得好慢，她像是变成了北欧神话里那棵少女化作的桂树。

伊米忒缇从未感觉过如此彻骨的寒冷和孤独。

比魔界的深渊还要寒冷，比这几十年沉睡在人类的灵魂深处还要孤独。

继承了阿鲁卡尔德公爵seed的维拉德，应该也继承了他心底最深处的记忆，可是那个跟他几乎一模一样的少年，却一点点都记不起来她是谁。

难道就算她杀了他最心爱的女人，还是无法在他的心中留下一丝的记忆吗？

哪怕是恨。

记忆中的画面在这个时候纷至沓来。

她站在城堡走廊的尽头，老实说她很不喜欢城堡，她喜欢地狱深处的血海，温暖而又血腥，能给她安全感。但是城堡不能，城堡之后冰冷的巨石。布莱姆·阿鲁卡尔德公爵从走廊的另外一边走过来，走过她的身边，像是没看见她的欣喜和欲言又止。

既然你那么讨厌我，那我是不是用你所讨厌的样子出现，这样你至少会关注到我呢？

于是她收起少女害羞的欣喜；换上至强魔物的冷漠，"公爵大人这么着急，一定是因为亲王大人的召唤了。"

"是不是你告密的？"公爵大人站住脚步，声音比城堡的石头还要冰冷。

"不管是谁告密的，总之亲王大人已经开始着手处理那个人类女人和她的孩子的事情，公爵大人就不必费心了。"

"我会让你后悔的。"公爵大人的脚步声再次响起在走廊里。

"我也可以去帮公爵大人办事的，只要大人你看看伊米的心。"

"我倒是有兴趣看看你的心是不是黑的。"

她感觉到胸腔一阵揪心的疼痛，公爵大人的手紧紧钳住她的脖

颈, 燃烧的血色瞳孔像是鲜艳的灯笼, 散发着仇恨的光芒。

"我, 我只不过是, 想要帮你去救……我知道, 公爵是爱着她的, 可是, 我也同样……"

"啪!"公爵大人将她扔向走廊的墙角, "你根本不懂什么是爱。"

她终于明白为什么自己讨厌血族城堡了, 因为在这里住得太久了, 连带着她的爱, 也变成了冰冷的。她看见那个跌坐在冰冷的大理石地面的自己, 在看着公爵大人的背影时, 仇恨渐渐燃烧了她紫色的瞳孔。

魔族最强的战士, 拥有毁灭世界的力量, 如果不能爱, 那么就毁灭。

黑暗在这个时候侵蚀了她记忆中的画面, 她睁开眼看着湖泊里自己的独影, 眼泪掉落在湖泊里, 激起一圈圈的涟漪, 她恼怒地一拳打破了水中倒映着的脸颊, 那是一张哭泣的脸, 那不应该是她伊米忒缇该有的表情。她厌恶软弱甚于厌恶被遗忘。

可是就算是这样软弱的人类, 却获得了阿鲁卡尔德的全部, 包括他的生命。可她们丝毫不自知, 却以为从未得到, 梦想着那么多的虚妄。

她想起这具躯体曾经的主人是多么的软弱和虚妄, 那时她以为那个叫林可心的女孩是天底下最渺小的可怜虫一只, 可是现在, 当她看着水中自己的倒影, 才发现也许她才是她所认为的那一只被人踩在脚下的可怜虫。

纵使魔界最强的使魔, 拥有至高无上的力量, 又能如何?

那个你最珍视的人, 他还是从来不会看你一眼, 甚至, 根本就不记得你。

乌云遮住了月亮, 湖泊边的树林里树叶"沙沙"作响。

伊米忒缇警觉地看向身后，"谁？"

从树干后闪出一道身影，刺绣着血色凤凰的丝绸旗袍，黑色的纱衣在风中缓缓飘拂着，精致的面颊带着一抹冷艳的笑容，隐藏在扇子后面的双眸流转着夜的星光，贾思敏大人摇了摇扇子，盈盈莲步，朝她走来。

"主人。"伊米忒缇不敢置信地看着面前的女人。

"伊米忒缇？"来者故作惊诧，"你怎么变成小姑娘了？"

"我……"伊米忒缇也不知为什么会是这样。

"啧！"贾思敏收起扇子，正色道："见到主人，还不下跪？"

微风吹起，贾思敏大人漆黑如墨的长发如水般倾泻在风里，其中却夹杂着几缕淡金色发丝。

伊米忒缇深吸一口气，冷哼一声，"白零，你玩够了没有？"

"呵呵呵，始终是骗不到你呢。"贾思敏大人的黑色纱衣开始慢慢虚化，出现在森林里的变成了一道修长的身影，淡金色的长发闪闪发光，柔软的白色长袍随意地披在身上，他慵懒地揉揉额前的淡金色刘海，莲藕般白皙修长的手臂裸露在夜风中，银色的手镯在风中发出清脆的风铃般的美妙声响，一尾淡金色的发辫服帖地垂在胸前，宛如一尊古希腊的圣洁雕像。

"呜呜呜……我还以为见不到你了呢。"白零轻轻拽着缠绕在丝绸长袍腰间的金色纱巾，擦拭着眼角，好像真的在流泪。

伊米忒缇扶额，"奥斯卡今年没有给你真是他们的损失。"

"奥斯卡？"白零瞬间恢复常态，好奇地看着伊米忒缇，"好吃吗？"

"真是个吃货。"她撇下他，往树林深处走去，她可不想这个点儿忽然有个神经病出现在公园里，然后看见随时随地浑身闪烁着灿烂金光的白零，老实说，这家伙是不是属电灯泡的？难道电费不要

钱吗? 整天闪来闪去的, 也不怕闪瞎了别人的眼睛。帅就了不起吗? 就可以到处戳瞎别人的狗眼不负责任吗?

"说到吃, 主人最近都不怎么搭理我呢。"白零又开始哭哭啼啼, 但是到底有几分真假, 伊米忒缇可就不敢保障了, 反正这家伙一丁点小事也能擦眼角, 跟白零比起来, 伊米忒缇觉得自己其实更爷们一些。

"那就一定是你尽去深山老林抓一些所谓的绿色食品给主人送去咯?"伊米忒缇没好气地问。

"呀, 你怎么知道?"白零做惊喜状, "现在抓人都是赛勒恩特的责任了呢。不过, 幸亏主人又给了我一项新任务。"白零伸出一根手指, 笑嘻嘻地看着她, "就是来人界找你啦!"他揽住伊米忒缇的肩膀, "怎么样! 感动吗? 哈哈哈, 快点说你很感动!"

伊米忒缇皱眉, "我还以为是我找到了你呢。"

白零惊愕地看着她, "当然不是, 是我找到你的。你看, 按道理来说, 我都在这里找了你好几个月了, 而你肯定是第一次来, 对吧? 所以呢, 算是我找到的你。尽管, 我也只是迷路才走到这里呢。"

"……"

"不管怎样, 还是找到你了嘛!"白零笑嘻嘻地就差手舞足蹈了, 老实说, 伊米忒缇倒是有兴趣看金光闪闪的白零跳舞, 说起来, 白零还会人类的一种戏剧呢, 怪不得他老穿得跟个娇弱而又精致的花旦似的。

"你知道我现在是用人类的身体复活了吧?"

"知道呀, 刚刚人家都感觉到你的心跳了呢, 好激动哟!"白零牵起她的手, 被她甩开。

"那你知道像人类这么大的小姑娘夜晚是不会来这种地方的吧?"

“知道呀，所以我白天也来呢。”白零做了一个V字型胜利的手势。

“那你还在这种地方找了几个月！！！”伊米忒缇炸毛。

白零用雪白的衣袖掩盖着尴尬，“嘻嘻嘻，不过还是找到你了吗，你就不要生气啦。主人还在等着我们呢，要不我背你回去吧伊米忒缇亲亲。”

“不！用！”

“不要生气了嘛！”白零扯扯她的头发。

“啊！好疼！”

“呀，你变得好弱。”白零做惊恐状。

伊米忒缇真想一脚把这个鲜艳得浑身冒光的家伙踹到湖里去，“是人类的身体弱！不是我弱！”

“我知道，是人类的身体弱，所以你弱。”白零严肃地重复着，还一边望着天空，好像生怕自己说错了话。

“是她弱！不是我弱！”伊米忒缇指着自己的脸颊吼，她简直要被这个家伙搞疯了，她此刻真怀念那个黑衣少女的武士刀啊，还不如一刀劈死她来得痛快啊。

“哎！伊米！你怎么走了？你等等我呀，我的长袍有点绊脚，太长了，最近城堡来的那个裁缝手艺不怎么样呀，哎，你要不要做一身衣服？我最近在人界认识了很多裁缝哟……”

伊米忒缇终于明白为什么自己复活了好几天，都没有被白零找到了，而且，她也找不到白零……很简单，这家伙肯定是到处找裁缝店去定做什么华丽长袍去了。

维拉德怔怔地看着昏睡过去的林妈妈，满眼愧疚，“如果我不阻止小敬上来找可心，也许就能避免林阿姨受伤。”

　　周志远安慰性地拍了拍他的肩膀，"这是个意外。你我都知道的。"周志远看向周子敬，"小敬，我才出差两天，你给我解释一下，这到底是怎么回事？"

　　周子敬晃了晃手中的戒指，"你先解释一下这个。你知道不知道，因为你说它会爆炸，"周子敬指了指维拉德脖子上的黑色项圈，以一种无力的状态深吸一口气，看着老爸，"我有多紧张，上厕所都跟他一起。"

　　"唔，哈哈哈哈。其实你在厕所外面等，也可以吗！又不会超过距离。"周志远强忍着笑意，故作严肃地说道。

　　周子敬无力吐槽，"还不是担心爆炸！"

　　"其实你应该知道这个不会爆炸了，不然也不会这么问老爸啦。"周志远大大咧咧地揽过儿子的肩膀，大力揉搓着周子敬的头发，把他柔顺的黑发揉得乱七八糟，"你也知道，一个老男人，要关心一下晚辈，又碍着血族和血猎的身份，也难免不好意思，就只能用这种说法糊弄一下你们这些小孩子啦。不然多不好意思哈，哈哈哈哈。"

　　周子敬挣开他的束缚，"我不是小孩子。"

　　"嗯，一般小孩子都说自己不是孩子，但是这个事件明显是小孩子所为，"周志远看了一眼被揍得鼻青脸肿的林可心的妈妈，"维拉德，你解释一下吧。"

　　"可心的眼睛变成了紫瞳，然后我和薇璞去追，结果她伤了薇璞，还说了一些，"维拉德犹豫着。

　　"说了什么？"

　　"其实也没有什么。"维拉德看向周志远，"她好像完全变成了另外一个人。"

　　"可心跟我说那个是美瞳。"

"美你妹啊！"周志远一巴掌拍在儿子脑袋上，"我这么聪明，怎么生了你这么木头的儿子。"

周子敬撇撇嘴，"她还边往我身上扑边……"

"喂！睡醒了没有啊。"周志远木着一张脸，朝儿子吼道。

周子敬没有说话，双手插兜转身往门外走去，"不信算了。"

"看来这个事情相当严重了，"周志远对维拉德说，"我现在要报告给工会，在此之前，希望你们先保守可心失踪的秘密。"

"说到工会，周先生，我……"

"你不会是想要辞职吧？血猎是终生制，除非殉职，不然是不能辞职的，如果你擅自离职，就会被视为背叛。"周志远严肃地看着犹犹豫豫的维拉德。那表情似乎在说，小子你要是现在退出就等于是殉职啊。

对于周志远的警告，维拉德只是抬头淡淡地看了他一眼，然后说："我想去把可心找回来。"

"你去哪里找呢？"周志远抛出这个致命的问题，之所以致命，是因为谁都不知道答案。

维拉德沉默着低下了头，"我不知道，可我知道我不能什么都不做。"

"不，有时候等待也是一种作为。如果你为了可心甚至连命都可以不要，难道等待对于你来说比不要命还要难吗？"

"我也去。"周子敬忽然插话。

"别添乱好吗！"周志远一把拍在他脑袋上，回头立刻又换上长者的沉稳，继续对维拉德循循善诱，"况且等待也是现在最好的办法，维拉德，我们做一件事情，最重要的是要知道怎么去做。"

"你们人类有一句话叫救人如救火。"维拉德抬头盯视着周志远。

周志远不知道该说什么为好，他确实能理解维拉德的初衷，但是同时也知道维拉德现在擅自离开工会的后果是什么，"你想想，你现在背叛了血族，再背叛工会，就会腹背受敌，世界这么大，你找到林可心不会那么容易的，不然也不会这么几百年了你才能找到她，对不对？而且这次她还是被魔物绑架导致的失踪。其实时间对于你们血族来说不在话下，毕竟你们最不缺的就是时间。可你有没有想过，也许无头苍蝇一样寻找她的过程中，你就丧命了。如果有工会的帮助，资源也会多到你无法想象，找到林可心，怎么着也比你一个人快吧？"

"可是……"维拉德垂下了头，他确实没有想这么多，从公园回来，他像是个木头一样把薇璞送到医院，然后心里就只有一个想法，他要找到她，无论如何，他一定要去找她，就算是死掉，也要将她完好地找回来，毕竟这一切，都是因他而起。"周先生，我知道这样子你会很为难，对不起，可是如果我现在只是待在这里什么都不做的话，我会疯掉的，万一可心出事了，我一定不会原谅自己的，所以周先生……"维拉德欲言又止。

周志远拍拍维拉德的肩膀，"我完全可以体会到你的心情，"他顿了顿，忽然口吻变得悠远而又深沉，"很多年前，我也经历过跟你现在同样的处境。所以我知道你的焦虑和心情，但是相信我，维拉德，等待一定是目前最有效的办法。"

维拉德回头看了一眼周子敬，周子敬对他微微点了下头，回头问老爸："大概多久可以有结果？"

"最多三天吧。我会在工会把这次的失踪案件权限提高到最高级。"周志远说，他对周子敬使了个眼色，回头看向维拉德，"就这么决定了，你先和小敬要耐心点，这样子才能万无一失不失去救可心的时机。况且这次是森海的女儿失踪了，他一定会动用所有的权力去营救的，你们放心吧，也不要再有离开的想法，既然你们是我推荐进入工会的，我就一定会负责到底。我现在就去工会，你跟小敬要不要一起？"

"我去开车。"周子敬从茶几上拿出车钥匙，是那辆雷克萨斯跑车的，他狐疑地回头看向老爸，问了句："修好了？"

"修好了。"周志远正色道。

周子敬起身往门外走去，男人的声音轻声响起在他身后，"开着它回来的路上，总感觉那个叫雷公的家伙还坐在副驾上，开着粗俗的玩笑。"

废墟城堡，空旷的大殿里，高悬在头顶的白色繁复花纹古老而又神秘，隐隐昭示着这里曾经的强大和宏伟。在女王大人之前，也不知道这里已经经历了多少的血族统治者，他们也有庞大梦想，海般的野心。

他们一定也想象不到，几千年后，他们的城堡会有另外一个名字——废墟城堡。

伊米忒缇静静地跟在白零的身后，这家伙一路上就没有消停过，伊米忒缇的确想要把自己的鞋塞进这家伙喋喋不休的嘴里。但是看在他那张迷死人不偿命的脸颊也就算了。

大厅的尽头坐落着别致的楼台，亭阁高高矗立在楼台之上，四周垂了轻薄几近透明的帷幔，一袭红衣包裹着女子纤细的腰肢，她静静地站在那里，烛光在她细致的脸上摇曳着跳动的阴影，红唇在烈焰里燃烧着。听到背后的声响，女人缓缓地回头，垂手握着的折扇掩在唇角，望向徐徐走进来的伊米忒缇和白零。

"伊米，你回来了。"贾思敏冷眼注视着面前的伊米忒缇。

伊米忒缇恭敬地鞠躬，"主人。"

　　贾思敏大人施施然走过来，红色的丝绸长袍，黝黑的里衬，长袍上缠绵厮磨的火凤凰婉转轻盈，似乎只要穿上这身华袍的女人抖抖衣袂，凤凰就会腾空而去。

　　伊米忒缇将视线从面前女王红色的绣花鞋上移开，抬头亲吻着贾思敏伸出的玉脂般的手背。

　　赛勒恩特和弗里西亚静静地跟在她的身后，审视着她自己。

　　怎么? 她难道成了这座城堡的敌人吗? 要知道，当年她跟主人一起奋战的时候，他们还不知道在哪里呢。

　　贾思敏的怀抱如期而至。她的身体纤细而又冰冷，像是一抹游弋在冰山万米深渊里的一缕风。伊米忒缇感觉面前的主人开始虚化，直到整个世界都变成了漆黑的深渊，狂风暴雨夹裹着彻骨的寒意，割裂了贾思敏的衣袂。

　　伊米忒缇发现自己站在黑暗中，而贾思敏的身影像是一尊矗立在黑暗中的精美雕塑。狂风袭过她衣袂，闪电撕裂了长空，她听见贾思敏的笑声渐渐从世界的尽头传来。

　　"谁能逃不出我的手心? 呵呵呵呵……"女王大人的声音自黑暗中溢出。

　　一道闪电劈开黑暗，雕塑狰狞的面孔映进伊米忒缇的眼眸，伴随着一声阴冷的厉喝: "你们以为我只是想推翻亲王的统治吗?!"

　　伊米忒缇感觉胸口被强大的黑暗压得喘不过气来，直到女王的冷笑近在咫尺，"三界统治者如果是一个女人的话，不知道那些臭男人会怎么想，哈哈哈哈……"

　　时间瞬间扭转，黑暗顷刻间缩进她的眸子里，伊米忒缇怔怔地松开贾思敏的手背，她轻微晃动下，尽量让自己站起来的姿势看起来自然一些。

　　"怎么了?"贾思敏狐疑地看了一眼面前的使魔，"人类的身体还没有适应吗?"

"是,是的。"

伊米忒缇握紧了沁出一层细汗的手心,"人类的身体,太弱了。"她恭敬地低头。

"没办法,当时匆忙,等时机成熟,我会帮你找到更加强大的身体。"贾思敏冷眼瞄了一眼低头的伊米忒缇,转身走上高阁,长袍拖曳出透迤的妖冶。

伊米忒缇在心中长出一口气,虽然她的能力是感知人的内心,可是在契约里明明写明了她不可以感知主人的心智啊?为什么此刻……难道是这具人类躯体的原因?

"啪啪啪。"大殿里响起清脆的鼓掌声,只有一个人的掌声,单调而又诡异。贾思敏放开伊米忒缇,指着拍手的人,"这是威卢斯,就是他在最后一刻把你的灵魂放到了你现在的身体里。"

威卢斯笑眯眯地盯着她,伊米忒缇看向他肩膀上捂着一只眼睛宛如海盗的诡异布娃娃,分明听见他在尝试跟她的心灵感应接触。她起初还在抵抗,随即又邪笑着接受了对方的接触,她倒是想要看看这个家伙到底在耍什么心机。

戴着金丝边眼镜的男人扶了扶镜框。握起她的手背,绅士地吻了吻,"能为伊米忒缇服务,是我威卢斯的荣幸。不过找到这具跟你的灵魂契合的身体,可是费了我不少精力。你可别再死了,要好好珍惜生命哦!"与这句话同时响起的,还有只有伊米忒缇才能听到的威卢斯狡诈邪魅的声音——"如果你还想活着,就最好不要让你的主人知道你的能力有所突破。"

怔愣一秒,伊米忒缇眼中寒光闪过,瞬间却又消散于无:"那我真的要谢谢阁下您了。"她轻轻笑道。

威卢斯轻轻触摸着她的指尖,嘴角挂着一抹邪笑,"虽然是以

人类的身体复活，不过能力没有减弱吧？要知道，心灵感知可是非常少有的能力呢。"

伊米忒缇微笑着抽回手，心里却在疑惑，他到底对自己做了什么？为什么又要我隐瞒主人？

贾思敏坐回王座，赛勒恩特和弗里西亚站在她的身边，注视着站在台下的威卢斯和伊米忒缇。

"接下来，让我们讨论讨论，关于我们可敬的亲王的事情吧。"贾思敏微笑着说完，轻轻抿了一口青花瓷杯里的鲜血，樱唇在血液的滋润下，更加鲜艳红润，就像是带刺的血色蔷薇，盛开在阴暗的角落里，隐隐散发着危险的气息。

虽然身为她的使魔，但伊米忒缇非常确信，只要自己敢伸手冒犯她，她就能要自己的命，而就在刚刚，自己却分明违反了契约而探知了她的心灵，如果让她知道的话……伊米忒缇静静地看着微笑的贾思敏大人，眼中闪过一丝寒意。

最好，永远也不能让她知道。

Chapter 9

第九章

维尔利特的苏醒

　　夜幕在如镜的湖面洒下淡淡的星光，青墨色的石板路间，白衣飘飘的少年像是消失了羽翼的天使，柔软的长发缠绕在风中，明亮如星光的眸子静静地望着静宜的湖面，优美如蔷薇的唇角，细致如白瓷勾勒的脸颊，英挺的眉头微微皱着。

　　他像是矗立在湖边的高贵优雅的古希腊俊美雕像，风一过，湖里的倒影在月光下碎成了一湖璀钻。

　　周子敬徐徐走到他身边，双手插兜，顺着他的目光望着湖对面的树影。

　　"开车出来发现你没在了，老爸说你向着公园的方向走的。"周子敬淡然道。

　　"可心就是从这里离开的。"维拉德静静地望着湖对面那片漆黑的树影，晚风将他的银色长发扬起在空气里，也将周子敬漆黑的刘海吹拂过耳根，两个少年俊美的脸颊在月光中散发着月华赐予的空灵。

　　"她不是可心。"周子敬说。

　　"除了紫色的瞳孔之外。"维拉德补充。

周子敬语塞，对于魔物的瞳孔，他知之甚少，在工会学到的那点知识，根本不够他去发挥，更何况银狐老师打听他老爸行踪的热情要远远高于教授知识的行动。

"你说得对，她不是可心。"维拉德淡淡地对他笑了笑。

"这件事不怪你。"周子敬蹲下身，从青石板路上捡起一颗小石子，顺着湖面扔了出去，"如果当时你不撤退，薇璞会因为失血过多而丧命。毕竟只有四分之一血统的血族，还是不能跟身为公爵继承人的你相比。"

"可是我却放走了可心。"维拉德低垂着眸子，"现在，怎么找到可心，去哪儿找，我一点儿头绪都没有。我真没用。"

"我也不知道可心在哪。"周子敬轻声道，夜风穿过他海水般湛蓝的卫衣，丝丝凉意缠绕着他裸露在空气的锁骨，"我们能做的只能是等待，等到工会的调查结果出来。"

"可是万一迟了呢？"维拉德猛地回头盯着他。

"那你说，我们现在该怎么办？"周子敬问。

维拉德深吸一口气，轻轻叹息着，重新望向湖面，"也许你是对的，难道你就不担心吗？"

"我很担心。"周子敬说，他停顿了一会儿，接着说，"我比任何人都担心，甚至比你还担心。"

维拉德怔怔地看着他。

"从小到大，这是她第一次离开我的视线。我是指，第一次，我知道明天一觉醒来，我不会知道她在哪儿，在做什么。"周子敬低头捡起一颗小石子，再次扔向湖面。

维拉德忽然觉得这个画面好熟悉，在他的记忆深处，这样的场景不知疲倦地演绎着，一遍又一遍。在很多很多年前的那些夜晚，那个叫特瑞的小男孩和那个叫玛丽的小姑娘，也是这样坐在淡雅的

星空下，两双小脚哗啦啦地插进小湖泊里搅动着，青草的露珠倒映着他们天真无邪的笑脸，爽朗的笑声逗得漫天的星辰也眨巴着眼睛，好像比他们还欢乐。

"特瑞今天很棒哦。"小姑娘鼓励地对小男孩挥舞了下拳头，小小的马尾在她的脑后开心地摇晃着。

"可是还是最后一名。"小男孩的笑容瞬间消失了，从身边捡起一颗小石子，扔向湖面，"我跑不过他们，他们都跑得太快了。"

"但是这一次特瑞跑完了全程啊！"小姑娘握着小男孩的小手，喜笑颜开，"不要不开心啦，在玛丽看来，今天的特瑞是跑得最努力最精彩的那一个哦！"

小男孩感激地看着小姑娘，小姑娘笑嘻嘻地将一颗小石子塞进他手心里，"好啦，我们来比赛看谁打水漂最远！"

"好哇！"小男孩开心地拍起手来，两个人跳起来，小脚丫踩在夜晚青草的露珠上，小石子嗖嗖地在空气里划出优美的弧线，在湖面上荡漾起一圈圈的涟漪，星光下，月光里，咯咯咯的笑声此起彼伏。

小男孩忽然发现脖子上多了一条毛茸茸的围巾。

小姑娘羞报着一张小俏脸，"虽然，不太好看，但是也算是礼物啦！玛丽一直知道，特瑞会有一天坚持跑完全部比赛的，就算是最后一名也会坚持到底。所以很久之前就准备了这份礼物。"

小男孩抚摸着脖颈上毛茸茸的围巾，定定地看着面前的玛丽，他抿着嘴唇笑了笑，伸出手去轻轻握住小女孩的柔软的掌心，"谢谢你，玛丽。"

维拉德伸出掌心，修长的手指被皎洁的月光所包裹，细致如白瓷的肌肤在月光里甚至闪烁着晶莹的光芒，他怅然若失地看着掌心，似乎想起了什么，嘴里呢喃着周子敬听不懂的话，"玛丽，谢谢你……玛丽，你在哪？"

"那个玛丽是谁？"周子敬犹豫了下，还是问出了口。

"是一个失去过的人。"维拉德对他笑笑，收起掌心，"是从前的可心。"

维拉德偶尔晚上会做梦，也会说梦话，辗转反侧絮絮叨叨。周子敬睡觉一向很轻，一点风吹草动就醒转过来，好几次听见维拉德说什么前世，玛丽可心什么的。久而久之，竟然在内心深处也认同了这个血族少年寻找可心的初衷。

"能找到的人很幸运，所以一定要珍惜。"周子敬说。

"可我却又把她弄丢了。"

"我们一定会找到可心的。"周子敬说，"就像你这么多年来所做的那样去找到她。"他回头认真地看着维拉德，"至少不像一些人，永远不知道失去了什么，所以也无从去追寻。这大概才是最痛苦的吧。"周子敬静静地说着，黑曜石般的眸子忧郁地望着夜色，俊朗的面颊微微仰起在月色里，点点星光像是萤火虫般飞扬在他眸子里。

维拉德怔怔地看着他，少年优雅的笑容欣慰地荡漾在夜色里："小敬今天好像变了一个人。"

"我，我一直是这样。"周子敬有些不自然地轻咳一声，他转身沿着青石板路往回走，蓝色的卫衣隐没进夜色里，走了几步他回头看着依旧站在湖边顾影自怜的维拉德，"站在这里可找不回可心。"

"我已经把可心的事情一五一十地报告给工会，他们目前给出的答复是，很大几率是被魔物附身，大概是被某个失去了身体的魔物的灵魂掌控了精神。如果是这样的话，应该暂时不会有什么危

险，毕竟失去了附身的身体，魔物的灵魂也会随之灰飞烟灭。"周志
远摁了一下手中的遥控器，停在工会门外停车场上的雷克萨斯跑车
在夜色中闪烁着尾灯。他抽了一口雪茄，拍拍维拉德的肩膀，"这不
是个小事情，工会非常重视。"

"那我们现在该做什么？"周子敬冷静地问。

"现在吗。"周志远看了一下手表，"嗯，我打算去酒吧喝一杯，
鉴于你们还是未成年，我就不带你们去了。乖乖回家等工会消息
吧。"周志远得意地瞅了一眼儿子，"我先送你们回家，记住千万不
要擅自行动，不然可能会增加一些不必要的……"

"哇！小敬！小维！"停车场上忽然想起一声尖叫，老实说，把
这三个男人给吓了一跳。

"谁？"周志远咬着雪茄粗声粗气地问。

停在身边的红色法拉利摇下车窗，祝瑞瑞的面孔喜笑颜开地出
现在三个人的视线里。

"好久不见！好想你们哪！"祝瑞瑞伸手扯扯维拉德的长发，
"哎呀，维拉德又变帅了！"她转头看看面无表情的周子敬，"小敬
更酷了！"

"咳咳！"周志远使劲干咳了两声。

"周前辈也更加有男人味啦！"祝瑞瑞心领神会地接茬。

周志远满意地笑了笑，"这么晚了，你们刚出完任务吗？"

"是啊，准备回家呢，就遇见了你们。我说呢，左眼皮一直跳，
肯定是有好事。"祝瑞瑞发出爽朗的笑声。

"刚刚不是右眼皮吗？"坐在驾驶座的诸葛渊直视前方，不屑
地嘀咕着。

祝瑞瑞根本不理睬他，只顾着邀请周子敬和小维去咖啡馆喝
一杯，聊聊天。

"我就不去了。"周志远摆摆手，对小敬说，"等会你们自己打车回家吧。晚上给我留着门。"

"嗯。"周子敬看着老爸的身影消失在雷克萨斯的车门旁，发动机轰鸣的声音随即响彻停车场，耀眼的车灯旋转着从停车场上空迅速扫射过，红色的尾灯闪烁了两下，像是一尾黑色的鱼，灵巧地穿梭过满是车子的停车场，以百米加速维持在五秒之内的疾速消失在停车场的夜色里。

一路上祝瑞瑞问东问西，周子敬一一作答。祝瑞瑞忽然想起什么，大惊失色，"啊！我说怎么从看见你们就觉得怪怪的，但是一时半会儿又懵住了。原来是少了一个人。可心呢？"

"可心她……"维拉德犹豫着。

"可心爸爸最近要去一趟美国，做一个任务，就把可心带去了。"周子敬接话。

"美国？"祝瑞瑞疑惑地重复着，随即羡慕嫉妒恨地双手捧心，"我也好想去美国啊。阿渊。我们去美国吧。"她转头问诸葛渊。

"如果你去美国的唯一目的是看贾斯丁比伯的演唱会，那么我还是那个答案。钱是我们共同赚的，你可以拿自己的那一部分去，反正我不感兴趣。"

"喂！俗不俗啊，跟姐姐提钱。"

"我不是你弟弟。"诸葛渊说着率先踏入茉香坊。

"真是小气鬼！"祝瑞瑞冲诸葛渊做鬼脸，进门的时候又悄悄对维拉德说，"等会不论阿渊说什么，你都别生气呀。"

"不会的。"维拉德浅笑着，樱唇如花，祝瑞瑞嘿嘿咧嘴笑了笑，刚准备踏入茉香坊，回头看见周子敬脸颊红红地站在门口，局促地深呼吸着。

"他怎么了？"祝瑞瑞指指行为怪诞的周子敬，问维拉德。

　　维拉德神秘地笑笑，附在她耳边轻声呓语，"也许是因为茉香坊新来的那个人吧。"

　　周子敬进门就听见絮絮叨叨的，"欢迎光临茉香坊，欢迎光临茉香坊，欢迎光临茉香坊……"

　　祝瑞瑞捂嘴偷笑，对维拉德说："不会是因为这个家伙吧？"

　　维拉德顺着祝瑞瑞所指的方向看去，青蓝色的中式长衫，优美颀长的身材在青衫的包裹下显露无遗，俊美的脸颊倨傲地注视着前方的空气，青衫落落，光芒似湛蓝的海洋般清朗。但是此刻"海洋"正机械地重复着那句"欢迎光临茉香坊"，端着放着茶水的盘子在餐厅里走来走去，于是海洋瞬间狂风暴雨，让人无法直视。

　　"当然不是……"维拉德尴尬笑笑，"小敬不会喜欢男人的。"

　　"那可说不好。"祝瑞瑞轻笑，眼看着周子敬从"海洋"帅哥身边擦肩而过，她瞬间捂住脸颊，激动得像是看见了偶像的小粉丝。

　　"怎么了？"周子敬入座，问表情夸张的祝瑞瑞。祝瑞瑞只是笑笑，周子敬疑惑地看向她的目光所在，于是他也发现了那个机械地跑来跑去像个复读机一样的家伙，"那个人是？"

　　"新来的吧。"维拉德尴尬地接话，"不过为什么看起来有一种熟悉的感觉？"

　　"有了这种帅哥机器人服务员，老板再也不用担心服务员不热情了……"

　　"斯，斯沃德？"周子敬不敢置信地看着面无表情走来走去的机械服务员。

　　"哇！好帅！果然你没有骗我哟！"

　　"是吧是吧！我就说嘛！"

　　"呜呜呜，人家不行了，快扶住我！我腿好软！"

　　咖啡馆门口忽然出现的一队中学生小姑娘用夸张的表情，十足的粉丝像打断了周子敬的疑惑。

"这是去韩国整容了吗？"周子敬看着斯沃德。斯沃德的目光扫过周子敬，闪过一丝敌意，随即又恢复机械，从他身边踩着小碎步走过。小女生们围绕着桌子坐下来，招手喊斯沃德过来服务，罗兰的身影从柜台后浮现，走过去应酬，小女生们不无失望，开始四下打量，于是她们瞬间发现了在罗兰出现的瞬间就开始血压上升的周子敬和银发飘飘的维拉德。

"啊！我没看错吧！那两个更帅！"

"我喜欢银毛的！"

"……"维拉德捂住头发。

"我喜欢黑毛的！"

"……"周子敬冷冷地别过脸，把更加冷酷的背影留给花痴们。

"喂！你们要有点出息好不好！怎么能见一个爱一个呢！爱就要全部都喜欢嘛！"女生中的领头人站起来挥舞着拳头说。

众人默默囧。

"现在的小女孩子真的是什么人都敢喜欢，也不怕被吃了。"诸葛渊冷冷地斜睨着维拉德。维拉德想起刚刚祝瑞瑞的那句话，于是他微笑着看看诸葛渊，诸葛渊冷哼一声别过脸，"我去开车，累了，我要回去。"

"喂！好歹征询一下我的意见吧！那车子也有我一半的钱！"

"俗。"诸葛渊扔下一句话消失在咖啡馆。女生们对这位小正太免不了一阵评价。

"那我也先走啦！两位美男，祝你们今晚玩得尽兴哟。"祝瑞瑞坏坏地笑笑，做了个鬼脸，跟着诸葛渊跑了出去。

周子敬尴尬地挥挥手，低头抿了一口咖啡。维拉德的目光从柜

台处的罗兰身上移开，面带忧色，"现在可心失踪了，维尔利特又是那个样子，真不知道这一切是怎么回事。"

"什么？"半天都在走神，只要罗兰一瞧这边就赶紧低头抿咖啡，只顾着脸红的周子敬终于神游太虚完毕，回到现实世界。

"斯沃德怎么变得这么白了？作为使魔的他，体色一直是青蓝色的啊。"维拉德看着机械地在小女生的围攻下，拿着小本子记下女生们的要喝的东西的斯沃德。

"也许是抹了很多粉吧。"周子敬回头看了一眼斯沃德，"为了掩饰体色，粉抹得有够厚的。"

"主人，这是她们想要喝的。请您过目。"斯沃德把小本子放在站在柜台后的罗兰面前。

"别叫我主人！说过多少遍了！叫我罗兰！罗兰！"

"是的，主人。"斯沃德拿走罗兰放在他面前的瓶瓶罐罐。

"不准叫我主人！"罗兰抗议。

斯沃德回身鞠躬，"好的，主人。"

罗兰扶额。

周子敬也扶额，"这真的是斯沃德吗？"

"顾客朋友们，我们店快到打烊时间了。请大家谅解。"

那一队中学女学生们闹闹嚷嚷出了咖啡店，站在门口观望里面正在收拾桌椅的斯沃德，更多的则是对起身走到店门口的周子敬和维拉德的指指点点。

路过柜台的时候，涨红的脸的周子敬忽然回头盯着罗兰，罗兰也盯视着他，两个人足足盯视了半分钟。

"把你的电话号码给我。"周子敬平息了一下呼吸，终于开口，神情严肃，俨然是查户口的警察叔叔。

"什么？"

"请把你的电话号码给我！"周子敬提高了声音，好像把电话号码给他是一件再天经地义不过的事情。

"为什么？"罗兰撇撇嘴，"我又不认识你。"

"这样你有危险就可以打我电话了，身为血猎工会成员，我们有责任保护每一个人类。"周子敬说。

"神经病。"罗兰回身收拾柜台。

"保护每一个人类是我们的责任。"周子敬重复着，连他自己也感觉这句话重复得很无力。

"哇！大帅哥追求小萝莉，我最喜欢的戏码。萝莉配冷酷男什么的组合最有爱了。"玻璃橱窗外的小女生笑嘻嘻地指着周子敬。

"喂，你真白目，帅哥有喜欢的人了是一件多么让人悲伤的事情啊！"领头的女生再次发表自己的高见。

众女生默默囧。

"我的主人不需要你的保护，我会保护好她的。"斯沃德不知道什么时候飘忽在他身后，冷不防吓了周子敬一跳，他当然忘不了那个雨夜，他握紧了拳头，维拉德急忙上前，分开他和斯沃德的距离。

"保护你妹，整天保护来保护去，给我去刷盘子洗碗！"

"是，主人！"斯沃德默默抱着碗碟退后。

"我们走吧，使魔是不会认错主人的，有斯沃德保护，我们都可以放心的。"维拉德说。

周子敬深吸一口气，双手插兜随着维拉德往外走去，走了两步，又回身从口袋里掏出手机，递给罗兰，"还是把号码给我吧。虽然说使魔是不会认错主人的，但是万一错了呢？到时候就不只是那天的危险了，这个在你身边的家伙就像是一颗定时炸弹。"

"真的不会认错的……他们签订了契约的，有一种天然的相互

感知的能力的。"维拉德解释着。

周子敬收回手机，回头对维拉德说："我见过维尔利特，根本不是罗兰这么可爱的女孩子，虽然她们长得一样，但是给人的感觉却是完全不同的。罗兰这么可爱的人类女孩，怎么可能是吸血鬼？"

维拉德浅笑着，"你是说……"他指指站在周子敬身后的罗兰，"她可爱？"

周子敬脸色"唰"地再度刷新红色记录，"我，不，我是说，她不可爱，啊不，是可爱，不是可爱，是不太可爱，不对是有点可爱，……"

维拉德对罗兰无奈地耸耸肩，罗兰低垂着脸颊，忽然嘴角荡漾起一抹不易察觉的微笑，一闪而过之后，她从周子敬手里拿过来手机，低头摁了几个数字，递给周子敬，"好了，我们打烊了。"

"谢谢你能理解我们的职责。"周子敬红着一张可以直接扔大马路上指挥交通的脸颊，认真而又严肃地收起手机，尽量镇定地转身，然后，一头撞在了玻璃门上……

众人直愣愣地看着他呆愣在原地搔搔脑袋，回头对众人致意，冷静地咧嘴微笑了一下……在众人目瞪口呆的愣神里，他迅速地拉开玻璃门，夺门而逃。

维拉德对罗兰讪笑两声："好像还是第一次看见他这么紧张呢。那个，"他不好意思地笑笑，"其实他平时很酷很冷静的……"眼看着解释也没有意义，面前的罗兰已经摆出了一副有事没事赶紧走你，我们要打烊了，你再解释下去就把你踹飞的表情，于是他微微一笑，又看看正在紧张地刷盘子洗碗的斯沃德，"斯沃德，她就拜托给你了。"

正在忙碌的斯沃德左右开弓刷着碟碟碗碗，听见维拉德说话，急忙转身恭敬地鞠躬，"好的，维拉德男爵。"

维拉德认真地看着收拾柜台的罗兰："要照顾好自己,有什么事情就打那个电话。"

罗兰不耐烦地摆摆手,"有进步,这次不用叫姐姐这么老土的搭讪方式了。改用别人的电话了。"

"不是的,是他自己找你……"

"好了不用说了,我们要打烊了。"

维拉德讪笑两声,周子敬的声音响起在门口:"电话都帮你要了,还不走。"

维拉德第一次觉得自己好像有点口渴,而站在门口的那个神气的家伙,貌似味道还不错。

罗兰定睛看着忙碌的斯沃德,双手托腮看着橱窗外寂静的街道,偶尔有一两个行人行色匆匆,期间还有两个人走到店门口,不过都被她摆摆手拒绝了。

"打烊了,明天再来吧。真的不好意思了。"少女甜美的声音搭配可爱的笑容,虽然是被拒绝,客人们也好像是春风拂面,而且坚信明天一定要来光顾才对得起今晚的拒绝。

是这样的平淡的生活,除了记忆深处的空白,但是不用力去想的话好像也不会太在意。真的是好奇怪,她曾问另外一个服务员,如果自己想不起来从前的自己的生活,会是什么感觉?

"你说的是失忆啊!这太可怕了。"女伴大惊小怪,随即又歪头想了下说,"不过如果真的失忆了,大概也不会想起自己曾经失忆过这种事情吧,那么说起来,好像也不会有什么过激的反应,除非有人跑过来跟你说你失忆了,而你也相信自己真的失忆过。"

那么知道自己失忆了,而且想不起从前呢?

"那就不知道了。可能要等我真有那么一天才会吧。不过话说

回来, 罗兰, 你最近是不是韩剧看多了。"女伴挠她痒痒, "你们家丝丝真勤快啊, 我要是也有个仆人该多好, 还跟你玩COS, 整天以为你是吸血鬼他是恶魔, 真好玩。"

罗兰觉得自己都要疯掉了。

如果不是亲眼所见, 她也不相信那个正在刷碗, 简直比儿子还听话的家伙, 竟然是个恶魔。可是那一幕始终是印在了她现在的记忆里, 他张开黑色的羽翼, 飘飞在空中, 还有那只萝莉小兔子, 暴躁而又可怕。再加上, 那个银发的家伙天天喊她姐姐, 难道她真的是他姐姐不成? 当然, 还有那个木头一样来要电话的周子敬……是真的为了保护她索要电话号码? 还是?

罗兰脸色红红的。

"主人, 全部做完了。我们可以回家了。"斯沃德恭敬地鞠躬。

罗兰发现这家伙特别勤快, 而且做事又仔细, 能力又好, 简直天生就是干服务员的料子。

她没有想到的是, 服务员晚上刚进寝室第一句话就是, "主人, 我帮你更衣吧。"

"不行!"罗兰拒绝, 将斯沃德挡在门外, "我自己穿衣服就可以, 还有就是以后都不准叫我主人, 不准鞠躬!"罗兰关上门, 站在镜子前, 脱下外套, 只穿着一件粉色的小旗袍。

"主人长大了啊。"那个家伙在门口喃喃自语的声音让她想要打开门踹他一脚, 难道从前都是他给她换衣服吗? 罗兰宁愿不要想起从前的记忆。

"轰隆隆……"巨大的颤动让罗兰险些跌倒在地, 她扶着镜子, 发现身后的衣柜"啪"的一声倒在地上, 紧接着是更加剧烈的颤动。

地震了吗?

房门被一股巨大的力道击飞，摔碎在墙壁上，斯沃德的身体随之沿着之前门的轨迹摔在墙上！

罗兰大惊失色，这怎么可能是地震？龙卷风暴？

"嘻嘻嘻。"诡异的小姑娘的笑声。

"嘿嘿。"还有闷闷的笑声，仿佛憨态可掬的某种玩偶发出的。

"没有想到你们竟然还待在这里，真是不把我蕾贝卡放在眼里啊，那今天就让你们最后看我一面吧。嘻嘻。"兔子耳朵的小姑娘伸手拽了拽自己的兔子耳朵帽子，亮出了巨大的匕首。

"主人！不用管我！快跑！"斯沃德一跃而起，挡在蕾贝卡面前，大喊一声，回头看向身后，空空如也……

"哈哈，她可是真的没有管你哦。"

"我不会让你伤害我的主人的！"

"身为使魔，忠于主人，很好很好，至少比你好，泰迪！"蕾贝卡忽然转换了话题。站在她身边的泰迪熊撇撇嘴，伸手摸摸毛茸茸的鼻子，闷声闷气地问："我怎么了？"

"你都不帮我！还发呆！你忘了这个家伙的什么异次元了吗？"

"你不是说你不怕他的异次元么？而且发呆的是你吧？"泰迪熊揉揉耳朵，不满地说。

"我当然不怕！"蕾贝卡笑嘻嘻地执着匕首，"我今天就是来要他的命的！"

"不知道是谁一直在那里哭啊哭的，连浑身垃圾都顾不上清理。"泰迪熊吐槽。

"呜呜，你不帮我，你还长他人威风。"小姑娘说着就真的蹲下来抹鼻子。

"好了啦好了啦，帮你啦。"泰迪熊走过去拍拍她的小脑袋，随

即劈开毛茸茸的小短腿，挡在斯沃德面前，张开三瓣嘴，一阵猛烈的风顿时席卷着从它的身体里直贯而出！

斯沃德亮出双臂利刃，俯冲向泰迪熊，他明白这种变身宠物变身之后的威力，最好的办法就是在它变身之前阻止它，不过在他冲向它的瞬间，他忽然发现他的目标消失了，紧接着他看见一头足足有一栋城堡那么大的黑熊，嘶吼着，双眼里喷着血色的赤光，一双厚如山石的巨掌朝他拍下。

　　漆黑的胡同里，她觉得自己再跑一步就会窒息而死。

　　罗兰掏出手机，身体靠在墙壁上，拉出周子敬的号码，拨了出去。

　　"喂？"电话那头传来少年的声音。

　　"小敬……"罗兰犹豫着，回头看了一眼身后黑漆漆的夜空。

　　"嗯？"电话那头传来水流的声音，"怎么了？"水流声渐渐小了下去。

　　罗兰将手机紧紧握在手里，盯着屏幕上的名字看了一会儿，从手机里传来周子敬的声音，"你怎么啦？你在哪？怎么不说话？喂！？"

　　她缓缓闭上眼睛，深吸一口气，猛地睁开双眼。"啪！"她挂了手机，回头看了一眼漆黑的胡同，夜色在泰迪熊和小姑娘的身影里被撕裂开一条口子。

　　"你以为自己跑得掉吗？维尔利特。才怪呢，嘿嘿。"她笑着将了将自己的兔子耳朵，拍了拍巨熊的脑袋，黑熊配合地朝罗兰大吼一声，空气里都是血腥的气味。

　　罗兰被黑熊的气息吼得连连后退着，她想说自己不是什么维尔利特，但是她喊不出口，口干舌燥，就好像身体里被人点了一把熊熊燃烧的火炬。她拔腿又跑，"砰！"的一声巨响，在胡同口距离她七八米远的地方，被砸出一个直径两米的水泥巨坑。一道青色的身影蹒跚着艰难起身，回头看见罗兰，嘴角带着一抹浅笑，"主人，别怕，还有我。"

"斯沃德……"罗兰后退着。

兔子耳朵的小姑娘骑着一头巨大的黑熊出现在胡同的上方。

"维尔利特，快点束手就擒，我给你个痛快。"

"休想！"斯沃德艰难地扶着的墙壁的身体瞬间又挺直了，双腿劈开，站在夜色里，冷风吹动他的长衫衣角猎猎作响，夜色将他的双臂照耀出寒光。

"先过我这一关！"斯沃德飞身沿着墙壁朝黑熊身上的蕾贝卡奔袭。

"泰迪，成全他。"小姑娘笑嘻嘻地摸摸黑熊的脑袋，巨大的黑熊血色的双目瞪视着斯沃德，一掌扫在他身上，斯沃德整个人重重地摔在罗兰面前。

罗兰后退了几步，斯沃德双手撑地，艰难地半跪着，微微抬头对她挥了挥手，"快，跑。"

"不，对不起，我不该丢下你一个人。斯沃德……"罗兰扶起他，却被他高大的体重压得跪倒在他面前。

"主人，你想起来了吗？"

"不，我，我没有。"

"受死吧！"蕾贝卡笑嘻嘻地指挥着黑熊一掌拍过来，巨大的熊掌上闪烁着寒光，锋利的熊爪眼看就要扫向主仆二人。罗兰闭上了眼睛，斯沃德迅速地将她拥进怀里。

"主人，我可能不能再保护你了。可是斯沃德既然是和主人签订契约的使魔，那么就要死在主人之前啊。"

"斯沃德……"罗兰抬头想要挣脱开他的怀抱,"你可以自己走的啊。"

"能保护主人这么久,是斯沃德来到这个世界上最开心的事情,虽然现在要死了,可是一想到之前的时光,就算再选择一次,还是会毫不犹豫地选择主人你。"

"可是我都想不起来了。"眼泪滚出眼眶,滴答在他的胸膛里。

他抬起手心轻轻擦拭着她的眼泪,"没有关系的,这些对于斯沃德来说,都是难忘的生命。主人,再见了。"

"不,斯沃德,放开我,你快点逃。"

"主人……"斯沃德微笑着,将她小小的身体藏进自己的怀抱里,低着头,紧紧拥着她,就好像是那些在她还很小的时候,他最常做的那样。

她忽然感觉自己好像不在斯沃德怀抱里了,而是在闪烁着烛光的漆黑房间里,巨大的落地窗上挂着红色的天鹅绒窗帘,她穿着华丽的紫色衣服,坐在窗口,摇曳的烛光让她看不清楚自己所在的房间,但是她发现自己变成了小女孩,只有七八岁的小女孩。

"主人,公爵大人马上会回来了。他今天指明要先见你呢。"

"斯沃德?"罗兰伸手去抚摸半跪在他面前的斯沃德。

这是怎么回事? 他们不是应该在那个漆黑的胡同里吗? 天空的敌人正要取他们的性命不是吗?

她想要说我们怎么在这里了? 我们要赶紧逃跑。可是出口的却是:"是啊,父亲大人好不容易回来一次。"

时间一分一秒地过去了,久到她几乎要忘记这场正发生在自己身边的杀戮了。她以为自己是在做梦,可是到底哪个是梦呢? 是被追杀? 还是这个房间的一切? 或者这一切本就是一个梦? 那就太好了,没有人会死，等她醒来，她会想起来一切。

可是那个斯沃德又说话了，"已经过去了两个小时了。主人，要不先休息吧？"

她好累，可是她却不由控制地说："不用，再等一会儿。"

她看见窗口外的大海地平线处，出现鱼肚白，她看见天空的黑暗渐渐散去，她完全失去了被追杀的紧迫感，取而代之的是漫无边际的疲倦。

"天要亮了，再不休息可能就会出现意外了。主人。"

她发现自己哭了，怎么回事？她不是爱哭鼻子的人，虽然记忆模糊，可是她能感觉到自己的眼泪其实是多么稀有的存在。可是她是真的哭了，不是因为被追杀而害怕，不是因为斯沃德为她挡下所有的伤口，仅仅只是因为一场等待。

"为什么，父亲大人为什么要这么对我。"

他的手指试探着，小心翼翼地触碰向她的脸颊，她却像是抓住救命稻草，偎依着他的臂膀。

他缓缓地张开怀抱，将她拥进怀里，"主人，我能为你做些什么。"

"斯沃德，我想睡觉。"

"睡吧，主人。"

小小的她抬头看着高大是斯沃德，"你不会离开我的吧？趁着我睡觉。"

"不会，除非有一天，斯沃德必须离开才能保护主人。"

"不，就算是那一天，你也不准离开。"

"是，主人。"

眼泪汹涌而出，她从未体会过的巨大的悲怆将她完全包围，她面前的一切开始幻化，她想要挣脱身体外面的怀抱，她觉得浑身充

满了力量，可偏偏却挣不开这个怀抱。从遇见他的那一天起，到现在，每一幕都在她的脑海里飞逝着。

他唯唯诺诺听话的模样，他忙忙碌碌跑前跑后帮她照顾咖啡馆的身影，他笨拙地将她抱住的模样，他面无表情地喊她主人时眸子里流淌过的温柔，她不让他喊主人，他为难地答应的样子，他信誓旦旦地说要保护她，然后他就真的傻瓜到用自己的生命挡在她的面前，替她挡住所有的危险，哪怕那些危险是伤口，是流血，是永远会失去的生命。

"真是忠心耿耿啊。"蕾贝卡从黑熊的脊背上飞身跳下来，手里把玩着巨大的武器。

罗兰定睛看着缓缓倒在脚边的斯沃德，他似乎已经死了，浑身到处都是蓝色的血液，头发凌乱地掩盖着他的面颊，他的身体以一种扭曲的姿势最终被从天而降的废墟所掩盖。

"接下来，该我亲自动手解决我们尊敬的维尔利特伯爵了。"蕾贝卡嘻嘻笑着，挥手示意黑熊停止攻击，高举巨大的刀刃，朝罗兰直劈而下，"拿命来！"

"噌！"血红色的刀刃凭空隐现，散发着血色的杀气，刀刃被格挡在赤红弦月的攻击范围之外，罗兰缓缓地将目光从废墟上收回，她怔怔地望着凭空出现的武器，颤抖着双手拿起面前的兵器，嘴角却挂着一抹冷笑，"虽然不知道为什么这一刻竟然不再害怕，但是好歹，先杀掉你再找原因吧。"

"你……你果然是维尔利特！"蕾贝卡气急败坏，"泰迪！干掉她！"

黑熊嘶吼着拍打胸口冲了过来，罗兰手执赤红弦月，从它的体侧划过，飞身而起，赤红弦月在它的头颅旁边轻轻一抹，黑熊停止了嘶吼，摇摇晃晃着朝前又走了几十米，缓缓地摔在地上，整个胡同都被塞满了它的血液。

"泰迪!"蕾贝卡怪叫着,踏过黑熊的尸体,拼尽全力朝罗兰刺出刀刃,武器割裂空气的呼啸声震得罗兰的衣服都开始裂开,四周的墙壁纷纷开始脱落,地面被强劲的风声席卷出一条半米深的长坑,飞砖走石伴随着匕首朝罗兰疾射而去。

"你死定了!"蕾贝卡站在飞石后面,静静地看着一动不动的罗兰。然后她忽然感觉脖子微微一凉,鲜血直涌而出,她伸出手不可思议地摸了摸脖颈,一道伤口越张越大,像是一张血盆大口。

"这,怎么可能……"她看见面前的罗兰渐渐消失了,刀刃和飞石纷纷散落一地。而罗兰的声音轻轻地响起在她身后,"你的身上沾了斯沃德的血液,多亏了这些,我才能借着异次元葬送把身体瞬间移动到你的身后。"

"你,你果然是维尔利特,亲王不会放过你的。"

"先考虑我会不会放过你吧。"她握住蕾贝卡的细白的脖颈,一种神秘的渴望,强烈地吸引着她去吸食对方的血液,她觉得自己的身体已经不属于罗兰了,她想要让自己停手,可是行为举止却完全变成了另外一个人,她听见自己说,"听说只要吸食对方的血液,就能知晓一切。既然你一直说我是维尔利特,那不妨让你的血液告诉我,维尔利特到底是谁。"

"才怪呢,这都是假的。"蕾贝卡用力推开她,"你,不能这么做,我的爵位比你高,我是十三审判,你只不过是伯爵。"

一声凄厉的尖叫声响彻天空。

罗兰擦了擦嘴角,她松开掐住蕾贝卡的双手,让她小小的身体有如断线的木偶般瘫软下去,"原来如此。"她甩出赤红弦月将废墟的砖石打散,斯沃德的身体赫然出现在她面前。

"现在,再麻烦你最后一件事。"她面无表情地看了一眼蕾贝

卡，又看看斯沃德。

"不，这件事绝对不可以！不然你一定会遭到整个血族的追杀！我保证！你杀了我，你也会被毁灭的！根本没有被原谅的可能。"蕾贝卡挣扎着想要站起来，一双黑色的小靴子看似随意地踏在她的脖颈上。

"那就，不要原谅。"她俯视着躺在地上的蕾贝卡。，

"求求你……"对方缓缓地朝她伸出小臂，痛苦的神情，仿佛是用尽了最后的生命。

维尔利特缓缓地俯身，伸手轻轻将对方的小臂挡开，"你知道我为什么要杀了你吗？"她忽然轻声问。

蕾贝卡像是已经失去了意识，张了张嘴，又闭上了。

"如果一个人为了保护你，而失去了自己的生命，那么你也会选择杀掉那个让他失去生命的人。"她轻笑一声，嘴角带着一抹似有似无的凄冷笑容，"就像是你想要保护你的大熊，可是这个世界上的选择一向很少，我不能给你机会了。就算是被血族追杀，也不行。"她说完，修长的手指缓慢地攀爬向蕾贝卡的脖颈，好像是五根洁白的绳索，瞬间勒紧了对方的脖子，骨骼碎裂的声响轻微地拥挤进她的耳畔。

对方的胸口开始发出耀眼的光芒，照得她的娇俏的侧脸渗出圣洁的光，一颗血红的seed渐渐从对方失去生命的身体里挣脱出来，浮现在她的掌心。

她轻轻将seed推送过短暂的黑暗路程，缓缓地输送进躺在不远处的斯沃德胸口，青蓝色的身影轻微颤动了一下，几声干咳回荡在黑夜的缝隙里，他缓缓睁开了眼睛，黄金一样的瞳孔熊熊燃烧在夜色里，他挣扎着，艰难地从地上站起身，刀刃划割过马路地面发出尖利刺耳的金属声响，他回身望着愣愣地杵在蕾贝卡身边出神的维尔

利特。

一阵微风在这时吹过,维尔利特听见沙子在风中摩擦的声音,低头看见蕾贝卡失去seed的身体已经沙化,消失在风里。

天空在她的头顶迅速旋转着,大地也在这一刻颠倒,她回头最后看了一眼街角,她仿佛感觉到了那个人的心跳,她想要摸出手机再看一眼,却发现它掉落在七八米开外的地方,已经被砸成了两半,她伸出手跟跄着朝它走了两步,眼前的世界被黑暗湮没。

站在街角的周子敬最后看了一眼被斯沃德抱在怀里的罗兰,转身将自己隐入夜色里。

天空飘起淅淅沥沥的小雨,雨点将他的黑色卫衣打湿了,他感觉帆布鞋里都是雨水,每一步都走得很沉重,像是要用尽全身的力气才能朝前迈出一步。他用手抹了一把挂在眉毛和眼睑上的雨水,跳上迎面而来的末班车。

倾盆大雨在他的身后忽然而至。

雨夜、淹没过脸颊的积水、在阳光下闪烁着晶莹光芒的白色棉花糖、还有那只属于某个女人的手……这些在他的眼前过电影般一幕又一幕。他甩甩头,用衣袖擦了擦湿润的脸颊,转过脸静静地望着车窗外夜色里闪烁的霓虹灯。

他掏出手机,翻到罗兰的那一项,点出删除。屏幕上显示着删除——是/否。他的手指在"是"和"否"之间游移着,最终,他闭上眼睛,手指落在了其中的某一个选项上。

手机"嘀"的一声提示电量不足,关机了。

Chapter 10

第十章

来不及说的话

月光从巨大的天窗里投射进室内的篮球场，皎洁的月光包裹着球场的范围，球场之外一片漆黑。周子敬的身影在黑暗中迅速移动着，手中的篮球砸在地上，发出"砰砰"的闷响，像是人的心跳声。

　　他已经很久没有来过这里了，自从跟爸爸搬走之后，他就很少再回到这个篮球场。

　　他记得很小的时候他其实不喜欢打篮球，他喜欢跟别的小伙伴玩打水仗，或者玩角色扮演，你是警察我是小偷，他每次都是小偷。因为那个家伙说，"我们家都有三个人，你们家就你和你爸爸，就你和大家不一样，所以你做小偷，我们都是警察。"

　　于是他每次都是小偷，那个时候他想，等长大了，他一定要做警察，做真正的警察。

　　然后找到那个人，找到那个害他每次都只能做小偷的人，那个从小就没有出现过的，别人嘴里的妈妈。

　　篮球砸在篮筐里，旋转着落在地上，跳跃了几下，滚到了场子外的黑暗里。周子敬怔怔地站在球场中央，月光扫过他俊朗的面颊，隐藏在黑暗中的眸子注视着地面，汗水浸湿了他黑色的T恤，滴答在

木质地板上。他修长的小腿微微颤抖着，连续一个小时不间断的灌篮，就算是NBA的最强球星也玩不转的。

他忽然想起，自己从来就没有喊出过那两个字。

他还想起，从小到大那些盯着他看的目光，优秀的校草级人物，除了不太爱说话貌似哪里都很完美。在被关注到这些的时候，同时会被关注，从小跟着爸爸一起长大，好像没有妈妈这样的闲言蜚语。

那些看着他的，总认为他很可怜的目光让他无所适从。

其实从来都没有觉得自己很可怜，毕竟如果从来没有拥有一件东西，又谈何失去？

只是在某个夜晚，会忽然觉得孤独，也会一整个晚上去想那个人的模样，为什么她从来不曾回来看过他和男人，哪怕是一眼。

男人也从来不说，父子的关系一直是这样的，只要男人不开口，儿子就会永远缄默。

没有得到过的他可以不要，他可以忍耐，毕竟都这么多年过来了。

但是……

那些曾经就在你的眼前的人呢？那些你用了一整个青春去守护的人，就这么失踪了，可是一点儿办法也没有，只能等待，等待那个组织某一天打电话通知你，"喂，那个人在哪里哪里，你们去拯救一下"，如果一直没有消息呢？

不是曾经对她发誓，不论如何都会守在她的身边吗？现在呢，你不知道她在哪，可是你还装作镇定地安慰那个叫维拉德的傻瓜，说一切都不用担心。

月光照在淌在他白色球鞋边的汗迹上，散发着银色的光芒，像是一滩雨水。

他知道那个令他厌烦的雨夜又要来了，他有点儿烦这不受他控制的回忆了。

维尔利特，罗兰，维尔利特，罗兰，斯沃德……

他早该承认这一切，但是为什么心里却总是抵抗，直到她再次亮出自己的武器，站在夜幕里横刀立马，杀戮着挡在她面前的一切。

真是可笑，这怎么可能是一个人类女孩该有的生活，人类的女孩不该是早上屁颠屁颠赶去咖啡馆上班，小心翼翼地对客人赔笑，还要应付老板的咸猪手，然后晚上拖着疲倦的身体倒在床上睡觉吗？怎么可能在深夜拿着血色的镰刀收割那些怪物的生命。

周子敬放任自己平躺在球场中央，抬眼望着天窗外的月亮。漆黑的瞳孔映出两抹银亮的光芒，柔软的刘海轻轻扫过他浓密的睫毛。眼前夜空里的乌云偶尔搂着月亮，挡住的月光若隐若现，像是拿起黑纱挡住面容的女人露出神秘笑容。

你竟然还那么担心她，担心那个曾经杀死过你一次的吸血鬼。你竟然天真的以为她是人类的女孩子，你竟然还在某些夜晚没来由地想起她，你竟然还把她的电话存在手机里，专门设置了别的铃声，以防你错过了她的任何一次呼救。

你真的是被球砸到脑袋了吗？这个世界上怎么可能有两个一模一样的人。

手机在这个时候响起来，在偌大的球场回荡着，是他单独为她设置的铃声。

他静静地躺着，一动不动，口袋里的手机轻轻震动着，发出一闪一闪的亮光。他始终没有动，轻轻闭上眼睛，他听见自己的心跳声似乎也在跟着铃声在跳动，直到耳畔的一切重新归于宁静。

回忆在这个时候又来了，很久远的回忆，似乎是七八岁的时候，

他记不大清楚了。

"如果要走出过去，就要彻底离开过去。要忘记一个人，就要记得她希望你过得好，然后把一切关于她的东西都丢掉，要记得这些都是她要你去做的，因为她可能会希望你忘掉她，然后开心地生活下去。"男人将手里的全家福扔进火堆里。

站在男人身边的小男孩瞪着火堆，他的心跳随着男人扔出照片的动作而紧了紧，他想要告诉男人他还没有来得及看清楚照片上的人，可是照片已经在火里了，你有勇气去火里拿吗？只为了看一眼，就伸手去火里。

"傻小子，已经烧掉了。"男人打掉小男孩伸向火焰的手，"就算是可能，也一定要去办到。因为这可能是她希望你为了她而做的最后一件事。所以一定不可以心软啊！"男人说着话，火红的烈焰照耀在他的瞳孔里，有两行眼泪划过男人的脸颊，滴答在他牵着的小男孩的手臂上。

"爸爸……"小男孩嗫嚅着喊。

男人将他抱紧怀里，抱得那么紧，"要忘记一个不可能回到你身边的人，就要把关于她的一切都丢掉。记住，不要让爱你的人，为你担心，就算她不在你身边了。"

"爸爸……"周子敬对着空气喊了一声，空荡荡的球场里回响着轻轻的回音，"妈，妈妈……"他尝试着对着空气又喊了一声。

记忆中，这是他第一次喊出这个称呼。

那么难以忘记的，都被选择了忘记。人总是要有所选择，没有人可以幸免。那些做了选择的人，尤其是重新来过的人，就算曾经承受了再多的痛苦，也是无法被打败的。

周子敬坐直身子，伸手拧了拧T恤里蕴含的汗水。站起身，从场外抱起篮球，塞进球包里，他将白色的球包斜挎在身侧，伸手抹了一把湿润的乌发，最后回头看了一眼篮筐，从口袋里掏出手机，低头看了一眼那个他没有接到的电话的来电显示名字，将黑色的iPhone放在了球场中央，缓步走出了球场。

黑暗中，响起上锁的"咔嚓"声，亮着的iPhone屏幕悠忽一下，在球场中央的地板上，切入了漆黑的待机模式。

如果你要忘记一个不可能再回到你身边的人，那么最好的办法就是丢掉关于她的一切。哪怕是一个未接来电。

回到家里已经是凌晨，维拉德坐在阳台上，摆着一个风骚到足以让周子敬脸红的姿势。修长的双腿微微拱起，背靠着阳台的落地窗，低垂着眼睛望着窗外忽隐忽现的霓虹，窗口开着一个细小的缝隙，晚风偷偷吹进来，将少年的银色华发轻轻扬起，细致如白瓷的肌肤在夜色里透着晶莹的光，仿若一尊清澈的玉雕。

"还不睡。"周子敬放下球包，将手腕上的护腕放在桌子上，伸手将黑色的T恤从身上扯下来，露出结实的胸膛。

维拉德静静地趴在窗口，回头慵懒地看了一眼赤裸着上身的周子敬，"等你回来啊。"

"等我？"周子敬疑惑地问。

"我想你是不是去找可心了。"维拉德淡淡地看着他，红宝石色的瞳孔里漾起一层淡淡的白雾，忧郁而又迷人。

"我去打球了，如果有可心的消息，我会第一时间通知你。"周子敬脱下T恤，露出少年线条魅惑的脊背，将T恤扔在脚边。

"水我给你放好了。"维拉德起身，走到周子敬身边，将他丢在地上的T恤捡起来，扔进洗手间的洗衣机里。周子敬看着他做完这一切，看着他重新回到窗台上，他刚转身准备去洗澡，听见站在窗台上的维拉德轻声说："我今天见到我姐姐了。"

　　周子敬放在门把手上的手指僵硬着，他微微地回头，冷冷地与维拉德对视了一眼，随即回头，咔嚓推开了洗手间的门。

　　"就是维尔利特。"维拉德说，"她说要回去城堡找回失去的记忆，还问我你在哪。"

　　"嗯，知道了。"周子敬淡淡地说道。

　　"她说给你打了电话，但是你没有接。"维拉德看着他的背影。

　　"我在打球。"周子敬关上门，听见维拉德的声音响起在门关上的瞬间。

　　"她可能会回来，但是很可能，也不会回来了。城堡里太危险了，可是我劝不住她。"他的声音充满挫败感。

　　周子敬打开淋浴，他没有用热水，任由冰冷的水流冲刷着他的胸口，在他的身体上形成一条条的小溪流。哗啦啦的水声暂时封闭了他的思维。

　　洗手间的玻璃门上映出维拉德的身影，"她一直是个冷漠的人，但是我看得出来，她非常感谢你为她做的一切。"

　　到底有完没有，作为一只冷血的吸血鬼，也太啰唆了点吧。

　　周子敬把水流开到最大。

　　"我跟她生活了这么多年，都没有见她对我产生过一点点的兴趣，除了上次，其实我也没有料到她会放我走，她今天来告别的时候说只是不想让我的seed落入亲王的手里，毕竟那是父亲的seed。可是其实我也知道，姐姐是一个内心很温柔的人。虽然一直不太承认她所在乎的人，但是我知道在她的内心里，她是比任何人都要在乎的。但是在乎到可以向我打听另外一个人的所在，还是头一次。"

　　他到底想说什么。周子敬想要把那只吸血鬼拉进来给他两拳。

　　"我本来想要阻止她回去的，回去太危险了。但是你知道，她怎么可能听我的。而且失去的记忆，也许只能回到城堡才能找到了。如果被亲王发现了，可能就永远也回不来了。"维拉德静静地说着，声音中透着莫大的伤愁。

"啪！"洗手间的门猛地被拉开了。维拉德吓了一跳，看着站在门口一丝不挂的周子敬，听见他冷冷地嘀咕了一声，"今天去球场前，银狐老师给我打了电话，说是明天我们就可以去执行一个血猎任务了，不早了，睡吧。"

"新手任务？"维拉德不敢相信地盯着周子敬，"执行了这个任务，我们就能升级为血猎了？"维拉德倒抽一口气，但显然是因为过于兴奋，"也就是说，我们有资格去寻找可心的下落了？"周子敬冷冷地盯视着他，然后点了点头。维拉德也凝望着他……顺着周子敬点头时滴落的水流看下去。久久地，维拉德终于意识到什么，急忙将目光从周子敬湿漉漉的身体上移开，转身走到窗户边的地铺上，钻进自己的被窝里，拉过被子盖住脑袋，只留出两只眼睛，打量着在房间内走来走去的周子敬。他穿了一件黑色的CK内裤，越过维拉德的头顶，上床钻进了被子里。

五分钟后。

"你今天真的没有去单独找可心吗？"维拉德忽然问。

"没有。"周子敬别过脸，背对着他说。

"也没有去找姐姐？"

"没有。"

"你真的不担心她们吗？"

"担心。"

"那你怎么做到这么沉得住气的？"

周子敬深吸一口气，回头盯着他，"睡觉。"

"哦。"

五分钟后。

"你真的……"

"能不能睡觉?"周子敬皱眉。

维拉德笑嘻嘻地搔搔脑袋,歉意地钻出个脑袋看着周子敬,"我们血族都是白天睡觉晚上出来活动。"

"那你出去活动吧。"周子敬转过身去,冷冷地说。

"那我真的去了?"维拉德说着起身从被窝里钻出来,开始穿衣服穿裤子。

周子敬不搭理他,直到他听见维拉德开门的声音,"你去哪?"

维拉德站在门口,伸手潇洒地抚了抚胸前银色的长发,"去兜风啊!执行完新手任务就能升级为初级血猎,作为夜猫子,当然没有理由在这个时候去睡觉。"

周子敬像是打量神经病一样看着兴奋得跟打了鸡血一样的维拉德,他转过身面对着墙壁躺好,闭上眼。然后,那条金色的马尾又浮现在他的眼睑上……你可以转身就离开一个人,可是你却无法忘记一个人,因为就算你闭上眼睛,面前却还是她。于是他承认自己败给了她,起身揉揉脑袋,"我跟你一起去。"

"嗯?"扶着门框的维拉德险些一头磕在门上,"你也去?你不是要睡觉吗?"

"嗯……"周子敬尴尬地坐直身子看着维拉德,然后一边穿衣服一边正色说,"兜风当然需要有人开车,你会开车吗?"周子敬问出这个问题就发现了自己错了,维拉德完全可以飞着去兜风。好吧,偶尔他是会把维拉德当作和他一样的人类,也许两个人在一起呆的时间久了,就会把对方想象成跟自己是一样的同类吧。想到这里,周子敬看了一眼正在穿衣服准备出门的维拉德,"说不定还能碰上她,也许她还没有走远。"

"谁？"维拉德回头看了他一眼，努力把自己装进那个衬衫里，直到现在他依然不适应人类衣服的穿法，忽然，他停止了伸胳膊绕过脖子的姿势，回头盯着周子敬，"你不会是说维尔利特吧？"

"我，我只是在说……"周子敬发现自己词穷了，于是他只能用更加冷冰冰的眼神回瞪着维拉德，直到对方留给他一个"我懂你不用解释啦"的表情。

"你们人类真奇怪。"维拉德学着周子敬的样子，双手插兜，说话的样子也痞痞的。倒也学得真像。

"你们血族不奇怪吗？为了一个人，找了几百年几千年。相比起来，谁更奇怪？"周子敬拿起床头柜上的车钥匙，走过维拉德身边。

"原来真的是维尔利特啊。"维拉德浅笑，"不过，如果爱一个人，几百年又算得了什么。哪怕是一万年，也要去寻找啊。因为那个爱着的人，也一直在等待着呢。"维拉德说。

是啊，如果是喜欢的人，就算是曾经杀死自己，也不能停止对她的担心啊。就算是从这只吸血鬼嘴里听到她真的是维尔利特，可还是想要再见她一面。

维拉德站在车库门口，黑暗中，两道刺眼的亮光照亮了夜色。看着周子敬将那辆银色的布加迪威龙开出车库，他站在车头前面，目瞪口呆地注视着这辆豪华的钢铁庞然大物，他不得不承认，人类的手段在这个世纪真是越来越变态了。周子敬闪了两下大灯，示意他上车，维拉德挺直了腰肢认真地注视着隐藏在栗色挡风玻璃后的周子敬，风骚地双手交叠在胸前，优雅地在夜色中将自己的银发铺满车头，回眸对驾驶座的周子敬微微一笑，"你不会是喜欢姐姐吧？"

"当然不是！"周子敬真想一脚把油门踩到底，将眼前这个妖孽撞到月亮上去。

　　"别紧张嘛。我又没有说一定是。"维拉德修长的双腿滑过车头，从另外一边打开车门钻了进来。

　　"我没有紧张！"周子敬皱眉。

　　"不紧张干吗这么大声。"维拉德轻笑。

　　"谁大声了！！！"整个车库里都是巨大的回声，周子敬挺直的身体软绵绵地耷拉在车椅里，小声重复了一遍，"我没有大声。"

　　"其实喜欢一个人，是一件很光荣的事情啊！为什么你们人类总是这么隐忍，躲躲藏藏呢？好像喜欢一个人是一个天大的秘密似的。"维拉德浅笑着凑过来，精致的脸颊凑在周子敬的耳畔，吐着樱花般的芬芳气息。

　　周子敬僵硬地坐在驾驶座上，冷冷地回头盯着维拉德那张妖孽般的侧脸，"坐好。"

　　维拉德站直身子，将了将耳后根的秀发，"今天我来开。"

　　"你？"周子敬不敢置信地松开了方向盘。

　　维拉德修长的腿已经绕过他的座驾，盘旋在周子敬的胸前，周子敬急忙后退，努力不让这个吸血鬼的胸口紧贴着他的……胸口！于是当维拉德一脸轻松坐在驾驶座上时，周子敬已经脸色色红红，俊朗的面颊沁出一层细碎的汗珠。可是那只吸血鬼却像个没事儿人似的对他笑笑，"你不在的那些天，周叔叔可是教了我不少东西哦。比如开车！"维拉德学着周子敬之前的举止闪了两下大灯。

　　周子敬冷冰冰地注视着前方，他在想那个男人不是晚上一般都出去喝酒吗？还教人开车？而且还是教一只吸血鬼？亏了这只妖精竟然还敢去坐男人车。要知道男人清醒的时候开车简直就是开飞机，喝醉了那就是开神六。

　　"坐稳了！"维拉德浅笑着注视着仪表盘，一手利落地挂挡，一脚将油门轰到了底。轮胎与地面疾速旋转发出刺耳的摩擦声，发动机轰鸣声响彻整个车库，大地仿佛匍匐在脚下的敌人，颤抖着迅速后退。

强大的后坐力将周子敬狠狠地摁在车座上，他简直要给这只在夜色里红着瞳孔的嗜血妖精跪了，这口头禅"坐稳了"，这开车的路数，简直跟男人一个模子里刻出来的。

"怎么样？哈哈。"维拉德笑着问紧张兮兮地坐在副驾上的周子敬，车窗被他摇了下去，猛烈的风灌进车子里，银色的长发缠绕着在车子里轻舞飞扬，周子敬只感觉到额前细碎的刘海拍打在额前，丝丝地生疼，车速在八秒内被加速到120以上，幸亏车库前面是一条宽阔的大道，否则这个速度万一碰上弯道，根本反应不过来。

"他没教你要系安全带吗？"周子敬看着在车座上时而被后坐力拉后，时而倾身向前的维拉德。

"没有啊。"维拉德迷迷糊糊地转头盯着他。

周子敬急忙看着车前面，朝他吼："看前面！看我干吗！"

"那你帮我系安全带。"维拉德浅笑着，目视前方。

周子敬扶额，但还是俯身在维拉德的身前，帮他系好安全带。

夜色越来越深了，车子冲出高架，开上了一马平川的高速路。晚风凉凉的，周子敬伸手在夜色里，像是要抓住风和黑夜。

维拉德回头看着他，忽然说："你还没有回答我的问题。"

竟然还记得，这只死吸血鬼，"什么问题？"周子敬装傻，不过他说谎的技巧实在是太烂，生硬的表情出卖了他。

"你喜欢她吧。"维拉德说。

该死，竟然直接用了陈述句是都不打算等他承认了吗？

"没有。"周子敬冷冷地说。

"那好吧，本来还打算告诉你一个好消息的。"维拉德不无遗憾地说。

　　周子敬黑着一张脸，生硬地皱着的眉头终于松懈下来，"什么好消息？"

　　维拉德浅笑着，宝石色的瞳孔注视着前方的夜色，少年修长的手指轻轻摆动着方向盘，"其实维尔利特伯爵也喜欢你。"

　　"……"能不能不要这么直接，而且这种时候加个伯爵，一个吸血鬼伯爵喜欢一个中学生的戏码，根本就充满了违和感好吗！

　　"不信吗？"维拉德看着沉默的周子敬，"作为她的弟弟，这一点还是能看得出来的。"

　　"……"谁信谁就是疯子，可是为什么？内心深处却还是在渴望着从眼前这只吸血鬼的嘴里，听到一点什么。

　　"我知道你是故意没有接她的电话，虽然作为血族不太懂得人类的感情，可是毕竟还是懂一点点。"维拉德捻起手指，做了一个一点点的手势，周子敬莫名地想到了什么不好的暗喻，"我也能理解你为什么不接她电话。很简单啊，你一直以为自己是在保护一个普通的人类，可是保护着保护着，有一天，你发现自己好像对她跟别人不一样了，就好像除了她，其实你谁都不愿意保护，别人的生死关你什么事情，可是你却还是用着这个理由出现在她的身边。但是有一天，这个人忽然告诉你，那个人其实也是你一直在痛恨着的族类。而且她不仅跟曾经杀死过你的人一模一样，她甚至就是她。你喜欢上了一个曾经杀死过自己的人，那一定是很难受的感受吧。所以小敬，我才要带你出来兜兜风，然后告诉你这个消息。"

　　周子敬静静地听着，夜风将他的头发吹得背在脑后，俊朗的脸颊在夜色中像是雕刻的精美雕塑，他整个人一动不动地注视着前方，就好像那里有什么他所期待的全部。

　　"其实每个人都曾或多或少伤害过自己所爱的人，但是从前无法改变，未来却时刻握在你的手里啊。"维拉德淡淡地说。

"你也被伤害过吗？"周子敬无法想象林可心这样的女孩子能伤到眼前这个吸血鬼，这个竟然比他这个人类还懂得人类感情的妖孽。

"我伤害过她。"

周子敬抬头看了维拉德一眼，他发现这只吸血鬼在说起林可心的时候竟然是忧伤的，就好像之前的感情专家，知心哥哥不过是他假扮的似的。

"我也曾想过是不是要永远躲着她，离开她。可是我又想，我这么爱她，我应该回来啊。于是我就来找她。"

"找了这么多年。"

"有些时候，结果比过程远远重要。"维拉德手握方向盘，缓缓地移动着，"所以，加油吧。"

"……"

"喜欢一个人就该冲上去！"维拉德忽然一只手摁着挡位杆干净利落地挂上最高挡。

周子敬感觉徐徐行驶的车子瞬间像是从兔子变身成了猎豹，空气里都是被撕裂的呼啸声，好家伙，银色的布加迪威龙刺破夜幕，瞬间飙升到了160迈！

维拉德一脚将油门踩到底，巨大的轰鸣声伴随着浓烈的汽油烟雾，呼啸在冷风里，"喜欢一个人就该无论如何都不放弃！就算是对方离开了，也要不顾一切将她找回来！就算明知道找不回来，可是自己也是不能放弃的！"

"这样，好傻。"

"喜欢一个人的时候，谁都会变成世界上最大的傻瓜！"维拉德猛打方向盘，车子漂移过弯道，冷风像是一条缠绕着的龙，灌进车子里。周子敬紧紧抓着身侧的扶手，巨大的后坐力让他觉得胸口

像是压着一块重石，但是不知道为什么，却同时觉得充满了力量。

难道是因为身边这个平时温柔得跟个绅士似的，学会开车了就变成地狱的恶魔的维拉德？

"所以，你知道自己该怎么做了吧！？"

"不知道……"

"去把她追回来啊！"

"怎么追？"周子敬唯唯诺诺地问，他从来没有觉得自己像此刻这么渺小。

"首先给她回个电话吧！"维拉德大声说，风声比他的声音更大。

"然后呢？"

"告诉她你内心的想法！"维拉德回头对他喊，将一枚耳坠放在他的手心。

"这是……罗兰的耳坠？"周子敬看着维拉德。

"也是维尔利特的！但是，有什么关系呢？"维拉德认真地盯着他，"她都是你在乎的人啊！就算不是喜欢，可是到目前为止，你都有在乎她啊！这就足够了！"

周子敬真想一拳把他揍得直视前方，这是在开车，不是在咖啡馆聊天好吗！但是他冲口而出的却是，"停车！"周子敬握紧耳坠，一拳砸在身侧的皮质扶手上，六百万的车子，上好的鳄鱼皮，一拳砸出几千道细细的皮质纹路，就像少年复杂而又明朗的心事。不过，他知道自己必须承认，截至目前为止，这只吸血鬼所讲的，其实都是他内心深处曾经一遍又一遍思索过的。

他回过头看了一眼这只在今晚有点嗨过头了的吸血鬼，不，这只妖孽，此刻也正在用鼓励的笑容盯着他。

这是在开车……他不想再提示这个傻瓜了，他现在只想控制这台车子，然后把油门轰到底，用速度撕裂黑夜，冲向他想要去的那个地方！

"干吗？"维拉德猛踩刹车，车子缓缓停靠在高速路边。

"下车。"周子敬从副驾座位跳出来，他顾不上磨磨蹭蹭从驾驶座上走出来的维拉德，一把将他拉起来放在路边，自己坐进驾驶座，一手干净利索地挂挡，一脚将油门轰到底，车子打着滑，轮胎与地面摩擦出一阵青烟，像是一头银色的豹子，消失在夜色中。

"喂！我还没上车呢！"维拉德对着成为红色的LED尾灯喊。

"作为一只吸血鬼，飞回去又不是什么太苦难的事情。"远方传来少年冷若冰霜，不带任何语气的声音。

"那你干吗去？"维拉德皱眉，晚风将他白色的衬衣吹拂在空气里，秀美的身材由内而外散发着晶莹的圣洁光芒，在夜色中仿若若隐若现的萤火虫。

他干吗去？

他要去做一件十万火急的事情，在他的生命里，在他短短的人生中，他从来没有遇见过比现在这件事情更加十万火急的。

那个躺在黑暗中的手机，那个有着她的名字的手机，像是梦魇一样，压在他的心头，让他既兴奋又怅然若失，兴奋是他终于明白了那些思索和犹豫的意义，怅然若失是因为，他特别担心那个篮球场有别人偷偷溜进去打球，打球无所谓，只要别动他的手机。

如果要打一个比方，那么那个存有那个人名字的手机就是他的命，不！命都没有它重要！你尽管可以来取他的性命，但是那个手机！无论如何！也休想动一下！

风像黑龙一样顺着车身匍匐席卷，漆黑的夜好像永远没有尽头，轰鸣的发动机声让人血脉沸腾。他像是穿梭飞翔在漆黑夜幕里的飞鸟，而那部放在球场中央的手机，是他唯一追寻的黎明。

午夜十二点，血族城堡。

躺在透明水晶棺里的少女静静地沉睡着，仿佛童话中城堡里的公主。黑色的纱衣轻轻包裹着她纤细的腰肢，皎洁的月光轻轻覆在她修长的玉腿上，蕾丝花边的内衬小裙子俏皮地翻出繁复的蔷薇花瓣，像是别在她美腿上的花瓣。

"真是一个睡美人呀。"来者托腮，望着水晶棺里的少女，静静地思考着。他将生命中遇见的所有女人都想了一遍，沮丧地发现没有一位能跟眼前的这位相媲美。

安德烈·洛忍不住伸手去触摸少女婴孩般的稚嫩的脸颊，他修长的手指戴着珍珠般晶莹的白色丝质手套，一身华美的紫色绅士服装饰着他挺拔的身材，仿若一株盛开在月光下的紫藤花。洁白的剑裤则像是缀满了珍珠，闪烁着比水晶棺更加清澈的光泽。

"哈……"少女揉揉眼睛坐直了身子，伸了个懒腰，慵懒地看着站在水晶棺旁边急忙收回手的洛，"早安，洛公爵。"

洛挺直身子，华美的服饰闪烁着耀眼的紫光，一头紫色的长发蓬松地编织成几道辫子，夹裹在柔软的长发里披散在身侧，让他看上去桀骜而又温柔，像是刚从紫藤花铺就的战场击杀敌人策马归来的骑士，勇敢而又俊秀。

"整个血族城堡，也只有美丽得让月光都黯淡的lady安妮斯顿会在午夜十二点说早安了。"

"您夸人的本事快要追上您俊秀的脸蛋儿了。"安妮斯顿懒懒地摆摆手，打着哈欠从水晶棺里飘出来。赤裸的细足带着夜的露珠，落地悄然无声，婴孩般稚嫩的脸颊慵懒而又美丽。

"lady安妮斯顿的光辉足够日月蒙尘。我只是实话实说罢了。"洛浅笑着，紧随安妮斯顿的身后，随她走出休息室，踱步往亲王的传唤大厅走去。

"也不知道亲王这次召唤我们是有什么事情，竟然这么着急。"洛转头看着身边摇摇欲倒的安妮斯顿。

安妮斯顿连连打着哈欠，眼睛几乎没有睁开过，她的能力是侦测，想必就算是闭着眼睛，也能数得清城堡里的一花一草，更何况这里除了冰冷的石头，再无其他。

洛上前扶住她，绅士地浅笑着，"您真是觉多呀，几百年了还是不够睡。"

"城堡里最近太吵了。"安妮斯顿摆摆手，从他的手心挣脱，再次摇摇欲坠地朝前走着，"好像是阿鲁卡尔德家族的人都放逐了一个，还杀死了一个。"

"维尔利特吗？"

"是的。你不会不知道吧？"安妮斯顿懒懒地抬起眼皮扫了一眼洛，"我以为你和她在一起呢。"

"维尔利特的冷漠能冰冻所有男人的热情。"

"也包括你的吗？"安妮斯顿微笑，微笑还没有在嘴角成形，困意再度袭来。

其实维尔利特倒是个不错的女伴，血统高贵，娇俏可爱，除了冰冷得像是城堡外大海尽头的那座冰山，好像也没有什么不能接受的，可是偏偏他最怕的就是生性冷漠的女人，哪怕是睡神他也接受啊，但是冷如冰山就不好玩了吗。

"有NO.2审判在，我就是有贼心也没有贼胆。"洛浅笑着说。

安妮斯顿则完全陷入了睡觉，洛耸耸肩，尝试着伸手去扶她，好在她没有推开他。被同一个女人推开两次，他至今还没有碰到过这种无法收拾的场面。看着身边靠在他臂弯里睡过去的睡美人，洛不禁开始自言自语，"有令月光都失色的睡美人在身侧，又怎么会有

人去追寻星辰的微弱光芒呢。"

安妮斯顿缓缓直起身子，从他的臂弯里移开，目视前方："维尔利特可不是星辰呢，而且，我还没有睡到自以为比月亮还要光辉的地步呢。白日梦血族的人不会做，我可是个标准的血族。"

"lady安妮斯顿是洛遇见的最幽默的美人儿。"洛缓缓地躬身，看了一眼前方的传唤大厅，对安妮斯顿做了一个请的动作，绅士地说道："ladys first。"

安妮斯顿修长的双腿微微靠拢，回以淑女礼仪。

巨大的红色帷幔垂在传唤大厅的门前，洛知道在这道帷幔的后方，亲王正坐在那里注视着他们。

"尊敬的亲王殿下，属下领命前来，请问您有什么吩咐。"

"审判NO.7洛，NO.8安妮斯顿，我现命你们前往人界，查明审判十三蕾贝卡的死因。"

"蕾贝卡死了？"洛大惊失色。

帷幔后是短暂的沉默，随即响起一声粗声粗气的叹息："维尔利特逃脱了死刑，正是她的出现造成了蕾贝卡的死讯。你们的任务就是将叛徒击毙，另外关于维拉德，如果有他的消息，请务必将他带回来见我。我要亲自审判他。"

"遵命，我的殿下。"洛缓缓地鞠躬，恭敬地行骑士礼。同时他听见身边传来轻微的呼噜声……

"lady安妮斯顿，我现在终于想明白为什么猎杀一个维尔利特，亲王却要派出我们两个审判了。看来洛我这次除了要杀掉叛徒，还要抱着你人界两日游了。"洛伸手扶住安妮斯顿，轻轻将她抱起。她轻得像是一片黑色的羽毛，横陈的修长玉腿轻轻耷拉在他的臂弯里，天使般稚嫩的睡容让安德烈·洛恍惚间一阵眩晕，"如果能亲吻你这样的睡美人，就是抱着你一辈子，洛也愿意啊。"

"别以为长了一张欺骗少女感情的俊秀脸蛋儿，我就会手下留情不打断你的鼻梁。"

洛目视前方浅笑着道："lady安妮斯顿奇特的侦查能力果然名不虚传，连男人这种小危险都能随时侦查，更何况是维尔利特呢。"

"所以我才会为你着急呢。"安妮斯顿说着从他怀里挣脱开来，玉足站在传送塔的光束里，周围的景物开始迅速移动，发生剧烈的变化，漆黑的夜晚就在这个时候来了，徐徐的夜风也没有阻止安妮斯顿满满的困意，她回头看了一眼安德烈·洛，"被人跟踪了一路，还没有发现，作为NO.7，是不是有点说不过去？"

安德烈·洛回头看了一眼公路旁边黑暗的树林，一道身影从树林里隐现出现，伴随着一声撕心裂肺的怒吼，"安德烈·洛! 我等这一天很久了!"

"杀人就杀人，怒吼就怒吼，非要搞在一起，难道这样真的会增加气势吗? 愚蠢的血族比血猎更加可憎啊。"他从剑裤侧边抽出精美的花剑，是一柄流淌着银光的花剑，他弯了弯花剑，剑身拱起的角度闪烁着耀眼的寒光，他回头注视着从黑暗中跃起的身影，淡淡地嘀咕了句："原来是捷克侯爵啊。你女朋友的事情我很抱歉。"

"抱歉就完了吗? 今天我非要撕下你虚伪而又傲慢的嘴脸! "

"撕破脸皮可不好玩，而且也不是靠耍嘴皮就能撕破的。"

来者手中寒光闪烁，匕首刀刃的弧度倒映着月光的寒冷，划破黑暗，直取洛的头颅。

"出的是杀招呢。按照血族规矩，我没有权利杀掉你，但是如果你冒犯在先的话，可就不好说了。"花剑虚晃一招，避开匕首的攻击，洁白的剑裤在皎洁的月光里轻轻跃起，在空中旋转着落下，他整个人像是在跳一支优美的圆舞曲，而且他似乎真的在哼唱着优美的旋律，随着音符落定，他的一只脚踩在手握匕首的捷克侯爵的肩

膀上，狠狠地将他的下巴蹂躏进柏油马路的沥青中，"我可是真的会杀了你哦。"

"你抢我女人，还杀了我！亲王不会放过你的。"

"男女之间的事情，当然是你情我愿，捷克侯爵你这么看不开，死了也算是对血族的劣质血统的淘汰。"洛拔起花剑，高高举起，口中吟唱着不知名的优美旋律，花剑在空中划出几道华美的弧线，向下刺向捷克侯爵的脖颈。

"维尔利特的气息越来越接近了。"安妮斯顿的声音悠悠响起，随即是一声哈欠声。

花剑停靠在捷克脖颈半寸的地方，洛抬头看向安妮斯顿静静注视着的夜色，某种呼啸而至的轰鸣声渐行渐近。他缓缓松开踩踏在捷克肩膀上的脚，低头低吼了一句："现在马上滚，饶你不死。下次可就没有这么幸运了。"

安德烈·洛缓步走到安妮斯顿身旁，手里握着的花剑微微颤抖着。

"你害怕了？"安妮斯顿问。

"不，我只是太兴奋了。"他的嘴角挂着一抹诡秘的笑容，仿若紫藤花妖般妖娆，他侧身倾听着夜色中越来越近的呼啸，轻轻闭上眼睛，享受着空气里漂浮的属于阿鲁卡尔德家族的味道。

"等等。好像不是维尔利特。"

"可是分明是她的味道。"

安妮斯顿伸手在面前虚化出一枚圆形的幻境，幻境里一片黑暗，两道亮光仿若日光般光耀。

在漆黑的夜幕中，安德烈·洛同样看到两道耀眼的亮光，一如安妮斯顿虚化的幻境里的亮光，仿若光明之剑，深深地刺入漆黑的夜空。

跑车轰鸣的呼啸声从他们面前席卷而过。

安妮斯顿始终注视着幻境，她打了个哈欠，淡淡地呢喃："原来只是一枚耳坠。"

安德烈·洛凝视着夜色中飞驰着消失的车子红色尾灯，紫色的发梢在风中扫过他柔美的侧脸，他回头深深地凝望着安妮斯顿，意味深长地笑了笑："不过，为什么那个人类却拥有我们猎物的耳坠呢？"

Chapter 11

第十一章

血猎之战

天空下着雨，淅淅沥沥，好像已经下了很久很久。夜黑得像是被泼了墨，漆黑的树林深处，雨水顺着莉莉娜玫瑰色的头发流淌过他尖削的下巴，疯长的青草在雨水中绿油油地昂首挺胸，几乎淹没了他面前三四米开外的石质十字架。

　　那是一座坟墓。

　　莉莉娜静静地望着十字架顶端飞溅的雨花，一动也不动。

　　伊米忒缇撇撇嘴，她不知道这算是莉莉娜的梦境还是他的记忆。威卢斯在贾思敏大人面前带给她的疑惑让她睡不着觉，而且对于一个沉睡了十几年的人来说，确实是烦透了睡眠。。

　　湖泊边发生的那一幕一直在她的脑海里萦绕不绝，维拉德决绝的背影在她的脑海深处晃啊晃，像是要把她带入崩溃的深渊。她不相信一切会是这样的结果，她做了那么多的事情，他却一点都不记得。她知道隔代继承seed也同时会继承先前seed主人最深刻的记忆，她不相信继承了公爵seed的维拉德，竟然连她是谁都不知道。

　　她越想越愤恨，莉莉娜那个死人妖之前和公爵可是走得很近，也许，在他那里能得到她想要的答案。

伊米忒缇伸手轻轻推开刻画着繁复花纹的黄金棺椁，莉莉娜伯爵静静地躺在血红的里衬里，一张脸颊在摇曳的烛光里忽明忽暗，妖冶的红唇，清冷的侧脸，酒红色的头发散落在他白皙的脖颈里。

伊米忒缇静静地打量着面前的莉莉娜，她深吸一口气，缓缓地抬起掌心，轻轻触碰向莉莉娜的脖颈肌肤，一阵冰凉的触感瞬间从她的指尖袭遍全身。

大雨瓢泼的夜空下，漆黑得什么也看不见，她站在湿漉漉的半人高的草丛里，在她的不远处，莉莉娜伯爵的背影伫立在雨幕里，像是一尊秀美的石雕，寂静而又肃穆。

"为了那个人类，值得吗？"她听见他的声音，细碎却笃定的声音，她看清楚了，在他的面前，是一座坟墓，坟墓面前竖着高大是实质十字架。

"他们都说我背叛了你，你是不是也相信了。"他发出一声淡淡的轻笑，"不会的，你不会相信的。莉莉娜怎么可能背叛你呢。"

"就算是要死掉了，在生命的最后一刻，你所担心的还是那个人类和她的孩子啊。作为血族，怎么可能接受你和那个人类的事情。可是你连演戏都不屑。真是笨蛋啊。"那道背影开始微微颤抖起来，"血族就该是孤独的，不被接受的，除了同族之间肮脏的尔虞我诈，美好的东西都只能是奢望。你自己也知道，那些叫嚷着你是异类的家伙，其实背地里有多么羡慕你吧？但是不会有人心慈手软的，他们只会毁掉你最珍贵的东西，然后再安慰自己，就算是拥有，又能怎样，还不是被剥夺。甚至连我当时，也是这样想的……"莉莉娜挺拔的身影在雨中晃动了一下，跪倒在十字架前，青草淹没过他的身体，只在夜色里露出他低垂的发梢，雨水淅淅沥沥下个没完。

伊米忒缇觉得越来越有意思了，她早就听闻莉莉娜和公爵的恩怨，这么详细近距离观察，仿佛身临其境却还是第一次。而且最重要的是，那个被你偷窥的人还永远不会发现你的存在，就算此刻伊米忒缇站在他面前手舞足蹈他也不会注意到她的存在。

记忆里只有他和公爵的坟墓，再无二人。

她是不存在的，她只是找到了她的记忆，然后打开浏览了一遍。就好像找到一张碟，打开，看了一遍电影似的。你会出现在电影里吗？当然不会。

"我会为你报仇的。"莉莉娜抬起落满雨水的脸颊，那张本来妖媚的脸颊，此刻像是失去了生命般苍白，静静地凝视着面前的十字架墓碑，"对亲王的反叛，已经由贾思敏发起，我只要……"

"伊米！伊米！陪我玩！陪我玩呀。"伊米忒缇听到熟悉的呼喊声，雨声戛然而止，淅淅沥沥的小雨倒流向天空，青草地和树林开始模糊，那道身影也消失在了她的视线里，她心里一阵恍惚，天旋地转在这个时候将她从黑夜里带回城堡。她呆呆地看着面前依旧在沉睡的莉莉娜，精神恍惚地回头看着正使劲摇晃着她胳膊的白零。

"你怎么在这里？"伊米忒缇问。

白零无辜地撇撇嘴，可怜兮兮地巴望着她，"一到白天大家就都睡觉了，本来以为伊米回来就有人陪我玩了呢……"白零说到这里，忽然抱住她的腰，"陪我玩吗，伊米伊米！"

"喂，喂你放手！"伊米忒缇简直想要一拳把这个家伙砸晕过去，"嘘！小声点，等会把莉莉娜吵醒了，就是她玩我们了！"

"唔。哦，好。"白零乖乖地松开她，像是个听话的小孩子，静静地盯着她看。

"干吗这么看我？"伊米忒缇黑着额头，摸着墙角悄悄往外面走，跟在她身后的白零用柔软的丝绸衣袖捂住嘴，咯咯笑起来，淡金色的长发在黑暗的房间里也闪耀着流光溢彩，小辫子俏皮地躺在他胸前，他颀长的身子跟在伊米忒缇身后，却足足比她高出两

个头。看见伊米怂缇回头瞪视他，他顺手搂住了她纤细的腰肢，趴在她的脸蛋上"吧嗒"亲了一口，亲一口就算了，还发出响亮的声音……

不能忍！！！

伊米怂缇一巴掌将他拍在墙上，大声吼："不要随便亲我！最后警告你一遍！我是女生，你是男生！男生是不可以随便亲吻女生的！就算是脸蛋也不可以！听到了吗！！！"

"嘘……"白零挥了挥衣袖站稳，做了一个小点声的手势，顺手指了指沉睡中的莉莉娜。

伊米怂缇扶额，真是受不了这个家伙了。

"你下次再这样，我就杀了你！"伊米怂缇压低声音吼。

"可是白零不是随便亲的啊，白零是真的喜欢伊米呢，喜欢这样子可爱的伊米，所以才忍不住要亲吻伊米呢。如果是别人的话，白零是一定不会酱紫的……"

"啪！"伊米怂缇一巴掌扒在白零嘴巴上，堵住了喋喋不休的他，拉着他往房间外走，这个家伙真的知道自己在说什么吗，"闭嘴。你不是要玩游戏吗？好，出去了陪你玩，总之在这里别再大声嚷嚷了。"

"好耶！伊米终于肯陪白零玩游戏啦，呜啦啦啦！"白零手舞足蹈，欠揍的模样让伊米怂缇瞬间想要杀人灭口。她深吸一口气，尽量不去注意这个白目的家伙的动作，反手死死捏住他的俏唇，拖着支支吾吾的白零往外走。

次日，夜晚。

银色的布加迪威龙平稳地飞驰在城市的高架桥上，夜已经很深，繁闹的城市也渐渐进入睡眠。

"没想到银狐老师会这么轻易同意我们去完成新手任务。"坐在副驾驶座的维拉德看了一眼周子敬，"如果不是你跟银狐老师争取，我们可能现在还在训练中心。谢谢你，小敬。"维拉德感激地看着他。

周子敬静静地望着前方的夜色："你知道的，不能成为血猎就不能去执行任务，不能执行任务，就算工会找到了可心的所在，我们也只能干瞪眼。另外，你不用谢我，保护可心，一直是我的任务。只是我也没有想到银狐老师竟然会答应。"周子敬没有说出口的话是，如果她不答应，他也会擅自去找林可心，虽然毫无头绪，但寻找总胜过干等，老爸那天对他使眼色让他看好维拉德，却没有想到他自己也无法去做到只是等待。

"希望那个魔物不要伤害可心。"维拉德别过头，看着车窗外的漆黑的夜色，偶尔一辆对面过来的车灯，照在他白莹如雪的颊上。

周子敬看他一眼："放心吧。"

他说完，将油门轰到底，他现在只想快点完成这个任务，成为真正的血猎，拥有单独执行任务的权限。他凝视着面前光带一样的高速公路，有那么一瞬间，他的脑海里忽然产生了一丝绝望，童年的那朵棉花糖和可心的笑容在他面前的挡风玻璃上交替相映，他急忙甩甩头，将这个画面驱散。面前的夜色还是夜色，只是更加漆黑了，空气和车身撕裂的细微声响，回荡在他的耳畔。

"坐稳了。"他轻声叮嘱身边的维拉德，伸手干净利落地扭动挡位杆，车子迅速在高速上俯冲出一条气流。

维拉德拉紧安全带，低头看了一眼放在车子充电器旁边的黑色iPhone："你给她回电话了？"

"还没有。"周子敬回答。

维拉德露出一个疑惑的表情，"不是坚定信心了吗？"

周子敬尴尬地皱眉："可是手机没电了。"

"你都充了一天电了。"维拉德看了一眼电源满额的手机。

"等会完成任务就打。"周子敬冷冷地收起手机，其实他在回到篮球场的那一刻，手机还是有电的，可是不知道为什么，当他翻出那个名字，却又失去了打回去的勇气。人的勇气有时候就是这样，在你做一件事情之前，你觉得自己充满了十分的勇气，你觉得就算是死也无法放弃你的那些勇气，可当那件事情真的摆在了你的面前，你却像是个傻瓜气球被针扎到一样，连你都不相信自己竟然又泄气了。

维拉德不置可否地笑笑，望着前方的夜色，久久地，幽幽地说道："姐姐说她想起了从前的一些事情，但是却不是全部。"

"你说过了。"周子敬目视前方，面无表情地说道。

"奇怪的是，她的身体像是消失了血肉，伤口就像是被掰开的蜡烛。"

周子敬怔了怔，双手握紧方向盘，黑曜石般的双眸一直静静地凝视着前方的夜路，久久地才轻声问，"她没事吧？"

"没事，相反，还变得更为强大了。她说体内好像多了一股力量，跟她本身的力量交织揉合在一起，每一次挥刀，都像是在爆发。"

"那恭喜她了。不仅找回了真正的自己，还得到了强大的力量。"周子敬面无表情地说，说完，他似乎觉得这样太过于生硬，于是对维拉德笑了笑。维拉德觉得这是他见过的最勉强的笑容了。

"她会找到自己的回忆的。"周子敬说。

维拉德轻叹一声，"是我连累了她，如果不是我，她也不会被判死刑。"

"人都有命。"周子敬说。

"可我们不是人。"维拉德坚持。

"在人界这种话是骂人的。"周子敬机械地解释着。

维拉德别过脸怔怔地望着窗外呼啸而去的风景，"我至少还能做血猎，她现在腹背受敌。我很担心她。"

"今天我们完成了这个血猎任务，就可以去寻找她们了。"周子敬松开油门，车子开下高架。

"但愿如此吧。"维拉德轻叹。

周子敬看了他一眼，没有说什么，松开油门，车子平稳地停靠在一座医院的门口。手边的ipad发出"嘀嘀嘀"的声响，闪烁的红点猛地增强。周子敬伸手关掉ipad，抬头看着面前一片漆黑的医院大楼，"就是这里了。"

漆黑的走廊好像失去了光线的存在，黑暗蔓延，仿若疯长的藤蔓，将两个人紧紧包裹在黑暗里，他们像是两头失去了光晕的萤火虫，在黑暗中缓缓摸索着。

周子敬打开手机，用手机屏幕的微弱光亮照耀着前面的路。

"看来这里已经废弃了。"周子敬将手机移到某个病房的房门的玻璃窗口，往里探望着。

"悠忽"一声，玻璃窗口那边也有一张脸颊贴上来，正对上周子敬的眼睛！

一张苍白，毫无血色，像是打了石灰上去的可怖脸颊，嘴唇却是鲜艳的红色，漆黑的眼眶好像失去了瞳孔一样空洞。

周子敬猛地后退，手机"啪啦"一声摔在地上，电池掉在地上发出清脆的声音，光亮"噗"的一声消失了。整个走廊重新恢复黑暗。

黑暗中，周子敬低头捡手机，感觉有人握住了他的小臂。然后他

听见维拉德小声说，"只不过是一个小护士而已，别怕。"

"我没怕。"周子敬将手机组装好，放进口袋里，"另外，你们血族的护士是这个模样啊！"周子敬压低声音吐槽。

走廊里的黑暗渐渐消散，一道微弱的亮光从病房里透出来，刚刚那位打扮得仿佛要把贞子给逼死的小护士飘忽在两个人面前，"周子敬？维拉德？"

"你好，我们是工会派来调查最近失踪案的见习血猎。请问你是马当娜护士吗？"周子敬努力让自己正视对方那张堪比可怖的苍白脸颊。

对方凑近了，打量着周子敬。

周子敬生硬地尽量往后仰着身子，维拉德上前笑眯眯地挡在他和小护士之间，"带我们去案发现场吧。"

小护士瞪着空洞的眼眶，瞅瞅维拉德，又瞅瞅站在他身后正别过脸四处查看就是不看她的周子敬，"我就是，跟我来。"小护士说完飘向走廊深处。

"她在飘……"周子敬对维拉德说。

"我看见了……"

"你确定这个就是接待我们的人？"周子敬狐疑地看着她的背影。

"你们先换衣服吧。这样子在这里太显眼了，被当作不好的东西就不好了，吓着别的病人。"那道背影转过身来对他们发出阴阳怪气的声音，感觉像是腹语，因为周子敬看见她的嘴唇根本就没动。

喂，要说打扮显眼的是你才对好吧？周子敬看着把自己打扮成贞子一样的小护士，她将一件白色大褂扔给维拉德，另外将一卷纱布放进自己的手里，"这怎么穿？"

"缠。"小护士简单明了。

维拉德问："这里还有别的病人？"

小护士不以为然，"只是这里被封闭了，其余的病房还是有很多病人的，现在这个点了，大家都睡觉了，你们轻点儿。"

维拉德边说边换上白大褂，一个温文尔雅帅气的主治医生出现在了周子敬眼里，他再低头看了一眼浑身缠满纱布跟一只木乃伊似的自己，皱了皱眉，尽量不让双腿缠绕住，以免走路只能用跳的。小护士走在最前面，不时回头看一眼在后面因为纱布的缠绕而挪着小碎步的周子敬，忍不住捂嘴轻笑。

维拉德尴尬地推推他，"其实这个点也不会有病人会看到了，如果太勉强的话，就把纱布给扔了吧。"

"没事。工会交代过要在进入案发现场之前听从接待人士的安排。"周子敬收拾着从周身不断脱落的纱布，手忙脚乱。

"就是这里。"小护士推开走廊旁边的一道门，指着门后漆黑的楼道，"那些失踪的孩子就是在这里消失的。"

"有人见证吗？"

"见证的现在正在家里休假。"小护士咧嘴一笑，鲜艳的红唇、漆黑的楼道，有那么一瞬间，周子敬想起了小时候看过的某一部鬼片里的场景。

"既然能见证，那么为什么当时不阻止？"周子敬问。

小护士望着楼道，"据目击者的护士说，当时她试图阻止，但是那些失踪的人根本不听她的话。"

"失踪的是五个小孩子？"周子敬问。

"嗯，三个女孩子，两个男孩，年龄在12岁以下。"小护士伸手摸了摸尖到不小心都可以戳死自己的下巴，"这里一般是没有人的，因为这个楼道是走廊的尽头，出事之前，很少会有人走这个楼道。我的

意思是, 那些小孩子像是被某种东西引诱过来的。"

"被某种魔物。"维拉德接话。

小护士不以为然地耷拉着眼眶, "既然已经带你们到达目的地, 那我的任务也完成了, 我回去继续睡觉了。"小护士说完, 对周子敬眨巴了一下黑洞洞的眼眶。

周子敬僵硬地微微皱眉, 讪笑着挥手示意再见, 在转身跟维拉德一起步入楼道之前, 他似乎看到那个小护士对他笑了一下, 只是一下, 那抹诡异的笑容像是烙铁一样使劲摁在他的心上, 发出滋滋滋的声响。

他猛地想到了死亡这个词语。

他回头看了一眼身边全神贯注地摸索着前进的维拉德, 忽然轻声说: "其实我有想过打电话过去, 可是我不知道该说什么。"

"什么?"维拉德转过脸盯着他, 迷人的瞳孔定定地映出他的漠然, 他忽然觉得维拉德的血瞳其实并没有他认为的那么邪恶, 甚至……甚至有一点点迷人。好吧, 他说服自己, 其实是很漂亮。红宝石一样的瞳孔就这样定定地等着他的回答。

周子敬听见自己心跳的声音, 他在口袋里使劲握住手机, 咬了咬牙, 俊朗的面颊从维拉德的视线里逃脱, 隐入黑暗中, 他淡淡地丢下一句, "没什么。"

"嘘……"维拉德修长的手指轻轻覆在周子敬的唇角, 淡淡的蔷薇花香飘逸进周子敬的鼻息里, "你听。"

寂静的楼道里除了黑暗还是黑暗, 他狐疑地看着维拉德。

"有小孩子的笑声?"维拉德侧耳静静聆听着。

死寂的黑暗中, 隐隐传来孩童的笑声, 天真而又烂漫的笑声, 此刻却显得如此诡异。

"这是那些失踪的小孩子的笑声?"周子敬轻轻掰开维拉德柔

软的掌心。

"对，在上面，我们上去。"维拉德起身往楼道上面走。

周子敬紧随在后。他边跑边伸出手摸了摸嘴角，放在鼻息下面，淡淡的花香顿时袭来。他皱眉看了一眼维拉德雪白如天使的背影，"好像声音又跑到下面去了。"

维拉德站住脚步，仔细聆听着。

"难道我们漏掉了一层楼？"维拉德盯着墙壁，陷入思考。

"不可能，我们是顺着楼梯跑上来的。"

维拉德静静地聆听着，低头数着脚下的楼梯，若有所思地看看楼道，又看看周子敬，"我明白了。"他说完缓步朝下走去，周子敬心里疑惑，正向问他明白什么了，维拉德整个人却凭空消失在他的视线里。

"这……"周子敬将纱布从胳膊上扯开，一拳砸在墙壁上，"维拉德？"

楼道里静悄悄的，只有他说话的回声。

他就这么消失了？

周子敬没忍住看了一眼手上的戒指。

"沿着楼梯数13下，那里就是入口。"维拉德的声音凭空出现。

周子敬狐疑地打量着四周的空气，额前渗出一层细密的汗珠，他掏出手机，照耀着楼梯一级一级数着，额前的刘海在手机的亮光里闪耀着黑玉般的光泽，俊朗的面颊忽隐忽现在黑暗里。

他俯身试探着一级一级台阶往下走，心里默默数着，"1，2，3，4……9，10，11……"

耀眼的亮光刺得他睁不开眼，周子敬用手挡在眼睑前，透过手指缝隙看见维拉德的背影，以及坐在光亮里正发出"咯咯咯"笑声的孩童。

五个孩童,是失踪的那五个孩子!

"这里是?"周子敬握紧了拳头,问身边的维拉德。

"这是魔物用念力制造的空间,隐藏在13台阶处。因为魔物念力不是很强,所以被我勉强找到了入口。"

"那些孩子就是医院失踪的……"

"对。"维拉德打断他,抬头看着头顶的天空,云朵,以及远处的山脉,这些东西像是画在墙壁上一样,粗制滥造,空间的面积大概只有一个房间那么大,堆满了各种玩具,足足有两个人高大的小熊玩具,一人高的玩具火车,还有巧克力堆积的沙盘,糖果做的玩具赛车,奥利奥奶油城堡,甜甜圈秋千……那五个孩子正趴在巧克力沙盘旁边,指挥着各自的糖果赛车玩碰碰车。

"那么,魔物在哪?"周子敬劈开双腿,站在维拉德前面,回头问他。

"这么迫不及待想要看到我吗?咯咯咯。"从巨大的兔子玩偶后面发出尖细的笑声,说不出的诡异。一个小姑娘从兔子玩偶背后露出一只眼睛,偷偷看着他们,看样子只有五六岁大,穿着血红的蓬蓬裙,一只眼睛诡异地贴着一枚黑色的扣子,一说话,用线缝住的嘴巴便像要是被撕开。

周子敬和维拉德对视一眼,那个小姑娘的身影一蹦一跳地出现在他们面前。

"我来对付魔物,你去救那些孩子。"周子敬说完,箭一样飞射出去,一拳砸向红裙小木偶。

"啊啊啊,好疼呀。咯咯咯。"红裙小木偶并没有躲闪,而是默默承受,嬉笑着从他的拳头下慢慢挣脱出来。

周子敬大惊失色,握紧了拳头,面前的红裙小木偶对他做了个鬼脸,线缝的嘴巴裂成可怕的形状,"拳头看来不管用呀。"

"让我来。小敬，你快点带那些孩子离开，这个魔物是念力系的，普通拳脚攻击是没有用的。"维拉德大喊。

"好。"周子敬迅速绕开诡异的木偶，转身去抱那些孩子，却遭到了他们的反抗："我们不要回去，我们就要待在在这里，这里有巧克力还有好玩的，回去又要打针吃药，我们才不要回去！放手啊！贝蒂，快点救我们啊！"

"咯咯咯。"被称为贝蒂的小木偶用那枚扣子眼瞪视着周子敬，伸出手掌，"快放开我的玩具！"玩具堆里顿时飞射出一连串的手术刀手术剪，飞射向周子敬和他身后的孩子。

周子敬听到刀刃割裂空气的嘶嘶声，就像是某种凶兽在撕扯着猎物的肌肉，而血液飞溅在空气里……死亡的味道。

利器近在咫尺，他忽然张开双臂。

"快躲开啊！"维拉德惊呼出口。

周子敬猛地回过头，身体呈拱形，宛如一把人形的保护伞，将吵吵嚷嚷的暴躁孩子团罩在他的臂弯里。

手术刀擦着他的身体割过，血液飞溅，有一把镊子甚至扎进了他的小臂。然后他冷冰冰地盯视着被吓得呆滞的五个孩子，"看见了吗？她不会来救你们的，也不会跟你们玩，她要杀死你们。"

"你没事吧？！"维拉德五指张开，幻化出三朵蔷薇，空气里飘忽着蔷薇的花香，他修长的手臂利剑一般割过空气，蔷薇花瓣迅速分崩离析，落地生根，疯长的藤蔓缠绕着红裙小木偶的手脚，像是蚕茧一样包裹着她挣扎的身体。

"趁她现在手脚被缚，赶紧带他们离开。"维拉德沉声说道。

"怎么出去？"周子敬扫视着四周，发现根本就没有门窗。

"地上有瓷砖花纹，踩着这个走，第十三朵就是出口。"

周子敬双手分别夹着两个孩子，另外一个孩子在前面带路，第

十三朵花朵的瓷砖上,孩子们一个个消失。

"贝蒂!"最后一个小女孩挣脱开周子敬的手掌,朝被玫瑰束缚的红裙小木偶跑去。

"小心!"周子敬回头急追,一道闪电劈开在他的面前,将他和小女孩的身影格挡开来,空间里球状的闪电链霹雳啪嚓闪耀着,小女孩的身体僵硬在木偶面前,几秒之后,小木头耷拉着脑袋,瘫软在维拉德的蔷薇藤蔓里,小女孩则缓缓地转过身,嘴角挂着一抹邪笑,她伸手摸了摸小木偶的扣子眼,"咯咯咯,交给我了。"

周子敬震惊地盯着黑化的小女孩。维拉德急忙对他大喊:"小心那个小女孩!魔物的灵魂已经转移到她的体内!"

周子敬连连后退,球状闪电追逐着他的步伐,贯穿了地上的瓷砖和四周的墙壁,维拉德艰难地用玫瑰花瓣组成的花墙将闪电阻挡在外,保护着拥有第十三朵花瓣的瓷砖,"糟糕!她要毁掉这个空间。"

"到时候我们就都走不出去了。"周子敬静静地接话,他看向那个被贝蒂俯身的小女孩,"还有那个小女孩也会失去生命,除非我们去毁掉她的seed。"

"可是一定会被闪电击杀的!"维拉德幻化出更强大的花瓣,却在闪电的击杀中迅速被烤焦了。

他缓缓地朝耷拉在蔷薇藤蔓里的木偶走去,闪电缠绕着劈向他的身体,衣服迅速被烧掉,他整个身体因为电击而微微颤抖着,伤口被烤焦的味道混杂在空气里。

"你不要命了吗!"维拉德大叫。

他确实是不要命了,因为他要命的话,大概大家都会死在这里吧。他强忍着剧烈的电流走过身体的颤动,回头对维拉德艰难地笑了笑,"多谢你的seed。"周子敬低头看着不断被击伤又不断被修复的身体，他几乎不能想象如果没有维拉德的一半的seed在体内，他是否能撑过三步。他抬头，看着站在闪电中央挥舞着手臂的小女孩。她身后的小木偶始终低垂着脑袋，像是死掉了一样，只可惜那个软绵绵的身体里，还藏着一颗seed。他必须去毁了它！

"周子敬！你是过不去的！"维拉德想动，但是在这样危急的局势下，一旦他动一步，出口瞬间就会被击碎，他们将会永远封印在这个空间，但是如果他不动，周子敬必死无疑！

维拉德觉得自己从未像现在这样煎熬！他犹豫着，血瞳里全是丝丝流动的血丝，那是释放出seed可承受范围的力量时的反噬。

但是！在他面前的周子敬的身体里，正在发生着一场更加血腥和疯狂的吞噬！

作为人类的身体，周子敬根本承受不了球状闪电的长时间击打，如果周子敬的体内没有他的那半颗seed，恐怕这具人类的躯体早被闪电烧毁！

更加可怕的是，维拉德感觉到在周子敬体内的那半颗seed，因为受到外界的攻击，所以正在疯狂地释放力量进行修复，假如是在血族的身体上，这无可厚非，但是如果这种超乎寻常的释放是以人类身体做载体，那么最终的结果……

维拉德不敢想象……

如果再不停下来，不仅是属于周子敬的身体会被吞噬，甚至周子敬的意识，周子敬的灵魂也会消逝在无尽的黑暗里！

维拉德艰难地抬起手臂，试图再幻化出更多的蔷薇花瓣为周子敬做防备，而球状闪电的攻势也愈来愈猛烈！

"你已经很吃力了，就不要再逞强了。"周子敬头也没有回，淡淡地说道，他知道维拉德也能感觉到他体内seed的反噬。越是面对强大的敌人，越是遭到巨大的反噬。这就是力量的源泉。只要身体

能承受得住,甚至可以拥有弑神的力量!

一道闪电击穿了他的脚踝,seed的力量迅速修复着……一道闪电击穿了他的锁骨,反噬的力量像是怪兽将他的皮肉咬合在一起……

球状闪电在他的身上交织缠绕,仿若游动的蛇。他黑玉一样的头发在闪电里闪耀着耀眼的光芒,脸颊到处都是被电击出的烤焦的伤口。他黑曜石一样的瞳孔只能看见那个耷拉着脑袋的木偶。

小木偶似乎并不在意一步一步走向她的周子敬,反而对维拉德倾注了更多的闪电攻击。

"别再向前了!"维拉德朝他大喊,手臂疾速挥舞,瞬间几十朵蔷薇脱离蔷薇茧,在闪电中飞射而过,劈挡在周子敬身前,试图帮他驱散闪电的割裂。

蔷薇蚕茧因此露出破绽,闪电刀子一样割过维拉德的身体,他隐忍着再次挥舞手臂,又是几十朵蔷薇飞射而出,横挡在周子敬面前。一道闪电在此刻击中维拉德的小臂,皮肤燃烧着发出滋滋的声响,"不要……再往前了……"他隐忍着巨大的痛楚,艰难地扯动嘴角,他再次抬起颤抖着的手臂,试图再次祭出蔷薇帮周子敬格挡闪电的攻击,一道游蛇似的闪电缠绕着劈过他的脊背,他晃了晃,半跪在地上。

周子敬回头凝望着他,嘴角带着一抹似有似无的笑容,"我这条命是你给的,一直想着该怎么还你这个人情。"连他自己都无法判断自己有没有在笑了,闪电几乎让他失去了任何的感触,他现在完全是机械地朝那个木偶在移动着,"现在,终于有机会了……虽然是以命换命,但是至少,我不欠你什么了。"

维拉德静静地半跪在地上,他听见疯狂吼叫的闪电声,他能感觉到它们割过蔷薇花瓣，以及周子敬的身体时带来的痛楚。他抬起眼睑，看着站在闪电中的周子敬。

"记得告诉那个男人，"那张俊朗的脸颊闪过一丝犹豫，然后咧嘴笑了笑，"虽然他从没说过，但我知道他一直觉得很愧疚，还在迷惑为什么跟儿子的关系总是不远不近。所以请你替我转告他，其实我……"他低头看了一眼手臂上溢出的血流，"一直都没有怪过他。还有你，虽然我一直不愿意承认，但你确实是我第一个血族朋友。"

维拉德伸手揉了揉眼眶，手背上一片湿润。他看了一眼手背上自己的眼泪，淡淡地对那道背影说，"你不会死的。"

他像是完全没有听到维拉德的声音，只是认真地望着维拉德，"要找到可心，保护她一辈子。不要让她受伤害，不要让她受委屈。"

"作为一名血猎，守护她难道不是你的责任吗? 为什么要交给我一个人。"维拉德握紧了拳头，试图站起来。

周子敬转身继续朝木偶艰难地走去，声音淡淡地传进他的耳畔，"其实我一直是一个很自私的人，在学校里，所有的人都觉得我怎么能这么无私地对可心好，他们不知道，我也只是顺便对她好。是想要成为血猎的决心在催促我一次次出现在她的身边，虽然说久而久之也想要时时刻刻守护她，但是我的初衷，却并不是如此。"他站住脚步，颀长的背影在闪电里剧烈地颤动着，"因为想要看见那个人，才走上了这条路。"他艰难地支撑着几乎就要倾倒的身体，连他自己都不知道为什么可以撑下去，只是在想起那朵内心深处的棉花糖时，他恍惚间觉得整个身体里，仿佛又被灌满了力量。

"你一定不记得被斯沃德击杀的那个夜晚之后的事情了，"维拉德轻轻地说，"你根本不知道你对于她来说有多么重要。"

"我知道。"周子敬说，"所以我才把她拜托给你。你是这个空间唯一的人了，幸好你也是唯一一我放心把她交给的人。"

"你上次死掉，害我差点失去了她，这一次你又玩这个把戏，我说什么也不能上当了，你回来，从我身后这块瓷砖离开，我来带那个小女孩离开这里。"维拉德抬起伤痕累累的眼眸，凝望着周子敬，希望这个想要牺牲掉自己去拯救别人的疯子，可以停止自己的步伐。

周子敬回头看了他一眼，指指那个小女孩，又指指他身后的瓷砖，"记得你的承诺。"然后他转身朝木偶走去。

"你知道我姐姐……"维拉德忽然大喊，但是他话说了一半就停顿了，他望着周子敬瑟瑟发抖的背影，终于说出了下半句，"你知道她也许喜欢你吧？"

周子敬的背影怔了怔，他挺直了弓着的身体，好像之前的痛苦在这一句话里全部被抹掉了，他像是平常那样双手插兜，静静地矗立着。紧接着，维拉德看见他掏出了iPhone手机，闪电迅速缠绕在他的小臂上，维拉德扔出一朵玫瑰，花瓣四散开来，将手机轻轻阻挡在闪电之外。

周子敬嘴角弯起一抹微笑，维拉德知道他是在感激自己的那朵蔷薇的保护，周子敬低头在手机屏幕上仔细地摁出一行字——我喜欢你。

他的拇指在发送按钮上犹豫着，环绕在手机周围的花瓣被闪电一瓣一瓣烧焦，他的拇指滑向删除键，删除那行字，重新打出一行字：那天没有接到你的电话，是我在打球，没有听见。下次有时间，我再打给你。

最后一片花瓣在闪电里被烤焦，他轻轻摁了发送键，屏幕显示短信正在发送中，闪电同时缠绕着在手机上游走，黑色的屏幕在瞬间爆破。

周子敬看着掉落在脚边的手机壳，回头看向举起双手操控闪电的小女孩，她发出"咯咯咯"的笑声，像是一种挑衅，闪电瞬间陡增！

　　周子敬嘴角浮现一抹微笑，双手握拳，任凭闪电以迅雷不及掩耳之势将他的身体击穿，seed反噬修补，击穿，再次修补！

　　十米，九米，八米……越来越近了，他的嘴角挂着的笑容近乎邪恶。他感觉自己的意识越来越模糊，眼前时不时闪过一片漆黑，他感觉有一双手抓住了他的心脏，他用尽最后一丝力气试图挣脱那双手的撕扯，但是毫无用处。

　　他看见散发着红光的模糊的seed，他感觉身体已经快要被闪电撕裂了，他跪在地上，眼前漆黑一片，然后渐渐有阳光浮现，直到明媚的天光占领了他意识里最后的世界，他看见了那朵香甜的棉花糖出现在他的面前，握着棉花糖的手缓缓地移动着，他的视线顺着她的手心往上移，纤细的胳膊，女人的是胳膊，他想。一切在瞬间重新跌入黑暗。

　　"是你吗？妈妈……"伸手不见的黑暗里，他轻声问。

　　无尽的暗黑在这个时候包围了他的周身。

　　恍惚间，周围的一切都恢复了宁静，闪电消失了，蔷薇花瓣纷纷落下，而面前的空气仿佛凝滞了，耳边响起一丝丝的滴答声，是血液滴答在地上的声响，然后他缓缓地抬起头，面前虚无的空间猛地凝聚出一团硕大的球状闪电，好像整个空间的闪电都聚集在了那个硕大的球里，球状闪电呼啸着，将他的身体瞬间淹没，所有的力量瞬间爆炸，整个空间摇摇欲坠，仿若即将塌陷的危房。

　　"周子敬！"维拉德的喊声留在了他最后的意识里。

　　尘埃纷纷扬扬地散落在地，好像生命的碎片。球状闪电爆炸的

地方, 周子敬的身体直挺挺地躺在那里, 一动也不动。

维拉德定定地望着他死一样寂静的身体。

"呃……"尘埃里, 响起一声痛苦的呻吟。那道背影缓缓地拱起脊背, 双手支撑着地面站直了身子, 仿佛拉满的弓。

"子敬……"维拉德欣喜地喊了一声。

那道背影缓缓地回过头, 一双漆黑的瞳孔凝视着他, 仿若死神的垂青。维拉德忍不住后腿了一步, 那双冷若冰霜的眼眸似乎像是失去了活力, 唯剩下尖锐的吞噬。

"呵呵呵呵……"蚀骨的冷笑忽然从那具身体里隐隐地散发出来, 维拉德呆滞地看着他的背影, 那道身影猛地在一瞬间消失在他的视线里, 以他无法追寻的轨迹飞跃在空间里, 犹如一道黑色的闪电, 夹裹着细碎尖锐的冷笑, 砸向站在地面上的小女孩!

"住手!"

"呵呵呵呵……"那道背影继续发出蚀骨的尖锐细笑, 他的周身隐隐散发着一层黑雾, 飘忽不定的身影攻向呆滞地站在原地的小女孩。

维拉德迅速飞身上前, 用幻化出的藤蔓将周子敬的身体死死拖住, "你攻击她, 会把宿主的性命也一同葬送!"

那道背影缓缓回头, 地狱一样漆黑的瞳孔死死盯着维拉德, 然后他缓缓地伸出手, 猛然间! 转身钳住维拉德的脖颈, 黝黑的魔爪刺入维拉德的脖颈, 溢出一条细若游丝的血线。

瞳孔倏睁! 维拉德挣扎着伸手掰住发狂的周子敬的黑色手指, 周子敬体内的seed像是感应到了先前主人的压制, 熊熊燃烧的红光在他的体内虚弱了下去, 滚烫的身体让刚沁出的汗珠迅速蒸发。

维拉德挺直了身体, 舔舐着来自于自己手臂的血液, 银色的长发飘飞在漫天的花瓣里, 血瞳的颜色红润如从鲜血中捞出的红宝石。

仿若来自于地狱的漆黑瞳孔在维拉德的注视下，渐渐失去了稠密的浓黑，他周身的黑雾缓缓消散着，然后维拉德感觉到周子敬的手指一软，他的脖颈如释重负，周子敬的身影在他的面前晃了晃，倒在落满蔷薇花瓣的地上。

"咯咯。"站在他们咫尺距离的小女孩发出一声冷笑，似是在嘲笑他们的自相残杀。

藤蔓从维拉德的手心飞出，扎进不远处耷拉着脑袋的布偶胸口，一颗红色seed被拉扯出来，十几朵蔷薇花瓣迅速涌向那颗seed，利刃般的花瓣迅速粉碎了那颗属于魔物的seed。冷笑着的小女孩的笑容随即僵硬在嘴边，倒在周子敬身边。

血猎工会，病房内围满了医生、护士，以及穿着统一服装的人们。他们来这里是为了举手表决一件事情的。

周志远静静地望着躺在洁白床单里的儿子，皱眉问身边的王医生，"真的只有这一个办法？"

王医生叹一口气，"如果有别的办法我也不会用这个。"

"就不能让我再考虑一下？"

"从小敬被维拉德送回来到现在已经三天了，今天如果再不执行这个办法，那么小敬的身体一定会在今天失去生命特征。"王医生说。

"老周，下决心吧。现在大家就等你的消息了，只要你下决心，大家就可以举手表决是否同意这样的办法。救人要紧。"林森海扶了扶眼镜，对周志远说。

"可是万一维拉德停不下来……"周志远看了一眼站在床边的维拉德。

　　维拉德抬头看着王医生，"我，我虽然在城堡的时候吸食过人的鲜血，但是这样吸食活人的鲜血还没有过，我担心，我可能会停不下来。"

　　王医生扶住他的肩，"但是这是唯一的办法。你上次为了救小敬，分给他一半的seed，但是你的seed太强大了，他的身体根本吃不消，上次已经被体内的seed的力量搞得快要失去人的意识一次，不过第二天就好了，但是这一次，因为消耗实在太多，所以如果你不能来帮他消除体内的力量，那么他必死无疑。"

　　"只能吸血么……"维拉德担忧地看着昏迷不醒的周子敬。

　　"只能如此。"

　　"放血呢？同样是削弱血液啊。"林森海急忙问王医生。

　　"不行的。"周志远答话，"血族吸血其实并不单单是吸食血液这么简单，最重要的是吸食掉人类体内的力量。"

　　林森海叹一口气，静静地看着周志远，王医生也盯着他，病房里黑压压站了一片的人窃窃私语着，维拉德伸手握住了周子敬滚烫的手心。

　　"我同意。"周志远忽然说。

　　王医生和林森海对视一眼。

　　"可是我……"维拉德猛地站起来。

　　"大家开始投票表决吧。如果票数超过三分之二，就开始执行这个救人计划。"

　　人群安静下来。

　　林森海扶了扶眼镜，"同意的举手。"

　　周志远回头看着病房的窗外，听见身后林森海的声音再次响起，"好，票数过半。现在可以执行救人计划。"

　　周志远回身，看着维拉德，又看看众人，"我有话想要跟他说，耽误大家几分钟。不好意思。"

维拉德随着周志远走出病房，工会医院的走廊里，因为人们都身在周子敬的病房里，平时繁忙的走廊，现在却显得空旷。

周志远点燃雪茄，深深地抽了一口，维拉德静静地等待着。

"小维。"

"周叔叔。"

"谢谢你把小敬带回来。"

维拉德愣了愣，轻轻地说："是他救了我们。"

周志远拍了拍他肩膀，"知道为什么我会留下你，还介绍你加入工会吗？"

维拉德摇摇头。

"因为你是小敬带回来的，他是我唯一的儿子，可是我却一点儿都不了解他，不了解他的喜怒哀乐，不知道他开心不开心，难过不难过。有时候我甚至觉得，自己跟他根本就是两个世界的人。这个孩子，怎么说呢。会让人觉得千里之外。"周志远说到这里轻轻拍着维拉德的肩，"可是他带你回来的那天。他的眼睛里燃烧着渴望。就好像一个孤独的孩子，忽然在路上看到了另外一个孤独的孩子，然后你们好不容易碰上了，可能起初会有点互相看不顺眼，但是随着时间的流逝，其中的一个孩子忽然明白了，原来在这个世界上只有对方才能做自己的玩伴。"

维拉德静静地听着，脑海里浮现的却是周子敬的音容笑貌。他第一次遇见周子敬时的排斥，随之慢慢而来的熟稔，他倔强地挡在自己面前的背影……

"你明白我的意思吗？"

其实对于他来说，周子敬也是唯一的存在啊。

"周叔叔，我……"

"相信自己。只要心中记得那个人是谁，你就是可以停下的。"

"但是血族天生对血液无法控制，我担心我会失控。"

"你要我怎么做？"

维拉德愣住了，风从他的耳畔吹过，银色的长发在风中翩翩起舞，少年柔美的侧脸闪过一丝浅笑，在阳光下仿若璀璨的钻石，"如果我停不下来，请周叔叔和工会用武力打断。"

"你可能会有生命危险。"周志远冷冷地说。

维拉德双手插兜，忽然轻笑起来，"以前不知道为什么子敬总喜欢双手插兜，现在明白了，当这个世界充满荆棘，最好的办法就是把自己的双手藏在别人看不见的地方，这样，主动权就在自己的手里了。所以，无论如何，为了小敬，我会全力以赴的。"

"如果你失控，我会亲自下手。"周志远别过头，看着天空的太阳说。

"那么我现在还有反悔的机会吗？"维拉德无奈地笑了笑。

周志远怔怔地看着他。

维拉德转身走进病房，在病房门前站住脚步，回头看着周志远，幽幽地说："他总说欠了我一条命，说要还给我，其实，是我欠了他一条命。"

正午的血猎工会总部，广场上围了一圈的人头。维拉德静静地看着躺在广场中央病床上的周子敬，阳光照耀得他柔软的刘海如黑玉般亮泽，紧闭的眼睛轻微颤动着，仿若破茧之前的蝶衣。少年高耸的锁骨在阳光下呈好看的流线型，在结实的胸口投下阴影的轮廓。

维拉德微微俯身，将周子敬抱在怀里。他闻到周子敬跳动的心脏里鲜血的味道，他听见周子敬血管里流淌的生命的脉搏。

他低头扳过怀里少年的脖颈，露出闪耀着银光的獠牙，随着围观的人群发出的惊呼声，他的獠牙深深地刺入少年脖颈里跳动的血管里。

红色。

整个世界都是红色的，血液的味道弥漫在他的唇齿间，他仿若是漫步走过沙漠的旅人，终于在行将就木之前发现了深藏在沙漠深处的绿洲；他像是黑夜的飞蛾，看见了远方零星的火堆，他奋力飞翔而去，哪怕知道结果是飞蛾扑火；他感觉自己的身体轻飘飘的，几乎失去了重量，他看见羽翼在他的脊背上绽开，像是一朵盛放的血色蔷薇，他听见风在耳畔轻轻吟唱，如坠天堂般的柔软和舒适。

血液的味道将他的獠牙浸透成血红色，这是血液的味道，这是生命的源泉，是血族被上帝遗弃之时得到的来自于魔鬼的恩赐。

阳光下，他的身体像是被千万颗钻石镶嵌着，闪烁着耀眼的璀璨光芒，尖尖的耳朵迅速挺立着生长，犹如森林里骑着独角兽灵巧地奔腾的精灵，银色的华发疯狂地生长着，拖曳在阳光里，变成了一条清澈的小溪流，叮咚作响地流淌过高山和森林。他的身体在撕裂，在涅槃，在沿着生命的源泉溯流而上，试图寻求上帝造人的秘密。

血液的尽头的秘密代表着死亡，可是他停不下来，他看见无数的血管，交织在他的欲望里，仿若漫天飞舞的花瓣，跌落进他的心田，却幻化成了一汪欲望的血泊。

他看见林可心站在那些花瓣里，静静地望着他。

这些血液是他的啊，是那个为了救他而险些再次失去生命的人类少年。

可他只是人类啊，是血族的奴仆，是血族生命的源泉。

他挣扎着，奋力抽出獠牙，却被欲望的锤子钉进脖颈，而且更深！

如果这个人类少年死了，她会不会永远不原谅他？

如果周子敬因为他死了，他会不会永远不原谅自己？

他会的，他一定会的。可是他停不下来，这不能怪他，这都是魔鬼的恩赐，这都是上帝的惩罚。他无能为力，他只能在血泊里变成欲望的傀儡，不管不顾，只是为了满足欲望的沟壑，而陷入地狱的吸血鬼。

他是吸血鬼，不是什么冠冕堂皇自以为是的血族。不是自欺欺人只喝动物血液的血族异类，他是阿鲁卡尔德家族唯一的继承人。

可是你同时还是爱着那个人类少女的维拉德啊，你还说，会一辈子，会永远守护她，她还等着你去寻找她；可是你同时也是被那个人类少年用生命拯救过的搭档啊，他还说，你是他唯一的血族的朋友。

他想要抽回獠牙，他想要回到阳光下，他想要抛弃自己这具肮脏的欲望的躯壳，可是他做不到，他真的做不到，他看见蝶衣死在了茧里，看见凤凰涅槃之前被烈火烧毁，他感觉自己就要在血泊里走到生命的尽头，他看见那里光芒犹如天堂，他轻轻地笑了，他缓缓睁开血色的瞳孔，像是猎人看着猎物那样，贪婪地看着怀里的少年。

血液溢满他的唇齿，从唇角滴答下来，顺着他的下巴，滴答在阳光里，血如蔷薇，欲之源泉，他伸手紧紧掐住少年的脖颈，将獠牙深深地探进他的血液里，贪婪地吮吸着。

他像是一株盛开在阳光下的血色蔷薇，因为鲜血的浸泡而鲜嫩无比，他的身体散发着漫天的花香，他的银发交织着将他包裹。

他的嘴角带着一抹近乎狂媚的浅笑，他看见披着黑色斗篷的死神撩起了兜帽，站在阳光里，对他露出阴冷的笑容。

"维拉德，我会原谅你的……"

他轻轻地闭上眼，仿佛听见林可心在他的耳畔轻声呢喃。

是你吗？

可心。

他缓缓睁开眼，看见兜帽下死神阴冷的面颊缓缓抬起，在他妖媚的瞳孔里倒映出她巧笑的模样。

"可心……"他喃喃低语，像是渴望拥抱的孩童，朝她伸出手，碎钻似的的泪珠从他的双眸里簌簌地往下落。

"不论你变成什么样子，我都会原谅你的。因为，这就是我们的约定啊。"虚幻的少女缓缓地伸出双臂，将他抱在怀里。

他的眼泪流淌进她的发际，滴落在她浓密的睫毛上。他微微蜷缩着身体融入她的怀里，像是个迷路的蝴蝶少年。她的身体像是一枚温暖的茧，将他被欲望收割得支离破碎的身体，都融化了。

"你回来了吗？"他轻声问。

少女巧笑着吐吐舌头，"我一直在你身边呀。"

"可是我找不到你了。"

"你找了我那么多年，现在该轮到我守护你了。"少女扮了个鬼脸，在他的额头上印下一吻。

"可是我要死了。"他说。

"我会陪着你的。连死亡都无法再将我们分开。"少女轻声说，单薄而又虚无的身体将他紧紧拥抱着。

"可心……"有那么一瞬间，他仿佛感觉到自己空洞的胸口微微跳动了一下。

那是人类的心跳声。

他颤抖着睁开双眼，阳光刺入他的瞳孔，他的身体在暖色的

日光里闪闪发光，仿若缀满了璀璨的钻石，像是圣洁的天使从天而降。他听见人声鼎沸，他看见致命的钢铁拳头近在咫尺，他品尝着唇齿间少年鲜美的血液，他将深埋在少年脖颈里的獠牙再次深深刺入，刺得血管爆裂的声音炸响在他沸腾的身体里，他眯着眼，眼角魅惑绢狂，凝望着他怀里的少年，他的身体就是自己的渴望的生命源泉。

　　他缓缓地再次闭上眼睛，品尝着唇齿间鲜血的味道，他修长的手指轻轻挽着少年的脖颈，他在少年溢出脖颈的血泊里露出一抹魅惑的笑，轻声呢喃："如果死亡能让我们永远在一起，那么我会陪你去死。可是现在，我要留着这条命，把你找回来我的身边！"

（第二部完）

《暗夜协奏曲 小说版①》

我想和你在一起，为此，就算与全世界为敌，也无所谓。

浪漫价：**19.80元**
全国热卖中

《暗夜协奏曲 小说版③》

拥有曾经的你，和这一刻美好的你，已经是此生最美的风景。

浪漫价：**21.80元**
全国热卖中

暗夜协奏曲②

作者
阿嚏

总策划
周政

选题策划
王雄成 杨小刀

视觉创意
木子棋

封面设计
彭意明

封面&内彩&漫画编绘
魔王s

内文设计
李映龙

营销推广
刘姚 欧阳君

特约编辑
许逸

流程编辑
吴骁波

运营发行
曾筱佳

出版社
湖南人民出版社

出品

官方微博
http://e.weibo.com/wuliangweiye

平台支持

本书由知音动漫独家授权改编

图书在版编目(CIP)数据

暗夜协奏曲②/阿嚏著. -- 长沙:湖南人民出版社,2013.9
ISBN 978-7-5438-9362-7

Ⅰ.①暗… Ⅱ.①阿… Ⅲ.①长篇小说—中国—当代 Ⅳ.①I247.5

中国版本图书馆CIP数据核字(2013)第107908号

暗夜协奏曲②

著　者	阿　嚏
出 版 人	谢清风
策 划 人	周　政
执行策划	王雄成　杨小刀
责任编辑	夏新军
特约编辑	许　逸
装帧设计	彭意明
出版发行	湖南人民出版社［http://www.hnppp.com］
地　址	长沙市营盘东路3号
邮　编	410005
经　销	湖南省新华书店
印　刷	湖南凌华印务有限责任公司
版　次	2013年9月第1版
	2013年9月第1次印刷
开　本	880×1230　1/32
印　张	9
字　数	245千字
书　号	ISBN 978-7-5438-9362-7
定　价	21.80元